新装版

長い家の殺人

歌野晶午

講談社

岩波文庫

幸田露伴
五重塔

岩波書店

新装版刊行にあたって

『長い家の殺人』は僕がはじめて書いた小説である。それ以前には習作を書いたこともプロットを立てた経験もなかった。

スポーツでも車の運転でも海外旅行でもそうだが、はじめて何かをやる時には、慣れてからでは味わうことのできない特別な高揚感がある。本作品の執筆時もまったくそんな感じだった。

次の展開を考えることが楽しく、行き詰まっても、それを乗り越える策をああでもないこうでもないとひねり出すことがまた楽しく、まるで難易度の高いゲームを攻略本なしにクリアしていくような感覚だった。昼休みの喫茶店で、出張先の布団の中でもペンを握り、睡眠が三時間でも疲れを感じず、二ヵ月足らずで原稿用紙五百枚ほどを書きあげた。そしてそれが本になったのだから、こんな幸運で幸福なことはない。

しかしなにぶん、若さと勢いで書ききった作品である。四年が経って文庫にするにあたり、多くの不備を感じ、全編にわたって文章に手を入れた。ゲラが真っ赤っかになり、刊行が一ヵ月遅れてしまうほど大幅な修正だった。

それでも実は、自分としてはかなりセーブしていた。まず、筋や構成はいっさいいじらなかった。登場人物の言動も変えなかった。直したのは文章表現で、無駄な記述を削り、回りくどい表現をあらためといった案配で、作品全体の印象は最初に発表したものからかけ離れてしまわないよう配慮した。

そうやってセーブしていたことがくすぶっていたのかもしれない。さらに一年、二年と経過するにしたがって、『長い家の殺人』に対する不満が頭をもたげてきた。小説家として経験を重ねるにつれ、今の自分ならもっと良い作品に仕上げられるのにと歯がゆい思いもした。

そして十六年の月日が流れ去り、文庫新装版の話をいただいた。全面改稿のいい機会である。最後のチャンスかもしれない。

しかし考えたすえ、改稿は思いとどまった。いま手を加えたら作品を壊してしまいかねない。

文章を磨くだけでは我慢できそうにない。それは古い家の外壁を塗り直すだけだ。キッチンを広げたり、和室を洋間に変えたりもしてみたい。いやいっそのこと、土地だけを残し、新しく設計した建物を建ててみたい。つまりプロットから練り直すということだ。おそらく舞台や登場人物も変える。被害者も犯人も探偵も。残すのは、メイントリックの原理と動機くらいのものか。直したい直したいと長い間思い続けていたので、いざ手をつけたら最後、容赦なくやらないと気がすまなくなる。もうすっかり古い家だから、リフォームでなく建て替えをというわけだ。

けれどそこまでしてしまったら、もはや『長い家の殺人』ではなくなってしまう。作品本来の狙いはもちろんのこと、行間に込められていたあのころの情熱も不安も若さも、何もかも消え去ってしまう。

なので今回の新装版にあたっても、誤字、脱字といった決定的な間違いを正すにとどめた。パッケージが新しくなったので内容もと期待された方には大変申し訳ないが、『長い家の殺人』とはこういう作品なのである。この先も手をつけることなく、現在の状態で残しておきたい。

『長い家の殺人』の中には、現在の自分が克服した未熟さと、それと引き替えに失ってしまった熱さや勢いとが同居している。今こういう作品を書けと言われても絶対に書くことはできない。

そういう二十年前の作品をあらためて出してもらえることはしあわせである。

二〇〇八年四月

歌野晶午

目次

長い家の殺人

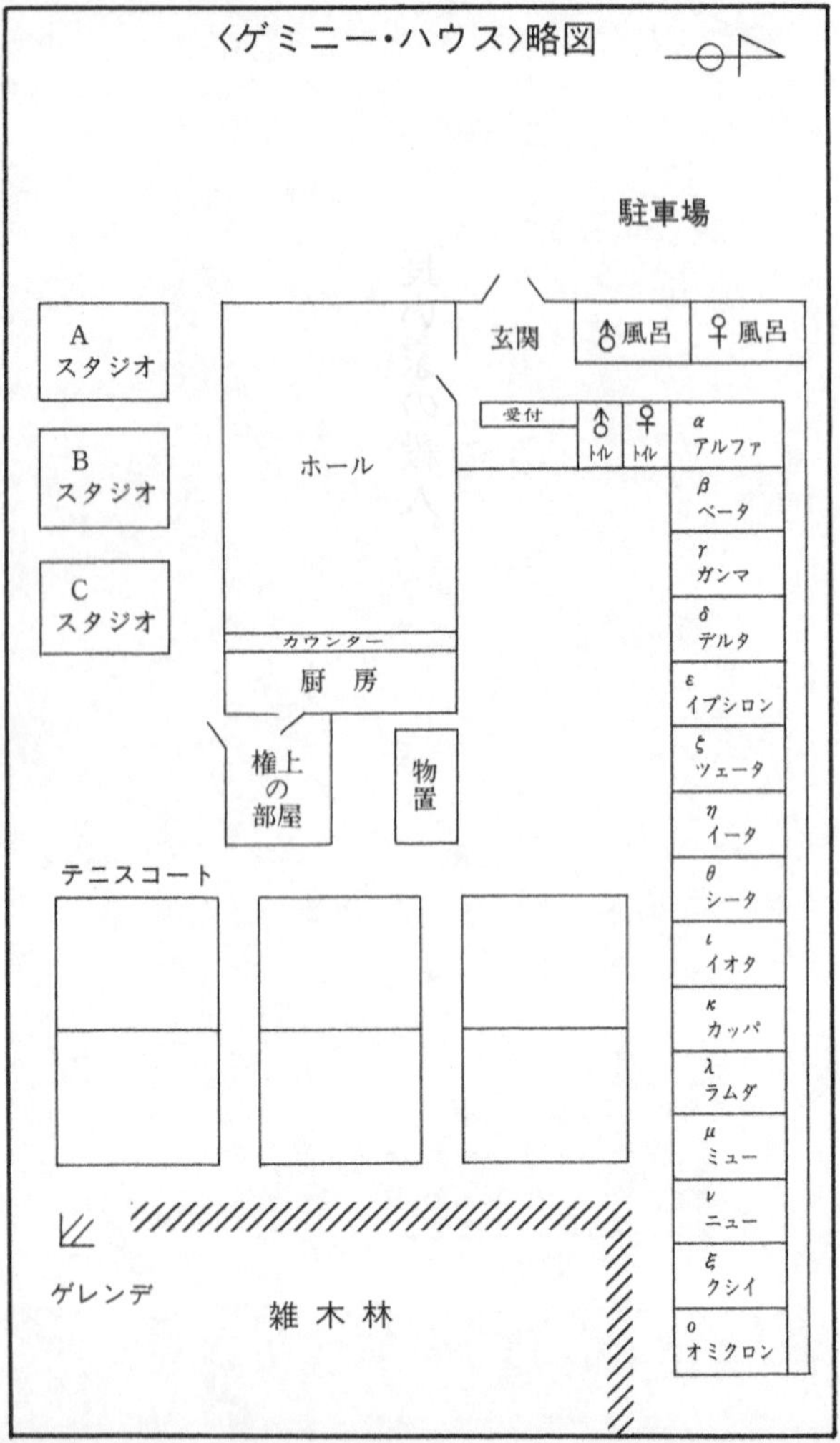
〈ゲミニー・ハウス〉略図
駐車場
A
スタジオ
B
スタジオ
C
スタジオ
ホール
玄関
♂風呂
♀風呂
受付
♂
トイレ
♀
トイレ
α
アルファ
β
ベータ
γ
ガンマ
δ
デルタ
ε
イプシロン
ζ
ツェータ
η
イータ
θ
シータ
ι
イオタ
κ
カッパ
λ
ラムダ
μ
ミュー
ν
ニュー
ξ
クシイ
ο
オミクロン
カウンター
厨房
権上の部屋
物置
テニスコート
ゲレンデ
雑木林

プロローグ

部屋は暗く、息苦しいほどの静寂に支配されていた。

私はターンテーブルの上にレコードを置くと、紙巻きの一本をくゆらせながら、音が立ちあがってくるのを待った。

静寂は無であり無限である。精神を研《と》ぎ澄まし、理性の鎖をゆるやかにほどいてやれば、しじまのそこここに、鮮やかな音の粒が見えるはずだ。

やがて、宇宙の彼方から、音の漣《さざなみ》が降りてきた。

ロバート・フィリップのギターがささやき、ブライアン・イーノのキーボードが膚をなでる。二人の天才が織りなす宇宙の幽玄が、私の心を、この汚れた肉体から遊離させ、遠い遠い幻夢の世界へ連れ去っていく。

「イヴニング・スター」——Mを愛するようになって幾度聴いたことだろう。

Mよ、私はおまえを忘れることはできない。

おまえと出会い、おまえを愛したことで、私は変わった。明日をあきらめて生きていた私に、無限に拡がる世界があることを教えてくれたのは、M、おまえなのだ。

それなのに今、私はおまえを捨てようとしている。おまえとの絆《きずな》を断ち切り、ふたたび無味乾燥な世界へ還ろうとしている。結局、本当におまえを愛していなかったのだ。自分がかわいいのだ。こんな私を嗤《わら》ってくれ。私は小心翼々、正直いって怖いのだ。おまえのためにすべてを失ってしまうのが。

「イヴニング・スター」から針が上がる。

カラカラ——籠《かご》の中でリスのサムが跳ねている。サム、Mと別れてしまえば、おまえともサヨナラだな。おまえを見るたびにMを想い出していたのではかなわないもの。

白いジャケットをレコードラックに戻し、逡《しゅん》巡《じゅん》した後、ドゥービー・ブラザーズを取り出す。

ミュートの利《き》いた、小気味良いギターのカッティングで「チャイナ・グローヴ」が始まった。しかし曲のノリとは裏腹に、体は重く沈む。

二本目に火を点《つ》ける。七〇年代の音が煙を揺らして体に届いてくる。

七〇年代、私は暗黒の中に幽閉されていて、音楽だけがなぐさめだった。けれど今は違う。Mが私とともにあり、私の日々は光に満ちあふれている。

ああ、私はなんて馬鹿なことを考えてしまったのだろう。おまえを捨ててしまおうだなんて。許してくれ、M。おまえに悦《よろこ》びを教えてもらったこの私が、おまえを忘れることなど、やはりできやしない。

だがMよ、聞いてくれ。私とおまえの中を引き裂こうと画策《かくさく》しているやつがいるのだ。誰も二人の関係について知らないと思っていた私が愚かだった。物陰から私を窺《うかが》い、おまえのことを見つけ出してしまったらしい。まったく卑劣なやつだ。あいつさえいなければ、私たちの仲は永遠なのに。そう、あいつさえこの世にいなければ！

殺す——？

しかしどうやって？

暗がりで背後から刺す、ラッシュアワーのホームで突き落とす——だめだ、そんな陳腐な方法では。首を絞めた後、ロープで鴨居《かもい》から吊るし、自殺を装わせる？　馬鹿な、すぐに看破されるに決まっている。谷崎潤一郎の「途上」のように、偶然の危険を仕掛けるか？　死ぬまでに何年かかるかわからない。もはや一刻の猶予も許されないのだ。

どうしたらいい⁉

わからない——。しかし、あいつを亡き者にするための「殺人方程式」は必ず存在するはずだ。

行動は大胆なほうがいい。ビクビクやっていると、かえって疑われる。だが、ボロを出さないためには、ディテールをおろそかにしてはならない。大胆と繊細という相反する二つのことがらを、どうやって両立させるかが問題だ。

Mよ、私に力を与えてくれ。私はいつもおまえに頼りすぎているのかもしれない。けれど今はおまえの助けが必要なのだ。二人の絆を保つためには。

目を閉じて肩の力を抜く。大きく息を吸い、ゆっくり小さく吐き出す。大きく息を吸い、ゆっくり、小さく、吐く——。耳からいっさいの音を遮断せよ。膚で空気の流れを断て。すべての血液を右脳に集め、既成の殻《から》を打ち破れ。混沌から宇宙へ昇りつめた時、一筋の道が見えるはずだ。

Mよ、人を殺すなんて、おまえに溺れすぎたのだろうか。ああ、それでもいい。溺れてしまったのなら、最後まで行ってしまおうではないか。これまで自分を殺してきた私が、はじめて自己を主張するのだ。たとえおまえに魂を売っても後悔しない。だから私を、この泥沼から救いあげてくれ。

マリ——。

第一章　葬られたA_7

1

戸《と》越《ごし》伸夫《のぶお》はギターを抱えると、少しむくんだ左手の人差指で5フレットすべてを押さえ、中指で3弦の6フレットを、薬指で5弦の7フレットを押さえた。そして右手のティアードロップ・ピックでゆったりとしたリズムを刻んでいく。

曲はA_7で始まった。

A_7コンクリイトのD道端で目覚めた

A_7野良犬がオレにE喧嘩を売った

白F$^\#$mい牙がこの鼻Bm先をかすめて
オEレは真っ赤に染Aまっていった
こDのまま時Dmが止Aまってしまえば
こDmのまま命F$^\#$mよ凍Eりつきてしまえ

コA$_7$ンクリイトの街Dに残した
愛A$_7$しい屍《しかばね》は今Eどこへ
日F$^\#$mに日に募るBmあの野良犬の影

E今夜も引きずりA彷徨《さまよ》うオレさ
Dこのまま時Dmが止Aまるのが怖い
Dmこのまま無F#m駄に死Eんでゆくのか

D“However in Athe world Ddid you get here?” Ayou say
DBut I have Eno answer Awith me

「どう？」

ワン・コーラス、ツー・コーラス、そしてサビを繰り返したところで、戸越伸夫はギターを置き、コホンと咳ばらいした。

「どうって……、この曲をやるんですかぁ？」

駒村俊二《こまむらしゅんじ》は、極端に刈り込んだ茶色の髪に手を当てて、ちょっと困ったような顔をした。

「おまえの詞はいつも散文的だけど、今回はまたいっそう堅苦しいな。『命よ凍りつきてしまえ』？　『愛しい屍』？　冗談じゃないぜ。サビの部分だってそうだ。英語を使うなら、もっと簡潔なフレーズの繰り返しにしろ。リスナーは日本人なんだぜ」

武喜朋《たけよしとも》はその長身を起こすと、楽譜をぽいと投げ捨てた。

「メロディーもぱっとしない。コード進行がつまらないんだよ。それと最初のA_7、これはかなり不自然だ。セブンスをつけなくて、素直にAメジャーとした方が響きがいい」

「武の感想も散文的だぜ」

戸越は鼻で笑って、

「感想はそれで終わりかな？」

「えっ？」

「いうことはそれだけしかないのかい？」

苦心の作をこきおろされたにもかかわらず、戸越伸夫は胸を張って問いかけるのだった。

「それだけって……、それだけいえば充分だろう。じゃあはっきりいってやろう。この合宿中に取りあげるには値《あたい》しないということだ。ボツだよ、ボツ。なあ、俊二。そう思うだろう？」

とまどいながらも武が返した。本人は強い調子でいっているつもりなのだろうが、あまりにも声が透きとおっているために、少しの迫力も感じられない。

「そうだなぁ。せっかくの新曲だけど、俺もあんましピンとこないなぁ」

駒村俊二は遠慮がちに答え、ダンヒルのライターをくるくると弄《もてあそ》んだ。

「ま、君らのセンスではその程度の感想が関の山か。Aでなく、A_7で始まるところがミソなんだけどね。A_7でないと意味がないんだよね」

戸越はまったく気落ちしていなかった。武喜朋と駒村俊二は顔を見合わせてキョトンとしている。

そこへ、山脇丈広《やまわきたけひろ》と市之瀬徹《いちのせとおる》が入ってきた。山脇はベースギターのハードケースとボストンバッグを、徹はデイパックを床に置くと、戸越を挟むように腰かけた。

「お茶でも飲んでたのかよ」

戸越は眉をひそめた。

「ごめん、ごめん。インターを降りたあと道を間違えてさ」

山脇丈広が頭を掻いた。その前髪は肩まで伸びており、そのせいか顔が青黒く見える。

「そうカリカリするなって。おわびにおもしろい写真を見せてやるから。な、山脇?」

肩にブラックボディの一眼レフを掛けた市之瀬徹が、およそ何ひとつ悩みのないようなにこにこ顔でいった。山脇は曖昧《あいまい》な笑顔で応じた。

「ちょっとぉ」

最後の一人が甲高《かんだか》い声をあげて入ってきた。

「武クンたちも聞いてよ。徹クンたらひどいのよー。私が寝てる間に写真撮ってさ。それってあんまりじゃない?」

「ありのままの君を撮ったまでさ。そもそもドライブ中に眠ってしまうなんて、ドライバーに対して失礼に当たるんだぜ。山脇、そうだろう?」

「まあね」

「偉そうなこといってごまかさないで。私、絶対に許さないからっ」

「いいかげんにしろ。おまえたちは遊びに来たのかよ。それに――」

戸越はここまでいうと、ふっと表情をやわらげて、

「あんまり怒っていると皺が増えるぜ、マリちゃん」

「戸越クン！」

マリちゃん——三谷真梨子《みたにまりこ》は、頬を膨らませて手をあげた。

2

一九八六年秋なかば、越後湯沢。

苗場、岩原《いわっぱら》、湯沢高原など、数多くのスキー場を持つ湯沢の街は、シーズンともなると若者たちであふれかえるが、今はまだ静かに雪の到来を待っている。

そのロッジ——「ゲミニー・ハウス」は、越後湯沢の駅から車で十五分、小さなゲレンデの片隅に建っていた。ここは、冬はもちろんスキーのロッジとして、オフ・シーズンは学生サークル向けの合宿施設として営業されている。

今、戸越伸夫たち六人は、ゲミニー・ハウスのホールに集まっている。

「山脇たちも聴いてくれよ。新曲を作ったんだけど、どうも評判が悪くてね」

メンバーが揃ったところで、戸越はもう一度A_7で始まる曲を披露する。

手に持つエレキギターのヘッド部分には、大きく「Fender」、小さく「STRATOCASTER」とある。トネリコ材を使った茶色のボディは、外周に向かうにしたがって黒く塗装が施されている。運指の跡がくっきりと残るネックはメイプル材。

これこそ、エレキギターの世界ではギブソンのレス・ポールと人気を二分する、フェンダーのストラトキャスター。しかも一九五四年に生産された最初のモデルで、俗に「オールド」と呼ばれる、ギター・フリーク垂涎《すいぜん》のヴィンテージ・ギターである。ヴァイオリンにたとえれば、ストラディヴァリ。

数千万、時には億単位の金額で取り引きされるストラディヴァリを引き合いに出すのは失礼に当たるかもしれないが、それでも五四年のストラトといえば、学生風情《ふぜい》が持てる代物《しろもの》ではない。少々のアルバイトをしたくらいでは買えやしないのである。

しかし戸越伸夫は現に五四年もののストラトキャスターを手にしている。戸越はこれを弾くたびに思うのだ。長年の夢が叶《かな》った、それと引き換えに一つの何かを失った、と。

戸越の演奏が終わった。市之瀬徹と三谷真梨子が小首をかしげた。

「詞もメロディーもピンとこない。A_7は気持ち悪い。ま、ボツだな」

山脇丈広は、くわえ煙草のままそっけなくいって、楽譜を握り潰した。

「山脇のセンスもその程度か」

酷評されても、戸越は相変わらずニヤニヤしている。

「A_7を使った俺の意図をわかってもらえないのかぁ……。しょうがない、あきらめましょう。でも、その楽譜は捨てないでくれよな。おそらくそれが、俺の学生時代最後の作品になりそうだからね」

怪訝《けげん》な顔をする五人をよそに、戸越はギターをケースにしまった。

「全員揃ったみたいだね。さあ、コーヒーをどうぞ」

その時、マグカップを載せた黒檀《こくたん》の盆を持って、ゲミニー・ハウスのオーナー、権上康樹《けんじょうやすき》が姿を現わした。頬から顎にかけて蓄えた髯《ひげ》が、エリック・クラプトンを髣髴《ほうふつ》させる。

彼のような男を偉丈夫というのだろう。背丈はゆうに百八十を超え、もう不惑を迎えているというのに、胸の隆起や腿の太さはプロレスラー顔負けである。

その権上が、熊手のような手で、カップを配っていく。目の詰んだ紫檀《したん》のテーブルも、黒檀の盆も、ともに彼の手によるものだ。唐木《からき》木工を自分なりにアレンジしたらしく、和、洋、唐が溶け合った不思議な作品に仕あがっている。

「こうやってみんなが来てくれたのは久しぶりだね。この夏には武クンがバイトに来てくれたけど。六人が揃って来たのは、たしか……」

権上康樹がいう。

「去年の夏以来です」

武喜朋が答える。

「就職活動とか、ゼミとかが忙しくて、今年の夏はスケジュールが合わなかったからね」

山脇丈広がぽつりという。

「もうそんな時期かい。君らがもう卒業とはね」

「俺は違いますよ」

と立ちあがったのは駒村俊二。

「そうか、君は一学年下だったね。あれっ？　それじゃあ何かい、武クン、君は留年してたのか？　夏休みに一ヵ月もバイトに来る暇があったなんて」

「違いますよ。武は五月にはもう内定を取りつけてたんですよ。日本通信電機の内定をね」

戸越は明るい声でいった。

武は戸越の方を向き、何かをいおうとする素振りを見せたが、その前に権上が口を開いて、

「日本通信電機といえば、学生に人気ナンバーワンの企業じゃないか。武クン、すごいよ。よっぽど強力なコネがあったのかな。おっと、失礼」

と屈託なく笑った。

「武は優秀だからなあ。大学には現役で合格し、今度は早々と一流企業に就職内定。俺なんか二浪してやっと入学したのに、単位不足で来年は卒業できそうにないもんな」

「あら、それは徹クンが怠けていたからよ。いっとくけど、私もストレートよ」

「でも、マリちゃんは文学部だろう。武は超難関の国際学部国際学科だよ。レベルが違うぜ、俺たちとは。武ほどの頭があれば――」

「コネだよ。な？」

戸越伸夫は市之瀬徹をさえぎった。

「コネでなければあんなに早く就職が決まるはずがない。それとも会社の方から、『是非ウチに』と菓子折りでも持ってきたのかな。はたまた金を積んでの裏口入社か」

戸越はおどけた調子でいったつもりだったのだが、武のみならず、他のメンバーも不快な顔を見せた。

「みんなの進路も決まったんだろう？　そうだよね、決まってなかったら、こんな時期に泊まりがけで練習していられないものね」

気まずい沈黙を破ったのは権上だった。

「僕は留年、のんびりやりますよ。山脇は商社だろう、マリちゃんは出版社。戸越は――」

「俺は田舎に帰るんだよ。俺には田舎の二流会社がお似合いだ」

戸越は徹を睨みつけた。肉づきのよい頬がゆがむのが自分でもわかった。煙草を灰皿に押しつける。火が完全に消えるまで、何度も何度も。

「すると、『メイプル・リーフ』は解散かい？」

権上がいう。

「ええ……。十一月でラストにしようかと。その仕あげのためにここにやってきたんです」

武喜朋が小刻みにうなずきながら答えた。

「メイプル・リーフ」は、戸越伸夫と山脇丈広が中心となって、三年前の春に結成されたロック・バンドである。

バンドとしてプロになろうという気は、これっぽっちもなかった。しかし全員が寸暇を惜しんでスタジオに集まり、年に何度もライヴハウスを借りた。名もないアマチュアのライヴを、金を払ってまで見にくる者は、よっぽどのもの好きだ。だから六人は自腹を切ってチケットを配り、一人でも多くの友人の前で演奏できるよう努めた。アルバイトで稼いだ金のほとんどがバンド活動につぎこまれた。

それでも満足だった。心の底から音楽が好きで、音楽のためにすべてを犠牲とするライフスタイルが、六人の自己主張でもあった。戸越はまったく悔いていないし、それは他のメンバーも同じだろうと信じている。

この夏は各人がごたごたしていたので、ゲミニー・ハウスで合宿を張れなかったが、それ以前は夏休みともなると避暑をかねて、ここに一週間前後こもるのを常としていた。

そのメイプル・リーフの灯が、十一月のライヴを最後に消えようとしている。六人が離れ離れになり、分別臭くなるXデイが、刻一刻と迫りつつある。

戸越は思う。ここに六人が集まったのは、ラスト・ライヴに向けての集中練習が目的ではあるが、しかしそれは大義名分に過ぎず、実は自分たちの青春の足跡をもう一度胸に刻み込もうとしているのではないか——。もっとも、皮肉屋で通してきた戸越は、そんなことは口が裂けてもいえないけれど。

たことだし」


「さあてっと、そろそろ練習始めません？　おいしいコーヒーを飲んで力が湧いてきたことだし」

駒村俊二が大きく伸びをした。

「その前に着替えさせてよ」

三谷真梨子がいった。

「着替えなくてもいいじゃないか」

山脇丈広がぶっきらぼうにいい、武喜朋も、

「早いところスタジオに行こう。時間がもったいない」

と腕時計に目をやった。

「ダメよ。こんな窮屈なワンピースじゃ満足な演奏ができない」

「しょうがない、着替えさせてやろうぜ。で、満足な演奏とやらを聴かせてもらおうじゃないか」

戸越はニヤニヤしながら真梨子の肩を叩いた。真梨子は小鼻を膨らませて、

「権上さん、部屋の鍵を」

「はい、どうぞ」

権上はポケットから三本の鍵を取り出した。リーダーの武がそれらを受け取って、

「マリちゃんが一部屋使って、野郎どもは相部屋だな」

と鍵の一つを真梨子に放った。

「五分で戻ってこなかったらペナルティだ」

戸越はいったが、真梨子はそれを無視して、

「徹クン、私の荷物を持ってきて」

「なんで？」

「車の中で変な写真を撮ったバツよ」

「あーあ、高い肖像権だこと。三泊だっていうのに、なんでこんなに荷物があるの？女ってわからないよな」

市之瀬徹は、ひと抱えもある黒いスタイリストバッグと、スエードの茶色いショルダーバッグを指さして、あきれたようにいった。

「早く来なさい」

すでに歩き出していた真梨子に急《せ》かされ、徹はカメラを肩に掛けたまま、ブツブツいいながらあとを追う。

ゲミニー・ハウスは、南北を崖に挟まれた土地に、「コ」の字を上下から押し潰《つぶ》し

たように細長く建っていた（六頁図参照）。

玄関を入ると、正面に受付のカウンターがある。右手のドアを開けるとそこは、整然とテーブルが並んだホールとなっていて、ここに今、メイプル・リーフのメンバーが集合している。ホールの奥は厨房《ちゅうぼう》、さらにその奥は権上康樹の部屋である。

玄関を入って左手へ行くと、廊下の両側に風呂場とトイレがある。廊下はほどなくして右に折れており、ここからが宿泊棟となる。

宿泊棟は東西に伸びる平屋建で、一直線の廊下に沿って南側に並ぶ部屋数は十五。いずれも四人部屋である。冬になると北斜面からの吹き上げが激しいということで、廊下には窓が一つも作られておらず、高さ二メートルほどの天井に埋め込まれた裸電球が終日薄暗く灯っている。

ここで特徴的なのが部屋の呼称で、「五号室」とか「一〇三号室」とかいう数字による部屋番号ではなく、「δ《デルタ》」、「θ《シータ》」、「λ《ラムダ》」といった、一般には馴染みの薄いギリシア文字が書かれた小さなプレートが、各部屋のドアに掛かっている。

ホールの南側には音楽練習用のスタジオが三棟並び、また、宿泊棟、ホール、雑木林に囲まれた狭いスペースを利用して、三面のテニスコートが作られていた。雑木林の南端と崖の間を縫うようにして東にしばらく歩くと、南東にゲレンデが開けている。

十分ほどして、着替えをすませた三谷真梨子と、お付きの市之瀬徹が戻ってきた。

「まいったまいった。車の中でシャッターを切った時にはすごい剣幕で怒ったのに、今度は、『徹クン、撮って、撮って』だってさ。まったく——」

「女はわからない？　そんなことだから彼女ができないんだよ、キミは」

「そりゃないよ」

「女性にとって、写真のモデルになることは、少しもいやなことじゃないわ。心の準備さえできていればね」

真梨子が、セミロングの髪を掻きあげてポーズを取った。練習用の衣装は、レモンイエローのスキー・タートルにストーン・ウォッシュのジーンズで、ボディラインがまぶしく浮かびあがっている。

「五分遅刻だ。ペナルティは何がいい？」

戸越伸夫は雑念を振りはらうと、ギターケースを持って立ちあがり、一人玄関の方へ歩き出した。

3

スタジオは、玄関に近い方から、Aスタ、Bスタ、Cスタと呼ばれており、いずれも十畳ほどの広さである。メイプル・リーフには、Cスタ、つまり玄関から最も離れているスタジオが割り当てられた。

「ワン、トゥー、ワン、トゥー、スリー――」

駒村俊二がスティックを鳴らしてカウントをとると、二台のギター、ベース、キーボード、ドラムスが寸分の狂いもなく一拍目の音を出し、刹那《せつな》、ふわりと浮かびあがるようなエクスタシーが戸越の体の中心をつらぬいた。

音楽をやっていて本当によかったと感じる瞬間である。たった一人が、〇・一秒、いや〇・〇一秒のズレで音を出しただけで、この快感は失われる。そしてこの快感を常に味わえるようにするために練習を繰り返すのだ、と戸越は思っている。

五四年のストラトキャスターが、フェンダー・ツイン・リヴァーブを通して、乾いた音色で鳴り響く。

メイプル・リーフのリード・ギタリスト戸越伸夫は、エフェクターをやたらと使いたがる昨今の風潮をよしとせず、あくまでもナチュラル・ディストーションにこだわった音作りをしている。そうでなければ、犠牲を払ってまで手に入れた名器が泣いてしまう。

戸越と逆の考えを持っているのが武喜朋で、コーラス、ディレイ、エコー・マシン――これと思ったエフェクターは何でも使う。しかし、ただ並べているだけなら皮肉の一つもいいたくなるが、悔しいことに、武はそれらを充分使いこなしてしまうので、戸越も沈黙するしかない。武が作り出すスペイシーなサウンドと、戸越がこだわり続ける枯れたサウンド、この異質な二つがバンドの中に溶け込むと不思議と調和がとれ、その微妙なバランスがメイプル・リーフの持ち味となっている。

音作りだけでなく、すべての面で戸越伸夫と武喜朋は対照的だった。武はギターを弾くのと同時にリード・ヴォーカルも執《と》っている。どちらも素晴らしい技倆《ぎりょう》だと戸越は感心させられるが、嫉妬は感じない。戸越はギターさえ弾ければそれで満足なのだ。歌など歌いたくもない。

また、武は百八十センチを超す長身で、体重が六十キロそこそこという、いかにもステージに立つために生まれてきたような体つきで、今日のように、スリムなブルージーンズとヘインズの白いTシャツというシンプルなファッションをしていても絵になってしまう。対して戸越は、武より十センチ以上低いにもかかわらず、体重は――

ここ数年、恐ろしくて計ったことはないが——八十キロを下回っていることはないし、マスクもフロント・プレイヤーとしてはかなりもの足りない。性格も、戸越が強烈な皮肉屋なのに対し、武は非常に冷静で、人との和を保つことがうまい。

練習の際、一番注文をつけるのは山脇丈広だろう。戸越も、自分の感性に合うか合わないか、それだけで文句をつけ、侮辱的な言葉を並べたてることが多いけれど、山脇は、理に適《かな》った、演繹《えんえき》的な方法で個々のミスを指摘する。そのため、注文をつけられた者も納得するしかないのである。ベースという、バンドの中で司令塔的な役割を果たすパートを受け持っているからだろうか。戸越は高校生の時から山脇と一緒に音楽をやっているが、年を経るごとに、彼のイメージがレッド・ツェッペリンのジョン・ポール・ジョーンズに近づいていくのを感じる。難をいえば、陰《いん》にこもりがち、ということか。

「マリちゃん、ミスが多いよ」

三曲ほど軽く流したあとで、その山脇丈広が淡々といった。

「練習してこなかったんだろう。全員がスタジオに集まるのは、バンドとしての音作りをするためなんだぜ。個人のパートの練習は家できっちりとやってこいって、何度いったらわかるんだ。マリちゃん一人の遅れが全体の仕あがりを遅らせるんだよ。

特に今回はラスト・ライヴだから、新旧とり混ぜて二十曲以上演奏しなければならない。この三日のうちにいちおうの形を作っておかなければ間に合わないって、わかっているだろう？　東京に戻ったら、今度は卒論なんかで忙しくなるんだから。それなのに基本でつまずいていたのでは、ライヴなんてできないぜ」

武喜朋がいつになく強い口調でいう。戸越や山脇が文句をいった際に、やんわりと言葉を挟み、槍玉にあがった者の気持ちをほぐしてやるというのが、バンド・リーダーである武のいつもの姿だった。しかし、ラスト・ライヴを目前にしたこの日は、さすがに厳しさが表に出ている。

三谷真梨子は女性のキーボード・プレイヤーとしては、かなりのハイ・レベルにある。女性にありがちなアタックの弱さ、美しくまとめようとするがゆえに煮えきらないフレーズ、こういった欠点は感じられない。勝気な性格が好ましい方向に作用して、実に攻撃的なパフォーマンスを見せてくれる。加えて、「秋風のバラード」を出したころのオリビア・ニュートンジョンを思い起こさせるような愛らしい顔たちをしているため、メイプル・リーフのライヴを観にくる者の中には、真梨子目当ての男性も少なくなかった。

その反面、自らの技術を過信しているところがあり、放っておくと個人での練習をさぼりがちになる。戸越も以前から、「スタジオ練習のための練習をしてこい」と口を酸っぱくしていっていた。

「とりあえず先に進みましょうよ」

ラディックのドラム・セットに座った駒村俊二が、スティックを回しながらいった。

彼は、他のメンバーより学年が一つ下だが、練習中はまったく物怖《ものお》じすることなく先輩とやり合う。ベースの山脇とは対照的に、少々鼻につくほど明るい性格をしているが、この天真爛漫さが手伝ったのか、メイプル・リーフに加入した当時を考えると、現在では驚くほどレベル・アップしている。俊二のビートを背中に浴びてギターを弾く戸越は、最近とみに圧倒されることが多くなった。このスリムな体のどこにパワーが秘められているのか。俊二は、プロになりたいという意志を持っているようだが、現在の彼を見ていると、それも夢ではない気がする。

実をいうと、駒村俊二は、メイプル・リーフの二代目ドラマーで、グループ結成当時は、信濃《しなの》譲二《じょうじ》という男が叩いていた。

信濃譲二のテクニック、そしてリズム感は、とても日本人とは思えないほどすばらしく、まさに音楽をプレイするために生まれてきたような男だった。だが、戸越は信濃が嫌いだった。

人を小馬鹿にしたような態度、気まぐれな性格、詭弁家《きべんか》のような語り口――信濃のすべてが気にくわなかった。戸越は、自身の性格が決して他人に好かれるようなものではないとわかっていたが、信濃と較べればまだまともな方だと思っている。

彼がメイプル・リーフを脱退した理由はわからない。ある日突然、「やめる」といって姿を消してしまったのである。その後、外国に渡ったという話を聞いたことがあるが――まあ、それは、戸越にとっては何の興味もないことだった。殴り合いの喧嘩をする前に、自主的に脱退してくれて、本当によかったと思っている。

「イントロを繰り返して練習してみよう」

山脇の声で練習が再開された。コーラス、エコーをしつこくかけた武のレス・ポールがアルペジオを奏《かな》でる。

メイプル・リーフのメンバーはみな、直接ビートルズの影響を受けてはいない。ビートルズの影響を受けた七〇年代のロック・バンドを聴いて育った世代だ。しかし、武や戸越が作ってきた曲を全員でアレンジすると、いつもその端々にビートルズの影が見え隠れする。

黒いTシャツに革ジャンを羽織った市之瀬徹が、狭いスタジオ内を歩き回ってシャッターを押している。

彼が楽器を持つことはない。メイプル・リーフ結成当初から、気さくにライヴや練習に出入りしていて、いつの間にか行動をともにするようになった六人目のメンバーである。ミーティングだろうと合宿だろうと、どこへでも顔を出して写真を撮りまくり、「聴く側からいわせてもらえれば」と前置きして曲を批評する。戸越は、演奏もしないで何がおもしろいのかと思うのだが、徹は、「メイプル・リーフの姿を写真として残すことが俺の仕事だよ」と満足そうにいう。

三時半に始まった練習は、途中二度の小休止を挟んで二時間ほど続いた。

「今日はこれであがろう。初日だからこんなものだろう」

山脇が憮然とした表情でベース・アンプのスイッチを切った。

「とにかくマリちゃん、もう少しがんばってもらわないと話にならない。何のために御召し替えしたのかね。こりゃ、ペナルティの追加だね」

戸越は最後になってようやくいつもの口調で皮肉を出し、一日目の練習にピリオドを打った。

六時に近く、外はすっかり暮れていた。まだ十月とはいえ、高原の夜気は膚に冷たく、戸越は妙にセンチメンタルなものを感じた。

4

ホールに戻ると、夕餉《ゆうげ》の匂いが鼻腔を刺激した。暖炉には火が入れられている。

「お疲れさま。食事の準備はもうできているよ」

厨房《ちゆうぼう》で働いていたオーナーの権上康樹が、カウンター越しに微笑みを投げた。メイプル・リーフの六人は、手分けをして皿を運び、御飯をよそってテーブルに並べた。ゲミニー・ハウスの食事はセルフサービスになっている。

この夜のメニューは、トンカツと焼売《シューマイ》をメインに、山菜の煮つけ、ポテトサラダ、そして味噌汁と御飯、香の物だった。スキー場のロッジならどこでもお目にかかれるメニューだが、しかしゲミニー・ハウスの場合、すべてが権上の手造りだった。どんなに忙しくとも出来合いの惣菜《そうざい》を買ってきたり、冷凍食品で間に合わせたりすることはない。これがゲミニー・ハウスの売りものであり、権上の主張であるようだった。

「さっき宿泊棟に行った時ペンキ臭かったけど、改装でもやっているんですか？」

おかわりに立った市之瀬徹がカウンターの向こうの権上に話しかけた。

「ああ、あれね……」

権上は煙草の火を落とすと、エプロンで手を拭きながら厨房を出てきた。大男がスヌーピーのエプロンとは微笑《ほほえ》ましい。

「廊下の突き当たりの壁をペンキで塗ったんだ。いたずらされちゃってね」

「いたずら？」

「ひどい話さ。三日前だったかな、宿泊棟の掃除に行ったところ、突き当たりの壁が真っ赤な血を流しているじゃないか」

その言葉に、一同が目を剝いた。

「よく見たら赤いスプレー塗料で汚されていたんだけど、僕は一瞬、本物の血が飛び散っているのかと思ったよ」

「もー。権上さん、おどかさないで」

真梨子が大きく息をついた。

「ごめんごめん。そういうわけで元の壁の色に合わせて白いペンキを塗ったのさ。まだ乾ききっていないから気をつけてくれよ」

「しかし、誰がそんなことを」

武が眉をひそめた。

「泥棒のしわざだね。部屋も荒らされていたから」

「泥棒!?」

駒村俊二が御飯粒を飛ばした。

「最近湯沢では——特に駅周辺での話なんだけど——空巣狙《あきす》いの被害が増えている。君たちも駅前に建っている高層マンション群を見ただろう？　来たついでにロープウェイに乗ってみるといい。壮観だよ。一万人も住んでいない小さな街に四千室近いマンションができてしまったんだ。工事中のものもあるから、まだまだ増えるだろうね」

「そういえば、去年の夏に来た時よりも増えていたような気がしたなあ。でも、そんなに住む人がいるんですか？」

徹が訊く。

「住むのは地元の人じゃない。都会の金持ち連中さ。ほら、リゾートマンションというやつだよ。上越新幹線が開通してからというもの、東京の不動産業者が次々と越後湯沢の駅周辺に高層マンションを建てはじめたんだ。上野から一時間二十分だろう、ちょっとした別荘感覚で売りつけるんだろうね」

「車でも、高速に乗っちゃえば二時間だもんね」

俊二がいった。

「泥棒の話に戻るけど、湯沢には昔から、観光客やスキー客を狙う怪しい連中がいたことはいた。でも、最近増えている泥棒は違った種類の人間だ。どうやら、都会から出張してきた泥棒みたいなんだよ。リゾートマンションを荒らすためにね。

もちろんリゾートマンションだから、いつも人が住んでいるわけじゃないし、金目のものが置いてあるともかぎらない。でも中には、美術品やまとまった現金を置いている者もいるらしい。自宅に置いていたのでは税金逃れにならないと思って、ここに隠し持っておくのかもしれないね。

新手《あらて》の泥棒はこれを狙っているんだ。マンションの中には、ハイテクを使った防犯装置を備えているところもあるらしいけれど、全部が全部というわけではないだろうしね」

権上は髯をモジャモジャやりながら続ける。

「今回ウチに侵入したのも、そんな連中の一人で、駅前のマンションで仕事をしたついでにここまで足を延ばしたのだと思う。昔からの連中は、今はまだこんなところまで来やしない。シーズン前に盗みに入ったところで、お客さんなんて一人もいないと知っているはずだからね。それを知らずにのこのこやってきたのは土地のことを知らない証拠、つまり新参の泥棒というわけだ」

「じゃあ、何も盗まれずにすんだんですね」

武がいった。

「盗《と》られてはいない。けれど、部屋の中は、嵐のあとのようにめちゃめちゃさ」

「やだあ」

真梨子が口に手を当てた。

「ある部屋ではベッドのマットが引きちぎられている、別の部屋ではカーペットが切り裂かれている、あるいはスプレー塗料でいたずら描きされている、という具合にね」

「なんてことを」

山脇が顔をしかめた。

「α《アルファ》号室からθ《シータ》号室まで、つまり半分もの客室が被害に遭って、これでは修理するのに相当なお金がかかってしまいそうだよ。何も盗《と》るものがないから腹いせにやったんだろうが、まったくいまいましいったらありゃしない」

「犯人はまだ捕まっていない？」

徹が箸を置いて尋ねた。

「警察なんて当てになるもんか！　届けを出した時、何ていってきたと思う？『おたくにも落ち度があったんじゃないの』だ」

突然、権上が語気を荒らげた。戸越はいまだかつて、権上のこんな剣幕を見たことがなかった。

「つまらない話はもうやめよう。そうだ。ワイルド・ターキーがあるから、よかったら一緒にやらない？」

権上は穏やかさを取り戻していった。

「ラッキー。さあさあ、早いところ片づけちゃって、今夜はパーッとやりましょう」

そういったかと思うと、俊二はもう立ちあがって食器をカウンターに運んでいる。

「私はあとで」

醒《さ》めた声でつぶやいたのは真梨子だった。

「スタジオで練習してくる。今日はみんなに迷惑かけちゃったから……。でも、私のいない間に全部飲んじゃだめよ」

彼女の長所は、この負けず嫌いなところである。

「だいじょうぶ。俺もウイスキーを持ってきているから。ワイルド・ターキーとはいかないけどね」

武がいった。すると真梨子は振り返りざま、

「私はワイルド・ターキーが飲みたいのっ」

と大声でいって、足速にホールを出ていった。

「明日、みんなに迷惑をかけないですむように、せいぜいがんばってくれよ。ペナルティの追加は、もうごめんだろう？」

戸越は真梨子の背中に声を浴びせかけたが、反応は返ってこなかった。

5

戸越伸夫は大きなあくびをした。時計を見る。七時五十分。飲みはじめてまだ一時間ちょっとだというのに、この眠さはどうだ。もう酔ったのだろうか。

権上を交えた六人の会話がつまらないわけではない。お調子者の駒村俊二を中心にして笑い声が絶えることはない。ひさしぶりのスタジオ・ワークに疲れたのだろうか。

戸越は、ただでさえ重い体を、苦労して椅子からあげると、

「横になってくる」

といった。

「あれえ、もう寝ちゃうんですか？」

立ちあがってものまねをしていた俊二が、目をしばたたかせた。

「妙に体が重くてね。でもまだ八時だから、目が冴えたら戻ってくる。当分飲んでるんだろう？」

「もちろん」

顔を赤らめた山脇丈広が答える。

「とりあえず部屋に行くけど、もし麻雀するようなことがあったら、絶対に起こしにこいよ。たとえ眠っていても叩き起こせよ。俺は覚醒剤を打ってでも麻雀するからな」

つまらない冗談だったなと思いつつ、戸越はギターケースとボストンバッグを持ってホールをあとにした。

受付の前を過ぎ、廊下の角にさしかかった時、戸越は鍵を持っていないことに気づいた。

「おーい、部屋の鍵！」

ホールに残っている連中の顔は見えないが、これだけ大声で叫べば聞こえるはずだ。戸越は鍵を持たないまま先に進んでいった。

やがて、市之瀬徹が走ってきた。

「お待たせ」

「ついでだから、こいつを頼む」

戸越は、鍵を差し出してきた徹のその手にボストンバッグを握らせた。

「俺たちの部屋は奥の方だよな」

「戸越はο《オミクロン》号室」

少しふてくされたように徹が答える。

「ここは何度来ても部屋が憶えられないよ。なんだってギリシア文字なんだろう」

「俺は、この狭い廊下をどうにかしてほしい。一メートルぐらいしかないぜ。大切な
い、これをぶつけたらどうする」

戸越は、ギターケースが壁に当たらないよう、注意して歩く。

「ο、ο……。もっと奥かな」

徹は、キーについたプラスティック板と部屋のドアを交互に見ながら進み、廊下を突き当たったところで、

「マリちゃんの隣だね」

手前のξ《クシイ》号室にちらと目をやりながらο号室の鍵を開けた。

「ペンキの臭いで頭が痛くなりそうだ」

戸越は突き当たりの壁を横目で睨んだ。

「あまり無理するなよ。まだ初日なんだから」

「だいじょうぶ。牌《パイ》の音が聞こえたら本能的に目が覚めるよ、俺は」

「じゃあな。またあとで」

と片手を挙げて徹が背中を向けた。

戸越は部屋に入ると、壁を探って電灯のスイッチを押した。二段ベッドが二組と、大型ロッカーが一つあるきりの、殺風景な、ただ寝るだけの機能しか持たない部屋である。

戸越は大きなあくびを一つすると、ベッドに倒れこんだ。

瞼が重い。

戸越伸夫は深い眠りに就いた。

第二章　散歩する死体

1

　市之瀬徹は戸越伸夫を部屋まで送った後、トイレに寄ってからホールへ戻った。どうも静かだなと思って見ると、そのはず、駒村俊二の姿がなかった。

「俊二は？」

「風呂。酔っぱらう前に入っておくんだと。それより徹、ワイルド・ターキー、なくなったよん。もう一分早く戻ってくれればなあ」

　山脇丈広がいう。アルコールが入ると妙に明るくなる男である。

「ちぇっ。戸越のせいだ。あいつが荷物を押しつけてこなければ……。まったくあいつは人を人と思っていないところがある」

　徹は舌打ちをくれた。

「マリちゃんもさんざん皮肉られて、あれじゃあ怒りたくもなるよな」

武喜朋も苦笑した。

「まあ、そういうな。あいつはあれでいいところがある」

山脇が弁護する。

「ああ見えて実に親孝行でね、地元の会社に就職したのは両親を思ってのことだし、最近は仕送りに頼らず自活している。徹、おまえにまねできるか？　俺は戸越を尊敬するよ。おっと、今のは戸越には内緒だぜ」

それを聞いて、徹は一瞬言葉に詰まったが、恥ずかしいような、気まずいような心の中を隠すように、

「親孝行もいいけど、友だちも大切にしてほしいもんだ」

と唇を尖らせた。

「ま、こいつでも飲んで」

武が、持参のウイスキーを開けて、徹のグラスに注いだ。

「権上さん」

気分を変えて徹がいう。

「客室の番号がありますよね、α《アルファ》とかβ《ベータ》とかいうやつ。あれって、何か意味がある

んですか？」

「あれはギリシア文字の小文字だよ。ギリシア文字はαからω《オメガ》まで二十四文字あるんだけど、そのうちの最初の十五文字、つまりαからο《オミクロン》までを部屋の番号にしたんだ」

「それは——ギリシア文字を使っているというのは解るけど、何で素直に、『一号室』とか『一〇一号室』とかしなかったんですか？　僕はここに来るのは四回目だけど、ちっとも部屋番号を憶えられない」

「俺も」

山脇が相槌を打った。

「今だってそうですよ。戸越を部屋まで送ったんだけど、ο号室がどの辺にあるのか、さっぱり見当がつかなくて」

「僕が天体観測を趣味にしていると、以前話したことがあったよね？」

権上がいう。

「ギリシア文字は、普通の人にはなじみがないかもしれないが、僕のように星が好きな者にとってはとても身近なんだ。

星の名前の呼び方の一つに『バイアー名』というのがあってね。これは、星座の名前にギリシア文字をつけたもので、『カシオペアγ《ガンマ》』とか『おうしξ《クシイ》』とかいう感じで呼ぶんだよ。その星座の中で一番明るい星がα、二番目がβ——、という具合になっていて、たとえば、こぐま座の中で最も明るい北極星のことをバイアー名で呼ぶと『こぐまα』だ」

「『アルファ・ケンタウルス』と呼ばれている星がありますよね。たしか、太陽系に一番近い恒星だったと思うけど……。あれがバイアー名なんですか?」

武喜朋が尋ねた。

「そうそう、さすが武クンは物識《ものし》りだ。正確にいえば『ケンタウルスα』だね。地球に最も近いといっても、四・三光年も離れているし、残念ながら日本からは見えない」

「すると、ゲミニー・ハウスという名前も、星に由来しているんですか?」

山脇が訊く。

「ゲミニーというのはふたご座の学名なんだ。英語風に発音するとジェミニーかな」

権上はそういって、マッチを三本取り出した。二本を平行に並べ、一本は半分に折って、先に並べた二本の頭をつなぐように置いた。「コ」の字が押し潰《つぶ》されたような形となっている。

「ふたご座の形を簡単に表わすと、こうだ。二つの角がそれぞれ、『カストール』、『ポルックス』と呼ばれている星で、ギリシア神話によるとカストールとポルックスは双子の兄弟ということになっているが――まあ、その話は関係ないからいいだろう。それよりもふたご座の形を見て、何か思い当たることはないかい？」

武が答えた。

「この建物と同じ形だ」

「その通り。ホール側が宿泊棟側に較べて少し短いけれど、何となく似ているだろう。これがゲミニー・ハウスの由来だよ」

権上が微笑む。

「ロマンティックな由来は結構ですけど、やっぱり部屋の名前はもっとわかりやすくした方がいいと思うなあ」

徹は不満だ。

「他のお客さんにも苦情をいわれたことがあるよ。でも、これは一つの個性だからね」

権上は椅子から立って暖炉の前に歩み、ベニヤ板の切れ端をくべた。勢いを増した炎が、彼の髯を赤く染める。

「酔っぱらったついでにいっちゃいますけど、もう少し商売気を出したらどうです?」

そういって、徹はグラスを空けた。

「もっと華やかに、そう、ペンション風にしたらどうかな。白亜の二階建てなんか、いかにも女の子を引きつけそうじゃない。今はさあ、あまりにも殺風景だよ。こういったら悪いけど、泥棒に荒らされたのを機会に一大改築したら?」

「そうそう。権上さんの木工の腕を生かさない手はないよ。オーナー手造りのスキー・ロッジ——なーんて雑誌に載れば、商売大繁盛間違いなし!」

山脇がグラス片手に気焔《きえん》をあげる。

「君たちがそういってくれるのは嬉しいけど、あまりミーハーになるのはいやだからね。今でもそこそこ繁盛しているから、これ以上の贅沢《ぜいたく》は望まないよ。泥棒にやられた部屋だけは何とかしなけりゃならないが」

権上はやんわりというと、学生三人のグラスを手元に引き寄せ、濃い目の水割りを作った。暖炉にくべた板切れが、パチンと爆《は》ぜた。

「さて、僕はそろそろひきあげるとしよう。今夜中に仕あげておきたい作業があるからね。今日は貸し切りだから、君たちはまだまだ飲《や》っていていいよ。夜通しでもかまわない」

　大きく伸びをした権上は厨房に入っていった。厨房の奥には鉄のドアがあり、その向こうが権上の部屋だ。

「麻雀をやるのなら、牌とマットは玄関の棚にあるからね。それではおやすみ」

　ノブに手をかけ、権上が振り返った。

「おやすみなさい」

「ごちそうさま」

　徹たちが口々にいうと、権上はにっこりと微笑んで、その巨軀をドアの向こうに消した。

「権上さんってさあ――」

　山脇が煙草に火を点《つ》けながらいう。

「とっても親切で人当たりもいいんだけど、俺たちがどうしても入り込めない部分を持っていると思わないか？　どこか影があるんだよな」

「そういえばさあ、ほら、泥棒の話をした時、警察に対してえらい剣幕だったろう。あれって、何だか引っかからない？」

　と徹も煙草をくわえる。武が顔をしかめ、掌で煙をはらった。

「前科者だったりして」

「かもね」

「人のことを詮索するのはやめようよ」

武が話の腰を折った。

「権上さんの過去がどうだっていいじゃない。今はいい人なんだから」

徹と山脇は気まずく顔を見合わせた。

沈黙の中にシンセサイザーの音色がかすかに響いた。真梨子はまだ練習している。

話題は音楽のことになった。自分の好きなミュージシャン、最近観《み》たライヴ、七〇年代のロック・シーン、そしてメイプル・リーフのこと——。音楽の話には事欠かない。素面《しらふ》でも徹夜で熱く語り合うことができる。

徹がローリング・ストーンズの来日の可能性について口にすると、それを肴《さかな》に三十分も論議が続いたが、五人揃っての来日は永遠に無理、という結論が出たところで、それを待っていたかのように、

「ちょっと酔いを醒ましてくるよ」

と山脇が立ちあがった。

「部屋に行くのか？」

武が訊く。

「いや、外の空気に当たってくる」

真赤な顔の山脇がホールから出ていった。

それと入れ替わるようにして、首にタオルをかけた駒村俊二がホールに現われた。はだけたシャツからは銀のネックレスが覗いている。

「あー、いい湯だった。ビール飲みたいなあ」

「いつまで風呂に入っているんだよ。一時間も入ってたろう。よくのぼせないな」

徹はいった。九時になろうとしている。

「温《ぬる》い湯にゆっくり浸《つか》るのがいいんですよ。疲れが取れてね。ビールないんですかあ？　ない？　じゃあ、ウイスキーでいいや」

武が薄い水割りを作ると、俊二はそれを一気に飲みほした。

「んーっ、さすがワイルド・ターキー！」

「残念でした。これは俺が持ってきた国産の安酒です」

「俊二はグルメにはなれないな」

「あちゃー」

三人は声をあげて笑った。

「あーあ、もう飲むのやめた。どうせ俺は味音痴ですよ。それより戸越さんを呼んできて麻雀しようよ」

俊二がツモのしぐさをまねた。

「いいねえ」

と徹。

「じゃあ、呼んでこよう。あいつの部屋は――」

武が席を立った。

「0号室ね」

徹は教えた。が、すぐに武の袖を引いて、

「でもさあ、戸越と麻雀するの、いやだな。人の打ち方にやたらと文句をつけるんだもの。どうせ疲れて眠っているんだろう？　わざわざ呼びにいかないで、山脇が戻ってくるのを待とうよ」

他人が安い手であがると、「しみったれた打ち方をするな」と罵《のの》るくせに、自分がいざ安い手を作ると、「大きな手を狙えそうにない時には欲をかかずに小さい役で我慢する、これがプロの打ち方だ」と自己を正当化する。戸越の麻雀はいつもそうだった。それだけでも反感を買うというのに、さらには金の取りたてもうるさかった。その場で負け分を払うのをしぶると、毎晩毎晩電話で催促してくるのである。

「しかし、戸越をはずすのはまずいぜ。『麻雀をするなら起こせ』と、あれほど念を押していたんだ。自分がのけ者にされたと知ったら、この合宿中、怨み言のいい通しだ」

「そうそう、さあ、早いとこ呼んできてくださいよ」

俊二が武をうながした。仕方ないか、と徹は思い、テーブルを片づけはじめた。

市之瀬徹と駒村俊二が盲牌《モウパイ》の練習をやっていると、武喜朋が一人で戻ってきた。

「戸越さんは？」

俊二が訊く。

「変だなあ。戸越、いなかったぜ」

「いない？」

徹は小首をかしげた。

「戸越は０号室だよな」

「そうだよ」

「トイレじゃないんですか？」

牌をかき混ぜながら、俊二は軽くいった。

「そう思ってトイレも覗いてみたけど、いなかった」

「じゃあ、風呂か、外の空気を吸いにいったか」

その時、ホールと玄関の間のドアが開いた。三人の目が、いっせいにそちらに向いた。

「な、なんだよ」

山脇丈広だった。顔の赤味はいくらか収まっている。

「外で戸越と会わなかった？」

武が尋ねた。

「戸越？　いいや」

「部屋にいないらしいんだ」

「俺は会ってないよ。ここの敷地は広いから……」

山脇は言葉尻を濁したが、腰を降ろして煙草をくわえると、

「眠気覚ましの散歩だろう。ま、そのうち戻ってくるよ。戸越は気分屋だからさ。ほら、去年の暮れにライヴをやった時も、開演直前になっていなくなったと思ったら、ビールを買って戻ってきたじゃない。あの時はあせったよな。一言ぐらい声をかけていけばいいのにさ」

と妙に明るい調子でいった。

「ほっとこうぜ。心配損だよ。せっかく誘ってやったのに、外出しているなんてとんでもないヤツだ」

徹は顔をしかめた。

「じゃあ、山脇さんを入れた四人でやろうよ」

俊二がいった。しかし山脇は、

「今日は気分が乗らないなあ。どっちかというと、酒を飲む方がいい」

「えーっ、酒なら麻雀しながらでも飲めますよ」

「だめだ。俺はながらでやるのは嫌いだ。今日は酒の方にする」

山脇は頑として応じない。俊二は唇を尖らせた。

「そうそう、みんなに見せたいものがあるんだ」

徹は指を鳴らし、ホールの片隅に置いてあったデイパックから一枚のはがきを取り出した。三人の視線が集まるのを感じたため、

「そんなにたいしたものじゃないよ……」

と前置きして、テーブルの真ん中にはがきを置いた。

「えー、『元気かい？　長い間、何も連絡しなくて悪かった。心配しただろう？　俺

は元気に暮らしているよ――といいたいところだが、いま俺は病院のベッドの上。仕事中に怪我するというヘマをしてね。たいしたことはないんだけど、強制的に入院させられてしまったんだ。こちらに来てずっと働きづめだったから、骨休めのつもりでのんびりと治療に専念するよ。まあ、あと半年もしたら帰るだろうから、それまでは引越さずに、俺の荷物を預かっといてくれ。じゃあ、再会の日を楽しみに。ジョージ』」

俊二が手に取って読みあげた。

「ジョージ？　信濃譲二？」

山脇が目を丸くした。徹はうなずく。

「いつ届いたの？」

「おととい、かな」

「あいつ、どこにいるの？」

「ドイツだと思うんだ」

徹はそういって、はがきを裏返す。二つの尖塔をそなえた、窓の細長い、教会風の建物の写真になっていた。

「ゴシック建築だね。アミアン・ケルン・ノートルダム――ケルン大聖堂だろう、これ」

　武が博学を披露した。

「そうだろう？　俺も、中世ドイツっぽい建物だと思ったんだ」

　武がいうのだから間違いないだろう、と徹は勢いを得ていう。

「ジョージのことはすっかり忘れていたよ。生きていたんだな。怪我してるって書いてあるけど、どうしたんだろう……」

　山脇がいう。

「まあ、あいつのことだから、転んだとか、交通事故とかいう普通の怪我じゃないような気がするね。本当に変わったことばかりする男だったもんな」

　武が笑った。

「はじめて会った時のことを憶えてる？『ジョージです、よろしく』って、握手を求めてきただろう。ジョージと自分で名乗るぐらいだから、俺はてっきり、ハーフかと思ってしまったけど、実は何てことはない、生粋《きっすい》の日本人なんだよね。まったく妙な男だった」

「それで、信濃という苗字だから、長野出身かといえばそうでもない。鹿児島なんだよね。名前一つ取っただけでも人を食っているよな。そういえば、どことなく南方系の顔をしてたっけ。眉が太くて、色が黒くて」

　山脇も苦笑いした。

「そんなに変な人だったんですか？」

　と俊二。

「ドラムはうまいんだけど、行動が翔《と》びまくっていてね。一緒にやっていて疲れたよ」

「戸越さんみたいなタイプ？」

「うーん、あんなに怒りっぽくはなかったけど、自己中心的なところは戸越以上だった。そんなわけで、戸越とはいつもぶつかってた」

　山脇はあたりを見回しながら小声で説明した。

「俺たちと同期なんだけど、歳はかなり上だったよ。うちの学校に入る前に、他の大学を二つも中退していてね。あれっ、除籍だったかなあ。なんでも、現役で合格した関西の大学は、『水が合わない』といって一ヵ月でやめ、次の年に入った東京の国立大学では、卒業直前になって教授と喧嘩して退学したらしいんだ」

　武がいう。

「へえー。人生を楽しんでるって感じだなあ」

俊二が感心したようにいったが、武は、

「かっこよくいえばそうだけど、俺にはただの遊び人としか見えなかったよ」

と首をすくめた。

「どうしてメイプル・リーフをやめちゃったの？　性格が合わなくて喧嘩になった？」

俊二が身を乗り出して訊く。

「それがよくわからないんだ。戸越とうまくいってなかったのはたしかだけど、どうもそれが原因じゃないと思うんだ。口癖のように、『音楽はもう飽きた』といっていたから、案外それが本当の理由かもしれない。レベルが下の俺たちと一緒にやるのがいやになったのかもしれないけどね」

山脇がここまでいった時、

「あー、疲れた。三時間も練習しちゃったわ。明日は誰にも文句をいわせないよ」

といいながら、三谷真梨子が帰ってきた。

「あれっ、ワイルド・ターキーなくなってる。ずるいんだからぁ！」

真梨子は頰を脹《ふく》らませて空き瓶を振りあげた。彼女はそれからひとしきり愚痴をこぼしたが、それがおさまると、テーブルの上を見て、

「麻雀？　戸越クンが抜けてるなんてめずらしいわね」

といった。

「戸越さん、どっかに行っちゃったんだって」

俊二がいう。

「こんな夜遅くに？　どこへ？」

八時ごろ０号室にひきあげたのだが、九時になって麻雀の誘いにいってみると、そこには戸越の姿がなかった。市之瀬徹はそう説明した。

「ヘンねえ。これを置いてくるついでに覗いてみる」

真梨子はキーボードを抱えてホールを出ていく。

「ところで、さっきの話、ジョージのことだけど、どうして徹のところにだけ便りがきたの？　武のところは？」

真梨子の姿が消えると、山脇がいった。武は首を横に振って、

「徹はジョージと特別親しかったか？　あいつの荷物を預かっているなんて初耳だ」

「荷物は強引に持ち込まれただけだよ。アパートがたまたま近かったものでね。俺が荷物と一緒に引越しちゃうと困るから……、だから、あいつ、心配になって連絡してきたんじゃないの……」

徹は歯切れの悪いいい方をした。たしかにそういう理由もあるだろうが、信濃譲二が自分にだけ手紙を書いたことには別のわけが考えられた。二人は、メイプル・リーフの他のメンバーがまったく知らないある事件をともに体験し、それ以来親しくつきあっていたのである。というより、徹が一方的に信濃に心酔したといった方がいいかもしれない。事件が起きたのは大学二年の夏、信濃がメイプル・リーフを脱退していくらも経っていないころだった。

その朝、市之瀬徹は油臭さで目覚めた。そこは見知らぬガソリンスタンドで、徹は吹きさらしのコンクリート・フロアーに体を横たえていた。記憶はさだかではなかったが、前夜飲みすぎたため、酔っぱらってガソリンスタンドに泊まるはめになったのだろうと思いながら体を起こすと、横にはなんと死体が転がっていた。

二日酔いは一瞬にして醒め、徹はあわてて警察に通報した。ところがこともあろうに警察は、徹を犯人扱いし出したのだった。徹は強制的に警察署まで引っ張られ、身に覚えのない証拠を突きつけられ、口汚い言葉を浴びせかけられ、自白を強要された。

そこに現われたのが信濃譲二である。取り調べからの帰り道、徹は信濃と出くわし、事情を愚痴っぽく説明すると、その一週間後に事件はまったく違った展開をみせ、徹とは別の容疑者が捜査線上にあがってきていた。それは、警察の向こうを張って信濃があれこれと調べて回り、その結果を匿名で投書したことに端を発していた。

この日を境に信濃は徹の恩人となり、徹の認識も大きく変わった。たんに「遊び人」とか「変人」とかいう言葉では片づけられないような気がしはじめた。

徹は、快刀乱麻を断《た》つが如く鋭かった信濃の推理を、ぜひともメイプル・リーフの他のメンバーにも伝えたかったのだが、それは信濃に敢然と拒否された。「警察より頭がいいからといって、自慢にもならないし、何の価値もない」といって。この言葉は徹の心を少なからずくすぐった。

信濃が、メイプル・リーフ、そして楽器演奏をやめてしまった理由は、徹も知らない。山脇がいったように、音楽に飽きてしまっただけなのかもしれないが、ともかく、メイプル・リーフ脱退後の信濃は狂ったように講義を受けまくり、三年生の前期で卒業単位のすべてを揃えてしまい、卒論も早々と書きあげて教授に手渡したという。そして、「世界を見てくる」の一言だけを残して、徹の前から姿を消した。ちょうど一年前のことである。

「ねえねえ、本当に戸越クンいない。彼の部屋、私の隣なんでしょう？」

真梨子がホールに戻ってきて、市之瀬徹の回想をさえぎった。

「そう、ο《オミクロン》号室」

徹は答え、信濃譲二からの絵はがきをしまった。

「荷物もないし、いったいどういうこと？」

「荷物がない？　武が呼びにいった時もそうだったのか？」

山脇が眉を寄せた。

「そういわれてみるとたしかに……」

武が記憶を探るようにいう。

「ロッカーに入れてあるのかもしれませんよ」

「バッグはともかくとして、ギターケースまでロッカーに入れるの？」

真梨子が俊二にいった。

「本当に荷物までなくなっているとすれば、ちょっとおかしいなあ。東京に帰っちゃったのかな」

俊二は両手を広げて、おおげさにいった。

「馬鹿いうな。隣近所に行くんじゃないんだぜ。だいいち車で来たのは俺と武だけなんだ。戸越には足がない。電車か？　あんな重い荷物を抱えて駅まで歩いていったのか？」

山脇がいう。アルコールが入っているせいか目がぎらついて見え、声も大きくなっていた。

「もう一つおかしなことがあるの」

真梨子は意を決したように顔をあげると、一同を見回しながら、

「私の部屋――と《クシイ》号室だっけ――のドアも細目に開いていたの……。昼間徹クンと一緒に行った時、間違いなく鍵をかけてきたはずなんだけど……」

と徹の革ジャンの袖を引っ張り、「そうだったでしょう？」と同意を求めてくる。

「うーん、どうだったかな」

しかし徹は憶えていない。

「戸越クンを送った時は？　私の部屋のドアは開いていた？」

「気づかなかったなあ。開いていたって、どのぐらい？」

「このくらい、かな」

と真梨子は親指と人差指で一センチほどの幅を作る。

「マリちゃんのドアの閉め方が悪かったんじゃないの？　カチッという音がするのを

確認した？　建てつけの悪いドアなら、閉めたつもりでも実際は閉まっていないということがあるよ。時間が経ったら自然に開いちゃうんだよね。俺のアパートがそうだもん」

「そうかしら……」

「荷物がない……。泥棒？　まさか、な」

武がぽつりといった。

「泥棒って、権上さんが話していた、あの泥棒？　それは、考えすぎじゃない」

俊二が反論する。

「やだーっ！」

真梨子が大声をあげた。

「いや、考えられるぞ。この前侵入した時には誰もいなかったが、今夜ふたたびやってくると、車が置いてある。来客があるに違いない。そこで――」

「いやーっ！」

真梨子はさらに大声をあげ、山脇をさえぎった。

「みんなで部屋を調べようよ！　ねえってば！」

徹ははじめ、戸越の不在をさほど重く考えていなかった。むしろ顔を合わせない方がせいせいする。しかし不審な侵入者の形跡があるとなれば話は別である。真梨子にせきたてられ、五人はホールを出た。

先頭に立っていた山脇が0号室のノブを回すと、ドアは抵抗なく内側に開いた。蛍光灯に照らされた室内には、二段ベッドが二組と大型ロッカーが一つ見えるだけだった。

武が徹の肩に手をかけていった。

「戸越は確かにこの部屋に入ったのか？」

「そうさ。俺は戸越をこの部屋の前まで送り、鍵を開けてやったんだ」

徹はきっぱり答えた。

山脇がベッドの布団を一枚一枚捲《めく》る。俊二が四つん這いになってベッドの下を見回し、観音開きのロッカーを開ける。

「戸越さんも荷物も行方不明のようですねえ」

俊二は肩をすぼめながらいって、シャツの汚れをはたいた。

山脇がカーテンを開け、さらに、下半分が磨《す》りガラスの窓に手をかけたところで、彼はハッと手を引いた。

「鍵が開いている！」

怯《おび》えたような山脇の視線が徹のそれとぶつかった。

「まさか！」

その裏返った声は武喜朋だった。

「マリちゃん、鍵だ。部屋の鍵だ。早く！」

ドアに寄り添うように立っていた真梨子は、一瞬、何をいわれたのか理解できない顔を見せたが、うんうんとうなずくと、ジーンズのポケットから鍵を取り出し、それを武に渡した。武が0号室を出る。全員がそれに続く。

「マリちゃんの部屋はここだよな？」

武はそういって、と号室のドアを叩いた。

「うん」

武はと号室の鍵を開けると、中に入り、壁のスイッチを押した。蛍光灯が点滅し、室内が白く照らし出される。

「マリちゃん、よく調べてみるんだ。何か盗られていない？」

彼はそれだけいうと窓に歩み寄り、カーテンを開けて、窓ガラスに手をかけた。しかし窓は開かなかった。

「マリちゃん、どうだい？　何かなくなっていたかい？」

「うーん、別にないみたい。お財布も部屋に置きっぱなしだったけれど、ちゃんとあるわ。中身もこんなものだったはずよ」

と真梨子はバッグの中を調べながら答えた。

「よかった……。0号室はドアにも窓にも鍵がかかっていなかった。そして戸越も荷物も消えていた。だから、もしかするとマリちゃんの部屋でも何かなくなっているんじゃないかと思ったんだ。でも、特に荒らされた様子はないみたいだな」

武は、ほっと息をつき、真梨子に鍵を返した。

「やっぱり泥棒のしわざか……」

最前までは酔いの手伝いを得て明るくふるまっていた山脇だが、今では顔の赤みもすっかり消え、不安そうに武喜朋を見つめている。

「ああ……。最初は、まさかと思ったけれど、実際に0号室をよく見てみると、たしかにおかしい。荷物がなくなっているし、窓の鍵もかかっていない。じっくり考えてみる必要がありそうだ」

「その前に――」

黙って事のなりゆきを見守っていた駒村俊二が口を挟んだ。

「俺たちの荷物、ホールに置きっぱなしでしょう。こっちに持ってきた方がよくないかな。泥棒ということになると置きっぱなしだと危ないでしょう？　まあ、そんなことはないと思うけど。用心に越したことはないもんね」

「やばい！」

もつれるような足取りで、山脇が部屋を駆け出ていく。

「マリちゃんはここに残っていて。荷物は俺たちが取ってくる」

徹がいうと、

「えーっ、一人で待ってるなんて、イヤ。泥棒に襲われたらどうするのよお」

「じゃあ俺がマリちゃんの荷物を見張っているから、マリちゃんはみんなと一緒にホールに行って」

そして市之瀬徹だけが七号室に残されたのだが、他の者たちの不規則な足音がしだいに小さくなり、ついに消えてしまうと、なんとも気味の悪い静けさが彼の体を締めつけはじめた。徹はもう一度窓の鍵を確認し、それからドアも閉めておくことにした。

廊下に顔を突き出してみると、何か不吉の前兆のように、戸越の部屋の前の明かりが消えていた。

2

戸越を除いた男性軍の荷物は、とりあえずξ《クシイ》号室に運びこまれた。

「トイレや風呂、それから他の部屋も捜した方がいいんじゃない？」

徹が提案すると、武喜朋と山脇丈広がそれにうなずき、揃って部屋を出ていった。

徹の酔いはすっかり醒め、戸越の失踪に関して少なからずの不可解を覚えていた。

他の連中もそうだろう。

市之瀬徹、駒村俊二、三谷真梨子がおし黙ってベッドに座っていると、捜索に行っていた二人が戻ってきた。

「だめだ。トイレにも風呂にも、戸越はいない。念のため女性用も覗いてみたけどね」

武が溜め息まじりにいった。

「他の客室はすべて鍵がかかっていて、ノックをしたけど返事はない」

くぐもった声で山脇がいう。室内の空気が重さを増す。

「建物の中にいないということは――」

山脇はベッドの下段に座った。

「戸外にいるということになる。しかし荷物まで持っていく必要はないだろう。仮に何かの理由で荷物を持って外出したとしても、こんな夜中に何をするんだ？　戸越はホールを出る時に『眠い』といっていたから、眠気覚ましにでも行った？　それにしては長すぎる。外は寒いぐらいなんだ」

「眠気覚ましのつもりで外出したけれど、睡魔に襲われてその場で眠ってしまった？」

俊二が軽く笑った。

「まさか。冬山じゃあるまいし」

「それじゃあ、湯沢の温泉街に遊びにいった？」

「俊二、冗談はそのへんにしておけ。何でギターを抱えて温泉街に行かなければならないんだ？　えっ？　だいいち、戸越はあれほど麻雀を楽しみにしていたんだ。他の場所に遊びにいくはずがない」

山脇は自分にいい聞かせるように、ゆっくり、そしてはっきりといった。

「ホールに荷物を取りにいった時、壁に貼ってあった時刻表を見たの」

真梨子がいう。

「越後湯沢駅発の上り新幹線は二十一時五十九分が最終だった。戸越クンが部屋に戻ったのは八時ごろだったんでしょう？　そのまま歩いて駅まで行っても間にあうわ。でも、時間的には可能でも、戸越クンが何もいわずに帰ってしまうという理由が思いつかない……」

「重ねていうけど、帰京したとか、眠気覚ましに外出したとかいうことはないよ。絶対に。戸越の靴も、俺たち五人の靴も、ちゃんと靴箱に入っていた。外を歩くのに裸足《はだし》？　荷物を抱えて電車に乗るのも裸足なの？　そんなことありえない」

真梨子の思いつきを山脇がきっぱりと否定した。

「泥棒がからんでいるとしか思えない」

「えーっ、そんなあ。嘘でしょう」

武がふたたび泥棒説を口にすると、すぐさま真梨子がさえぎった。が、武はかまわず、

「戸越がうとうとしていると、怪しげな人物が荷物を持ち出すところだった。戸越がとがめると、泥棒は荷物を抱えて逃げ出す。戸越はそれを追う。これなら裸足で外に出たとしてもおかしくない。あるいは、目覚めると荷物がなく、あわてて外に出た」

「あのストラトは、戸越にとっては命も同然だったからな……」

山脇は頭を抱え、首を横に振り続ける。

　だが、徹には釈然としないものがあった。もしもギターが盗まれたのであれば、戸越は何はさておき捜しに行くだろう。これに異存はない。しかし、はたして一介の泥棒がギターを盗むだろうか。たしかに闇でマニアに売りつければ何百万円かにはなるけれど、問題は、泥棒にそれだけの知識があるかということである。

　ストラディヴァリのような骨董《こっとう》的なヴァイオリンに資産価値があることは、音楽マニアの泥棒でなくとも知っているかもしれない。しかし、五四年のストラトキャスターの価値を知っている泥棒がいったいどれほど存在するだろうか。ヴァイオリンの盗難事件、偽造事件に関する報道は、何度か新聞で見たことがあるが、エレキギターのそれについては皆無である。

　さらに徹が不審に思うのは、戸越のボストンバッグも消えているということだった。あの中に何が入っていたというのだ。徹は戸越を部屋まで送る際に持ってみたが、衣類とエフェクター類以外は入っていないように思えた。財布が入っていたことは充分に考えられるが、それならなぜ財布だけ盗《と》っていかずに、かさばるバッグごと盗み出したのだろうか。

　開いていたドアと窓の鍵、消えた荷物のことを考えると、徹も泥棒の影を感じるのだが、もう一つすっきりとしない。しかし徹は、泥棒説にとって代わるほどの考えを持っていなかったので、特に口を挟むことはしなかった。

「泥棒を追いかけていったとしたら――」

真梨子の言葉が徹の思考を停止させた。

「格闘になって怪我をしているということもあるんじゃない？　警察に連絡しようよ。そうでなかったら権上さんに話してみるとか」

「俺もその点が気にかかるんだが、もう少し待ってみた方がいいと思う」

武がゆっくりとした口調で押しとどめた。

「どうして？」

「下手に騒ぎたてて、結局戸越の気まぐれだったということにでもなったら、権上さんに迷惑がかかるし、俺たちは警察に説教を食らう。とにかく夜が明けるのを待ってみようよ。もし朝になっても戸越が戻っていないようだったら外を捜してみよう。警察はそれからでいいんじゃないか？」

市之瀬徹も武喜朋の考えに賛成だった。二年前の苦い経験を考えると、警察とかかわりを持つのはごめんだった。俊二も、「そのうち戻ってきますよ」という。

するると真梨子は自分の肩を抱いて、

「じゃあ、ここで待っているとして、みんなはどうするの？　もう寝ちゃうの？

私、疲れているんだけど、神経が高ぶってとても眠れそうにないわ。それに、一人で部屋にいるのも怖い。ここは泥棒に狙われているのよ」

「トランプしよっか。気分がまぎれるかもよ。眠くなった人はこの部屋のベッドで横になればいいじゃない、ねっ？」

俊二が指を鳴らした。

「そうね……。五人揃っていれば強盗だって入ってこないわよね」

真梨子の表情が少しだけやわらいだ。

そして狭い部屋の中で、ある者はベッドに座り、またある者は床に胡坐《あぐら》をかいて、トランプ大会が始まった。しかし、この日の徹は散々だった。

「ドボン」を、一点につき一円という低いレートで行なったにもかかわらず、負けは四桁《けた》に突入していて、それはほとんど徹の一人負けだった。

戸越のことが心に引っかかって、ゲームに集中できなかったのだろうか。バンドの鼻つまみ者のことを心配するなんて――。

「俺、もう寝るわ。ツキもないようだし」

腕時計のアラームが二時を告げたのをしおに、徹は立ちあがった。

「負けたままやめていいの？　もうすこしやったら挽回《ばんかい》できるかもよ」

トップを走っている真梨子が余裕で笑う。

「パス。今夜のマリちゃんには敵《かな》わない」

「俺も寝よう」

武が大きく伸びをした。

「徹と俺は隣で寝るが、もしマリちゃんがいやじゃなかったら、山脇と俊二はこの部屋でやすんでくれ」

「ああ、それがいい。ボディガードが二人いれば、マリちゃんも心強いだろう」

「二人とも戸越クンのいたο号室で寝るの？」

真梨子が心配そうに尋ねる。

「それは気味悪いよ。ν《ニュー》号室にする」

武が答える。

「で、朝食の席に戸越が現われないようだったら本格的に捜索しよう。それではみなさん、お先に」

市之瀬徹と武喜朋はそれぞれの荷物を持ち、廊下へ出た。

ドアを閉めたかと思うと、短い悲鳴が聞こえた。徹と武は顔を見合わせ、いま出たばかりのξ号室のドアを開けた。

窓際で三谷真梨子が立ちつくしていた。

「どうした？」

武が声をかける。

「外に誰かいる……」

真梨子の目は大きく開かれ、サッシにかかった白い指がぶるぶる震えている。

「えっ⁉」

「煙草の臭いがこもっているから、空気を入れ換えようとしたの。カーテンを開けて、窓を開けようとしたら、誰かが……」

「そんな――」

馬鹿な、といいかけた徹の横を武がすりぬけ、窓に駆け寄ると、ガラス戸を全開にして、墨一色の戸外を見回した。他の男も武にならって、窓から首を突き出す。

「誰もいませんよお」

最初に俊二、

「気のせいじゃないか？」

続いて徹がいった。

「違うわ。本当にいたの！」

ややヒステリックに、頭を振って真梨子が反撥する。

「窓の向こう、雑木林の方に立っていたの。ちょっと私の方を見て、すぐに走っていった。本当よ！」

「どんなやつだった？」

武が真梨子に詰め寄る。

「振り向いたのは一瞬だし、それに外は暗いから、顔つきまでは……」

「体つきは!?」

真梨子がいい終わらないうちに山脇が尋ねた。

「ええと、ちょっと太ってたかしら……。背は高くなかったみたい。そうだ、手にバッグを持っていた！」

「戸越!?　戸越なのか！」

山脇が真梨子の肩を揺さぶる。

「戸越クン？　体つきはそうねえ、バッグも持っていたから……。でも、違うでしょう。何で戸越クンが逃げちゃうのよ？」

「ギターケースは持ってなかった？　外出先から戻ってきたのかもしれない。０号室に行ってみよう！」

山脇が部屋を出た。四人もそれに続く。しかし、ο号室は先刻調べた時と何の変化もない。念のためにと布団を捲《めく》ったが、そこにも戸越はいなかった。

「やだー、気味悪い」

真梨子がいやいやする。

「とにかく朝になるのを待とう……。俺と徹はν号室に寝る。山脇と俊二は絶対にマリちゃんのそばを離れるな」

武はそういうと、徹をうながしてν号室に入り、すぐに窓の戸締りを確認した。徹はドアに鍵をかけた。それは、室内側のノブに付いたボタンを押せばロックされる単純な鍵で、プロの手にかかったら、あっという間に開けられてしまいそうだった。

3

「徹、徹――」

誰だ。遠くで呼ぶ声がする。

「徹、起きてくれよ」

武喜朋の顔が目の前にあった。市之瀬徹は眠っていたことに気づいた。カーテン越しにほの白い光が射しこんでいる。

よ」

「何時だい？」

「七時過ぎだ。権上さんから他の部屋の鍵を借りてきた。念のため中を覗いてみよう

よ」

そうだった、戸越が行方不明になっていたのだ。まだ目覚めきれない頭の中で徹は考える。

「じゃあ、戸越はまだ戻ってきていないんだ？」

「ああ」

「よし」

掛け布団を撥《は》ねのけ、徹はベッドを降りた。

μ《ミュー》号室、つまり徹と武が寝たν《ニュー》号室の隣から、玄関に向かって調べることにした。鍵を開けて室内に入り、ベッドの上と下、ロッカーの中を見るという単純作業を繰り返す。

昨日権上が話していた通り、かなりの部屋が荒らされていた。しかし新たな発見は何一つなく、戸越も、荷物も見当たらなかった。状況は思ったよりも不可解かつ危険になっている。

最後の部屋、玄関に最も近いα《アルファ》号室を調べ終えた二人は無言のまま廊下を戻っ

た。

　徹は、武が見逃したのではないかという淡い期待を抱いて、ο号室を覗いてみたが、カーテン越しの淡い光に包まれた室内に戸越はいなかった。万に一つの幸運が失われた今、泥棒と格闘をして怪我をしたというケースが信憑《しんぴょう》性を帯びてくる。

「本格的にヤバそうだな……」

　ν号室に戻ると、武がつぶやいた。

「隣の連中を起こしてくる」

　そういって徹は部屋を出ようとしたが、少し思うことがあり、カメラを持って隣に行くことにした。

　ξ《クシイ》号室のドアの前でカメラをセッティングする。距離を約二メートル、絞りを十一で固定し、ストロボのスイッチを入れる。これなら少々の誤差があってもピントは合う。

　そしてドアをノックした。返事はない。ノブに手を掛けるが回らない。もう一度ノックする。

「誰？」

「俺だ、徹だよ。もう朝食の時間だ。ちょっと開けてくれ」

中から答えたのは真梨子だった。徹は、ドアの向かいの壁に背中を押しつけ、カメラを構えた。

ドアが内側に開き、真梨子の寝起きの顔が現われた。徹はその一瞬を逃さずシャッターを切った。

トレーナー姿の真梨子は、しばし何が起こったのか判断できない様子で立ちつくしていたが、やがて徹の手にあるカメラを見つけ、

「何すんのよぉ」

とつっかかってきた。

「マリちゃんの寝起きの顔、いただき」

「朝っぱらから変なことしないで！」

「さあ、これで目が覚めただろう？　早くしてホールに来いよ」

これ以上真梨子に怒られてはかなわないと、徹はホールに向かって走り出した。実際、馬鹿げた行為とわかっていた。だが、こうでもして無理におどけていなければ気分が滅入ってしまう。

メンバーが順次ホールにやってきて、最後に武が権上に鍵を返したところで朝食となった。

「戸越クンが行方不明なんだって？」

権上が全員を見回していった。

「権上さんも見たでしょう？　昨晩戸越が部屋に戻ったのを。あれから姿が見えないんです。荷物も、靴を除いて消えているんです」

山脇が答えた。彼はほとんど食事に手をつけていない。徹もそうだった。鯵《あじ》の干物も野沢菜もおいしかったが、食欲が湧いてこないのだ。

「このあたりを自分たちで捜してみて、それでも見つからないようだったら警察に頼もうかと思っているんですが、どうでしょうか？」

武が助言を求めると、権上は、

「それがいい。警察なんて行方不明ぐらいで本腰を入れようとしないからね」

といって唇を結んだ。

高原の秋の空は抜けるように青かったが、そんなことに気を留めている場合ではなかった。

朝食後、まずは歩ける範囲を二手に分かれて捜すことになった。武喜明、駒村俊二、三谷真梨子は、ゲミニー・ハウスの南東に広がるゲレンデ、市之瀬徹は山脇丈広と組んでゲミニー・ハウスの敷地内の担当になった。

徹たちはまず、三つのスタジオに入ってみた。昨夜は考えつかなかったが、ギター好きの戸越のこと、スタジオで一夜を過ごしたかもしれない。だが、器材が寒々しく並んでいるだけだった。

「俺たち練習するためにここにやってきたのにな」

山脇の言葉は全員の気持ちである。

テニスコートにも手がかりはなかった。

宿泊棟のすぐ裏にある雑木林は殊《こと》に念入りに調べた。戸越の持ち物はもちろんのこと、昨夜真梨子が見た人影が本物なら付近に足跡が残っているだろうと、地面に鼻をつけてまで調べたが、それらしいものは見当たらなかった。最近は晴天続きらしく、たとえ人が歩いても足跡は残りそうになかった。

最後が物置きだった。スキー板や権上の木工材料、暖炉にくべるであろう種々の廃材の山をかき分けて手がかりを捜したが、ここでも何一つとして発見はなかった。

徹と山脇は重い気分で物置きを出て、スタジオの脇を通って玄関へ向かった。その時、徹の視界の隅にキラリと光るものが映った。Cスタジオとホールの間の地面に何かが落ちている。

それは、見憶えのあるキーホルダーだった。ポルシェのマークが入った革のキーホルダー――。戸越のものではない。山脇のキーホルダーだ。

「これ、おまえのだろう？」

徹が拾って差し出す。山脇は首をかしげてポケットをまさぐる。

「ああ……。いつ落としたのかな」

情けなさそうな笑顔で受け取った。

ホールに戻り、徹と山脇がぼんやり煙草をふかしていると、ゲレンデ組が帰ってきた。顔つきから判断して、どうやら彼らも徒労に終わったようだ。

収穫のない報告をお互いに行なった後、今度は湯沢の温泉街に足を運ぶことになった。

出発する前に、戸越は帰京したのかもしれないということでアパートに電話を入れてみたが、むなしい呼び出し音が続くだけだった。

ν号室とξ号室の鍵を権上に預けると、五人は武のワンボックスタイプのバンで山を下った。俊二だけは盛んに冗談を口にしたが、誰もそれに笑おうとしなかった。

越後湯沢駅前に駐車すると、一人一人区域を決めて聞き込みに回った。徹の受け持ちは、駅の西側を南北に走る温泉街のメイン・ストリートの一画で、戸越の人相を説明しながら、旅館や土産物屋を一軒一軒尋ね歩いた。

しかし五軒も回ると、やる気を失ってしまった。店の者は現金なもので、徹が暖簾《のれん》をくぐる際には愛想良く迎えてくれるくせに、客でないとわかったとたん、早く帰れという態度で話もまともに聞いてくれないのだ。そんなことを重ねるうちに、徹は自分が悪いことでもしているかのような錯覚に陥り、一時間半かけてノルマを終えた時には、身も心もボロボロになっていた。

市之瀬徹が駅前に戻ると、他の四人が、何かを取り囲むようにして立っていた。

「何かわかった？　俺の方は全然」

徹が山脇の顔を覗き込むと、彼は虚《うつ》ろに足下《あしもと》を指さした。アル中患者のように小刻みに震えるその指先には、ベージュのボストンバッグがあった。

「戸越のじゃないか！」

徹は声をあげた。中には、ギターのチューニング・メーター、エフェクター、楽譜、そして数枚の着替えが入っていた。

「どこにあったんだ!?」

「温泉街の路地に落ちていた」

「で、戸越は!?」

徹はせっつくが、

「このバッグだけが落ちていたんだ。近くの旅館や土産物屋で訊いてみたんだけど、戸越を見たという人はいなかった」

「やっぱり、泥棒と格闘して、どこかへ連れていかれたんじゃないの？　警察に届けましょうよ」

真梨子がいう。

「どうしてバッグだけが……」

蒼白な顔の武がつぶやく。

「そうだ、ギターは？　戸越と一緒にどこに消えたんだろう……」

徹の腋《わき》の下は、いつの間にかじっとりと汗ばんでいた。

「こんなところにつっ立っているのもなんだから、とりあえず喫茶店に入りましょうよ」

普段の調子でそういったかと思うと、俊二はバッグを持って駅に向かった。

「そうだな……。少し考えを整理して、冷静になってから連絡した方がいい」

武もそれに続いた。

駅構内の喫茶店で話し合ったものの、戸越の不可解な行方不明には説明がつかなかった。

駅で聞き込みを行なった三谷真梨子、駅の東側を担当した武喜朋と駒村俊二の成果はなく、唯一の手がかりは、山脇丈広が発見したバッグだった。

「ゲミニー・ハウスに戻ってみて、それでも戸越さんがいないようだったら警察に連絡しようよ。ね？」

平静に俊二がいい、それが唯一の結論となった。

ゲミニー・ハウスに戻ったのは午後二時で、徹が権上から、ν号室、ξ号室の鍵を受け取っていると、

「戸越クンの部屋を見てくる」

と真梨子が宿泊棟へ向かった。

「警察に電話するなんてはじめてだよ。こういう場合は一一〇番でいいのかな？」

額に手を当てた山脇が力なくいう。

徹はその時、小さな悲鳴を聞いた。

「おい。悲鳴が聞こえなかったか？」

「悲鳴？」

「俺には聞こえませんでしたよ」

「まさかマリちゃんが……」

山脇が駆け出した。

「鳥が鳴いたんじゃない？」

武がいう。俊二も首を捻《ひね》る。

「そうかなぁ……。まあいいや、とにかく警察だ」

徹はホールのピンク電話の前に立ち、ポケットを探った。

「誰か、小銭ある？」

その時だった。

「大変だ、みんな来てくれ……」

玄関の方から山脇の声がした。かすれるような、力のないものだった。

徹は受話器を置き、声の方に走った。武と俊二もそれに続く。

廊下の向こうから、真梨子の肩をしっかりと抱いた山脇が、足をふらつかせながら歩いてくる。山脇も真梨子も、紙のように白い顔をしている。

「どうしたんだ!?」

「と、と、戸越クンが……」

「戸越がどうした！　戻ってきたのか!?」

「と、と、と……」

真梨子は、口をぱくぱくさせてあえぐばかりで、意味のある言葉を発せない。

「戸越がどうしたんだよ!?」

武が真梨子の肩を激しく揺さぶった。頭がかくんかくんと前後に揺れるだけで答はない。

「死んでる……」

不意に山脇の声。

「えっ?」

「戸越は死んだ……」

それだけいうと、山脇は口に手を当ててその場にうずくまった。

真梨子の絶叫が建物を震わせた。

4

開けはなたれたο《オミクロン》号室のドア——。向かって右側に位置する二段ベッドの下段に、魂のない戸越伸夫が横たわっていた(次頁図参照)。ロッカーの前にはギターケースが置かれている。

頭を窓に向け、仰向けになっている体。首には細い紐が巻かれており、その一端を

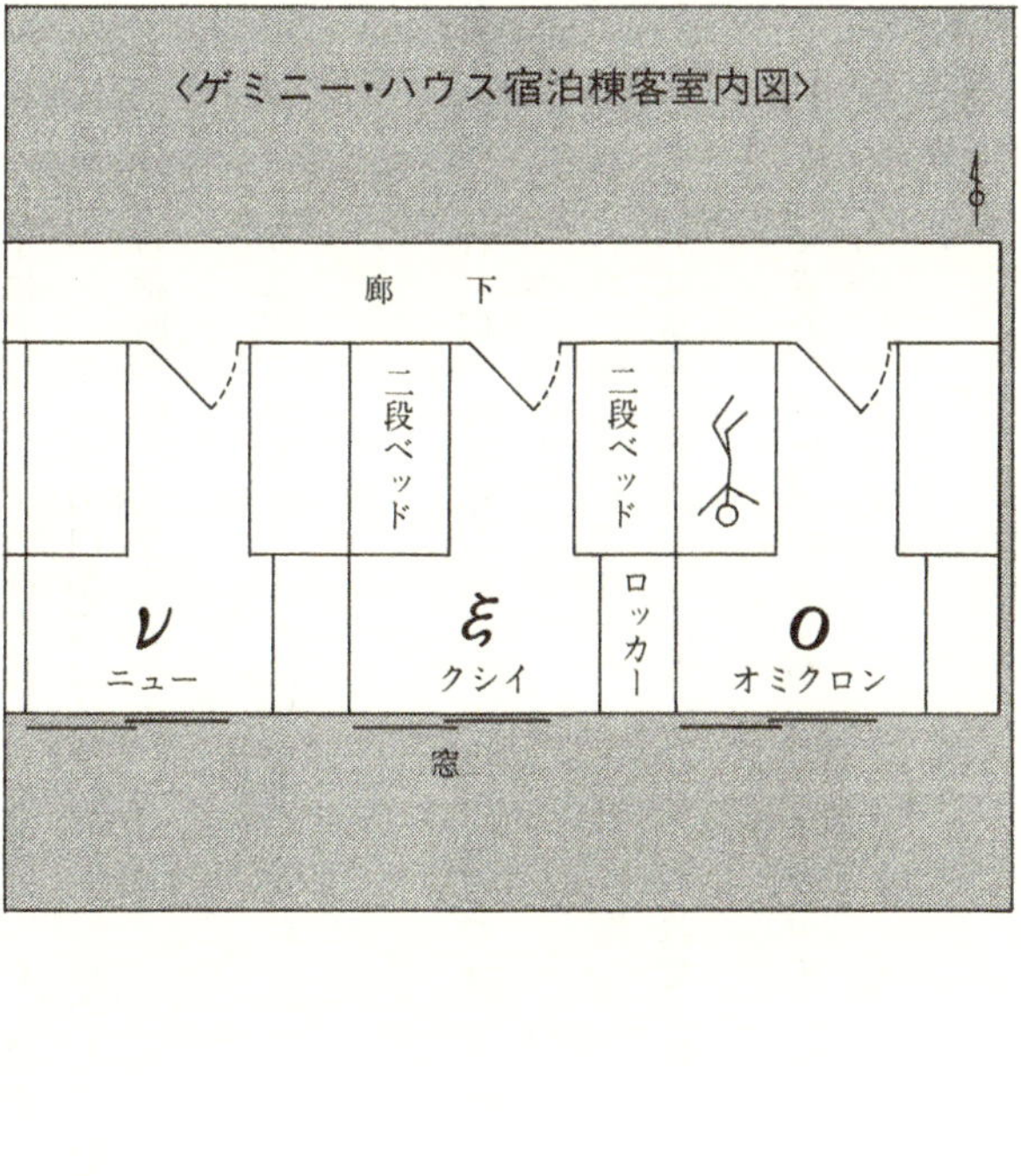
〈ゲミニー・ハウス宿泊棟客室内図〉
廊　下
二段ベッド
二段ベッド
ロッカー
ν
ニュー
ξ
クシイ
ο
オミクロン
窓

左手で握りしめている。右手はトレーナーの裾を摑み、両足は「く」の字に折れ曲がっている。眼はかっと見開かれ、半開きの口からは吐瀉物《としゃぶつ》があふれ出している。

冷たくなった戸越の体から絶叫が聞こえてくるようだった。

「戸越……」

武喜朋が、夢遊病者のように、ベッド・サイドに足を運んだ。

「いったい誰が……」

俊二が部屋を走り出た。

徹の視覚と嗅覚《きゆうかく》が刺激され、口中に生唾《なまつば》があふれ、胃から酸っぱいものが込みあげてくる。徹もたまらずトイレへと駆け出した。

トイレには俊二と山脇がいた。徹は構わず吐いた。一度、二度――。朝からほとんど食べていないので、しだいに黄色い胃液しか出なくなる。それでも胃は痙攣《けいれん》し続ける。

吐いているうちに涙が出てきた。声にはならなかったが、涙があとからあとから湧いてきた。苦しさから出たのか、それとも――。

口をゆすいでトイレを出る。

「警察を、警察を……」

武が、針の飛んだレコードのように、同じ言葉を繰り返しながら足を引きずってくる。振り返ると、真梨子がまだ、玄関にへたりこんで泣きじゃくっていた。

十五分後、警察の一隊がゲミニー・ハウスに到着した。徹が電話をかけたのだが、しかし何を喋ったのかはよく憶えていない。

制服を着た者、白衣を着た者があわただしく動き回る。トイレの先にはロープが張られ、窓のない廊下には目映《まばゆ》いばかりのサーチライトが設置された。

ホールに待機する五人は、誰一人として口を利かない。真梨子は両手で顔を覆い、俊二は目を閉じて頬杖を突いている。山脇はしきりにトイレへ立ち、武は虚ろに宙を見つめている。

徹は煙草をふかす。荒れた胃を刺激してふたたび戻しそうになるが、それでも吸わずにいられなかった。

やがて、一台の車が走り去る音がした。戸越を運んでいったのだろうか。

日が傾きかけたころ、一人の男がホールに入ってきた。歳のころは五十前といったところか。風采のあがらない小柄な男だったが、雪のような白髪だけは見事で、それをオールバックになでつけていた。男は、六日町署の塩田《しおた》警部補であると名乗った。

「亡くなった彼の友だちというのは、君たち？」

塩田は五人の前に腰を降ろすと、妙にゆったりとしたテンポで話しはじめた。

「まずは、彼の名前、君たちとの関係について教えてもらおうかねぇ」

視点の定まらない山脇丈広と三谷真梨子は使いものにならなかった。主に市之瀬徹と武喜朋が、時折駒村俊二が質問に答えた。名前は戸越伸夫、年齢は二十四歳。東京の大学生である戸越と自分たちはロック・バンドを組んでおり、その合宿のため、昨日からゲミニー・ハウスに滞在しているということ。そして自分たちの名前も明らかにした。

「東稜大学とは、みんな賢いんだねぇ。それにしても、学生さんは結構ですな。休日でもないというのに旅行なんぞできて」

徹はムッとした。年寄り連中ときたら、二言目には「学生はいい身分」である。腹立ちまぎれに、煙草の煙を塩田に吹きかけると、徹としてはそれとなくやったつもりだったのだが、塩田は掌をおおげさに動かした。

「戸越はどうして死んだのですか?」

徹を睨みつけようとした塩田の気をそらすかのように、武がよく通る声で尋ねた。

「嘱託医の所見によると絞死《こうし》ということだね。君たちも見たと思うが、頸部《けいぶ》には極めてはっきりとした絞痕《こうこん》、つまり首を絞めた跡が付いており、結膜や喉《のど》に溢血点《いっけつてん》——点のような出血ですな——が確認されています」

「それじゃあ、凶器は、首に巻かれていた紐だ」

俊二がいった。

「いや。彼の首に巻かれていた紐が死を招いた——これは間違いない。しかし殺しとはかぎりません。自分で自分の首を絞めることは不可能ではありません。稀《まれ》に自絞《じこう》死体というものも発見されています」

「それは、例の紐で首吊りしたかもしれないという意味ですか？」

武が訊く。

「違います。縊死《いし》と絞死はまったく別物です。縊死、すなわち首を吊って死んだ場合には、首の後ろ側の絞痕が前側に較べて高い位置にあります。紐で作った輪の中に首を通し、自分の体重で下に引っ張られるようにして頸部が圧迫されるのですから、自然と後ろ側の絞痕の方が高くなります」

塩田は両手で輪を作り、首吊りの様子を説明した。

「それに対して絞死の場合は、首の周囲をほぼ水平に一周した絞痕が付くものです。彼の場合はこのケースでした。不思議に思うかもしれませんが、首を吊らなくともこの方法で自殺できるんですよ」

今度は、首に巻いた紐の両端を水平に引っ張るまねをした。

「そういえば聞いたことがあるな。なんでも、思いきりさえあれば、かなり楽に死ねる方法らしい」

武がいうが、徹にしてみれば、自絞という自殺方法があることを、今はじめて知った。

「そこで自殺、他殺の両面で捜査を進めていきます。解剖の結果を見ればもう少しはっきりいえるでしょうが」

「殺された……」

山脇が髪を掻きむしった。

「さて、彼の死を究明するために、君たちにいくつか訊きたいのですが、まず……、死体を発見した人は誰です？」

真梨子が黙って手を挙げた。

「死体を発見した時間は？」

「…………」

「何時でした？」

塩田が重ねて訊くが、真梨子は答えない。徹は見かねて、

「二時でした」

といった。

「ο《オミクロン》号室ですか、あの部屋の窓に向かって右側下段のベッドにあったんですね？」

「…………」

「死体を動かしていませんね？」

「…………」

「死体の足下に掛け布団がのけられていましたが、発見した時からそうなっていたんですね？」

「…………」

「返事をしなさい！」

塩田は貧乏揺すりをする。

「動かしてはいないけど……」

真梨子がようやく、震える声で喋りはじめた。

「布団をのけたのは私です。何気なく掛け布団を捲《めく》ったら、そこに……」

「死体があった？　それでは、戸越伸夫さんの死体は頭から布団を被《かぶ》っていたんですね？」

「はい……」

消え入るように真梨子はいい、しゃくりあげる。

「死体の――」

塩田警部補がさらに質問を続けようとすると、駒村俊二が立ちあがって、

「マリさんはショックが大きいんだから、そのぐらいでやめておいてよ！」

と食ってかかった。

「では、それは置いといて、別のことを訊きましょう。ホトケ……、失礼、戸越伸夫さんの昨日の行動を知っているかぎり詳しく話してください」

俊二をひと睨みしてから塩田がいった。ゲミニー・ハウスに到着してから、戸越が0号室にひきあげるまでのことを、武喜朋がかい摘《つ》まんで説明する。

「ほう。八時ごろこのホールを去ったのが最後だったというわけですか。その後戸越さんを見た方はいませんね？」

五人とも返事をしない。

「市之瀬徹さん、君が戸越さんを0号室まで送っていったということだが、その時変わったことは？」

徹は考える。あえて挙げるなら、戸越がやたらと眠そうにしていたことがあるが、

その他にこれといったことはなかったように思う。

「特にありません」

と答えた。

「自殺をほのめかすような行動はありませんでした？　昨日にかぎらず、最近の彼の行動に沈んだようなところはありませんでしたか？」

これも思い当たることはない。徹は武と俊二を交互に見るが、彼らも首を横に振るだけだった。

「どんな些細《ささい》なことでも結構です」

塩田はしつこい。

「遺書でもあったんですかあ？」

俊二が訊き返す。

「いいえ。その類の文書はありませんでした。ただし……、いや、まあいいでしょう。話を元に戻しましょう。

昨日の八時に戸越さんが0号室に入った。その後今まで彼を見ていないということですが、変には思わなかったのですか？　寝ているにしては長過ぎやしませんか？」

「それが……、戸越は0号室にいなかったんです」

徹がいうと、塩田は、

「どういうことです？」

と小さな目をしばたたかせた。

「僕が戸越を０号室まで送ったことはいいましたよね。ところが、その後麻雀することになって０号室にいる戸越を呼びにいったんですけれど、その時にはもう部屋はからっぽでした。それから今朝にかけて、何度となく０号室を覗きましたが、戸越も荷物も見当たりませんでした」

「そんな馬鹿な！」

塩田は怒鳴るようにいって腰を浮かせた。

「麻雀の誘いに行ったのは市之瀬徹さんですか？」

「僕です」

武が手を挙げる。

「それは何時のことです？」

「九時ごろだったと思います」

「部屋の様子は？」

「０号室に電灯は点いていましたが、戸越はいませんでした。僕は気づかなかったけれど、その少しあとに覗いたマリちゃん、三谷さんによると、荷物もなかったということです」

「あなたが○号室に行ったのは何時？」

塩田の目が真梨子に向けられた。

「九時半か、十時か……」

「いないなんて……。それはおかしい！　ということは……」

オールバックの白髪に手を当てた塩田は、唇を嘗《な》めながらぶつぶつとつぶやいた後、

「戸越さんが○号室から消えたとわかってから先刻死体で発見されるところまでを順を追って話してください。これは非常に重要なことです」

といった。
○号室のドアと窓に鍵がかかっていなかったこと。ゲミニー・ハウス内を捜したが見つからなかったこと。翌朝、他の客室や敷地内、そして湯沢の街を捜索し、そこで戸越のバッグを発見したこと。二時過ぎに真梨子が死体を発見したこと——。やはり徹と武が中心になって話した。
「なぜ、ゆうべのうちに報《し》らせなかったんだ。素人が聞き込みのまねをしても埒《らち》が明

かないでしょうが。街に落ちていたバッグというのはどれです？」

徹が、テーブルの下に置いてあったボストンバッグを差し出すと、塩田は白い手袋をはめて、バッグの中を検《あらた》めた。

「これを見つけたのは誰です？」

山脇丈広がぼんやりと手を挙げた。

「発見地点を詳しく教えてください」

「説明しろといわれても、この辺の地名はわからないから……」

「それでは、あとで案内してもらいましょう」

「はあ……」

「さて、もう一度確認しますよ。今朝の七時半ごろ、市之瀬徹さんと武喜朋さんがo号室を見た時には戸越伸夫さんはいなかった。二時過ぎになって三谷真梨子さんが覗いてみると死体があった。その間、誰もo号室を覗いていない。間違いありませんな？」

一同うなずく。

「うーむ、これは妙なことになってきた。妙なことに……」

メモをペンでなぞりながら塩田が独り言を繰り返す。

「所見によると、戸越さんの死亡推定時刻は昨晩七時半から十時半、十一時にかけてといったところなんです。そして八時までは戸越さんの生存が確認されているわけですから、長く見ても八時から十一時までの三時間の間に死んだことになります。私はこの時間に戸越さんが0号室で死に、そのまま今日の夕方まで気づかれずに放っておかれたと思っていた。

　実をいうと、戸越さんのズボンのポケットの中に睡眠薬の瓶が入っていたんです。だからわれわれは、彼は睡眠薬を服《の》んだうえで自絞したというケースも想定していました。

　ところが今の君たちの話によると、死亡推定時刻に当たる九時から十一時には、戸越さんは0号室にいなかったということになる。さらにはバッグが湯沢の街に落ちていた。これが間違いないとなると自殺はあり得ない。自殺した者が荷物を持ってふらふら歩き回るはずないでしょう？

　考えられることは一つしかありません。戸越さんは八時に0号室に行った。そして九時までの一時間のうちに自らの意志で外出、もしくは何者かに誘い出された。荷物とともにね。そして0号室以外のどこか、おそらく街の方で殺され、今朝の七時半以降に死体とギターケースが0号室に戻された。このようになりますな」

「何かおかしいなあ。街の方で殺したあと、死体をわざわざここまで運んでくるなんて」

俊二が首をかしげた。徹も続いて、

「戸越は八十キロはありましたよ。それにギターだって重い。大《だい》の大人だって運ぶのは大変でしょう？」

といった。すると塩田は、少々いらついて、

「戸越伸夫さんが行方不明となり、死体として戻ってきた――これは君たちが証言したことではないかね。たとえ彼の体重が重かろうと、現実に運び込まれているんだから疑問の余地はないじゃないか。それとも何かね、行方不明だったというのは嘘なのかね？」

「嘘じゃないよ！　戸越さんはずっといなかったんだ」

俊二が膨《ふく》れた。

「死体をわざわざ運び込んだことは不可解ではあるが、犯罪者は、常人には理解できない心理を持って行動するものだ」

塩田はぶっきらぼうにつけ加えた。

「あのですね……、ここのオーナーに聞いたんですけど、最近湯沢界隈《かいわい》に泥棒が多く

て、ゲミニー・ハウスも被害に遭ったとか。で、僕たちは、戸越の行方不明とその泥棒に関連があるのではと考えたのですが」

武が、おそるおそるといった感じで切り出した。

「ふむ。リゾートマンションを狙う輩《やから》が増えたのは事実だが、しかし人を殺したという話は聞きませんな。まあ、盗みに入るような連中のことだから、いざとなったら何をするかわからんがね」

塩田はうっとうしそうに、武を横目で睨んだ。

「もう一ついい忘れていたんだけど」

俊二がいう。

「夜中の二時ごろだったかな、ここの外を人がうろついていたんだよね」

「えっ？」

「その時、俺たち五人はξ《クシイ》号室でトランプをしてたんだけど、窓を開けてみると、すぐそこに誰かがいた。実際に目撃したのは俺でなく、マリさんだけどね」

「三谷真梨子さん、詳しく話して！」

塩田にうながされても、真梨子はしばらく反応しなかった。ややあって顔をあげると、

「顔はわからなかったけれど……、戸越クンみたいな人があのバッグを持って立ってた……。私と目が合うと、あわてて走り去った……」

それだけ早口でいって、すぐにうつむいた。

「戸越さん⁉ からかわないで。夜中の二時というと、戸越さんはすでに死んでいるんですよ」

「でも、見たんだから。見たといったら見たのっ」

真梨子は髪を振り乱し、目に涙を浮かべていう。

「彼女、本当に見たらしいですよ、戸越を」

武がぽつりという。

「死んだ人間が立っていた？ 死者が街からここまで歩いてきた？ 馬鹿いっちゃ困りますよ！ 三谷さん、冷静に思い出してください。それは何かの見間違いでしょう？」

塩田は、真梨子の顔を覗きこむようにして食いさがるが、彼女はもはや答えられる状態ではない。

「仕方ありませんな。明日あらためて訊くことにしましょう」

塩田は舌打ちをした。

「亡霊だ……」

突然、それまでの沈黙を破って、山脇丈広がつぶやいたかと思うと、次には押し潰されたような声で、

「悔しくて成仏《じょうぶつ》できなかった戸越の亡霊だ！　俺たちに異変を報らせようとしていたんだ！」

と叫んだ。

塩田はそんな山脇を一瞥《いちべつ》し、「錯覚だ」と断言する。そして一同を見回して、

「明日の午後には解剖の結果が出そうですから、その時もう一度集まってもらいましょうか。学生さんだから時間の方はだいじょうぶですよね？」

と一方的にいった。

「そうそう、最後に、戸越伸夫さんの住所と電話番号を教えてください」

徹はポケットからアドレス帳を取り出して、戸越のアパートを教えた。

「御両親のお住まいは？」

「実家の方はわかりません」

「俺、知ってる」

山脇は顔をあげると、空《そら》で戸越の実家の住所と電話番号を伝えた。戸越とのつきあ

いが最も長く、その死による打撃が最も大きいのが山脇丈広なのだ。

「それではお疲れのところ申し訳ありませんでしたな。お友だちが亡くなられて大変だと思いますが、気を落とさないように。また明日よろしくお願いしますよ」

塩田が手帳を閉じて頭を下げた。二年前の刑事よりは丁寧だ、と徹は感じた。

「ああ、何度でもいってやる。あんたらが戸越クンを殺したんだよ！」

塩田が立つのと同時に、厨房の奥から大声が聞こえた。

見ると、権上康樹が自室から出てくるところで、その後ろには四十搦《がら》みの男がついている。この男も刑事だろうか。髪が薄く、出っ歯で、黒縁の眼鏡から覗く眼には薄笑いが浮かんでいて、外国人に日本人の顔を描けといったら、この男そっくりになるような気がする。

「あんたらが真剣に泥棒を捕まえようとしないから、また侵入されたじゃないか。そして戸越クンが殺された。部屋が荒らされただけなら元に戻る。だが、人間が死んだら修理できないんだよ。解ってるのかっ」

「まあまあ権上さん。だから……」

「だからはもういい。事件が起こってしまってからでは遅いんだよ。警察には、住民の安全を護る義務があるんだろう。事件が起きました、殺人にまで発展しました、では犯人を捜しましょう――警察のやっていることはこれだけじゃないか。何で事件を未然に防ぐ努力をしないんだ。何でこの前ここが荒らされた時にいいかげんな捜査でお茶を濁したんだ。そのために戸越クンが――」

「権上さん、それ以上の暴言を吐くようだと、こちらとしても黙っているわけにはいかないよ。先日の空巣狙いについては私も耳に挟んでいるが、われわれは正当な方法に則《のっと》って捜査を進めているんだ。今回の事件についても同じこと。あんたにとやかくいわれる筋合いはないね」

塩田が割って入った。

「責任を逃れるつもりなのか！」

「権上さん、あんたが何者であるか、われわれが知らないとでも思っているのか？　また痛い目に遭いたいのか？　まあ私はどうこうしようとは思わないが、上の者が何というか。とにかく心証を悪くしておかない方がいいと思うがね」

「…………」

権上は唇を噛んで沈黙した。

「北原《きたはら》クン、そろそろ帰るとしよう。それでは明日」

北原と呼ばれた刑事は、黄色い出っ歯を見せてニヤつきながら、塩田警部補にしたがった。

5

翌朝、ふたたび警察の一隊がやってきた。塩田と北原の姿もあったが、挨拶もそこそこに外に出ていった。ゲミニー・ハウスの敷地ならびにその周辺を捜索するのだろう。山脇丈広は、戸越のバッグを拾った場所を確認するために、一人の捜査官に連れられてホールを去った。

戸越のいないメイプル・リーフは、もはや練習をする必要はない。だが、ひと通りの捜査が終わるまでは帰京することも許されなかった。

駒村俊二は一人でスタジオにこもり、自棄《やけ》気味にドラムを叩き続けた。武喜朋と三谷真梨子は、ぼんやりと戸外を眺めている。徹はカメラ片手に周辺を歩いて、時折気が乗らないままシャッターを押した。制服を着た捜査官に何度か出くわし、そのたびに、「どこへ行くのか?」と訊かれた。

昼前に、山脇が湯沢の街から戻ってきて、スモーク・ウインドウの青いハッチバック車の洗車を始めた。

そうやって、五人はそれぞれ、魂の抜けたような時間を送っていたのだが、夕方近くになって現実世界に連れ戻された。五人がホールでコーヒーを飲んでいると、塩田警部補がやってきて、こういうのだった。

「今しがた戸越伸夫さんの解剖所見が出ました。やはり絞死に間違いありませんでしたよ。しかし少しばかり不審な点がありますので、一昨日から昨日にかけての状況をさらに詳しく伺いたいと思います。まずは駒村俊二さん、君からお願いします。α《アルファ》号室に行ってください」

「一人で？」

「そうです。いや、何も君たちを疑っているのではありません。一人ずつの方が話を聞きやすいと思いましてね。だから、特別に構える必要はありません。知っていることをありのままに話してくれればいいのです。そうすれば明日にでも帰京できますよ。さあ駒村さん、どうぞ」

塩田は、気味が悪いほど愛想よかった。俊二は何度も振り返りながらホールをあとにした。

「駒村さんが戻ってきましたら、次は左隣の方が行ってください。三谷真梨子さん、あなたです。私は別の用事があって立ち会えませんが、よろしく御協力のほどを」

塩田はそう頭を下げて、権上の部屋へ入っていった。その姿が消えるのを確認して

から、

「刑事はああいってるけど、個別に質問しようっていうんだから、やっぱり俺たちを疑ってるんだぜ」

徹は苦々しくいって煙草をくわえた。が、フィルター側に火を点けてしまい、あわてて灰皿に押しつけた。

「俺たち五人の誰かが殺した？　何で俺たちが戸越を殺さなければならないんだ！」

山脇がテーブルを叩く。

「もう私、いや。話しているうちに思い出してしまうわ。戸越クンのあの顔……」

喋りながら目を潤《うる》ます真梨子。山脇がもう一度テーブルを叩き、立ちあがる。

「喋りたくなかったら喋らなければいい！　俺たちは参考人として証言するだけなんだから、拒否してもかまわないはずだ！」

「そうだ！」

徹は山脇に同調する。が、武は、

「だけどさあ、ここで話しちゃえば、明日にでも帰れるんだろう？　何もやましいことなどないわけだから、質問に答えるだけ答えてしまった方が気楽なんじゃない？　それに、犯人を早く捕まえてもらうためにも、素直になった方がいいと思う」

といった。

「それもそうだな……」

「私、早く帰りたいわ。ここにいたら落ちこむだけだもの……」

真梨子がハンカチを握りしめる。山脇は黙って腰を降ろし、徹は、やりきれない思いで煙草をくわえた。

その時、厨房の奥から大声がした。一語一語を聞きとることはできないが、いい争っているような感じだった。権上の部屋には塩田がいるはずだ。

「昨日の権上さんの怒りようはすごかったけど、その続きなのかな？」

徹は半身《はんみ》になって厨房を窺う。

「でもさあ、権上さんの怒りは俺たちがいいたかったことを代弁してくれていたような気がしなかった？　俺は嬉しかったよ」

しみじみと山脇がいう。

「権上さんの過去って何だろう……」

「えっ？　徹、何かいったか？」

「い、いや、何でもない」

徹の脳裏には昨日のワン・シーンが鮮明に焼きついていた。あれほどまでに警察を罵倒していた権上が、塩田の一言によって貝のように口を閉ざしてしまった。まるで葵《あおい》の紋を突きつけられた悪徳家老といった感じだった。

たしかに武がいったように、過去はどうであれ、現在の権上には非常に好感が持てる。戸越の死を悼《いた》んでもくれた。したがって、そんな権上のことをあれこれ詮索してはいけないと思う。だが、徹の好奇心は納得してくれない。

断続的に聞こえる権上の声をなんとか解読しようと試みる。しかし無駄な努力に終わってしまい、そのうち聞こえなくなってしまった。

二十分ほどして俊二が戻ってきた。これといって不快な表情はしていない。代わって真梨子が出ていった。次が徹の番である。

「何を訊かれた？」

早速、武が身を乗り出す。

「おとといの夜からきのうの朝にかけてのことですね。あとは、戸越さんの普段の様子とか」

「アリバイについて訊かれたのか……。やっぱり俺たちを疑っているんだ」

「いや、ニュアンスが少し違うと思うなあ。アリバイといえばアリバイになるんだろうけど、そんなに犯人扱いされているとは思いませんでしたよ。最後に、『君たちの証言が一致すればいいんだ。問題はすぐに解決する』といわれたから」

「どういうことだろう。犯人の目星がついたのかな？」

徹は首をかしげる。戸越が連れ出され、死体となって戻ってきた。荷物も消え、このうちギターは無傷で戻ってきたが、ボストンバッグは湯沢の街に落ちていた。無駄と矛盾を感じてならない不可解な死体移動をともなった事件が、昨日の今日にも解決されるというのだろうか。

「そうだ、戸越さんの遺体から睡眠薬が検出されたそうですよ。ほら、きのう刑事がいってたでしょう。戸越さんのポケットに入っていたという睡眠薬、あれを戸越さんが服《の》んでいたことが確かめられたんだって」

「睡眠薬……。あいつは昔から薬嫌いだったぞ」

山脇がつぶやいたその時、塩田が権上の部屋から出てきた。

「ちょっとここで休憩させてもらうよ」

といって手近な椅子に腰かけた。徹たちのテーブルと距離はあるが、なんとなく事件の話を続けにくくなった。

真梨子は十分で戻ってきた。聴取時間が俊二に較べて短かったのは、真梨子の疲れを慮《おもんぱか》ってのことだろう。

「私、狂ってなんかいないわ！　絶対に見たのよ！　それなのに……」

真梨子の泣き声を背中に、徹はホールを出た。

6

「君は、市之瀬徹さんだね」

α号室で待っていたのは、薄笑いを浮かべた北原刑事だった。左右のベッドに挟まれた狭い空間に折り畳み式の小さな机が置かれ、それを境に徹と北原は向かい合った。

まず、戸越の荷物を見せられた。

「これは、昨日君たちが拾ったバッグだが、戸越伸夫さんのものに間違いないね？」

「ええ」

「彼の持ち物の中に財布が見当たらないんだが、その他に何かなくなっているものは？」

とはいわれたものの、徹は戸越の付け人ではない。自分にはわからない、と答える。

「では、これに見憶えはあるかな？」

北原が示したのは小さなガラス瓶だった。中に白いものが見える。

「いいえ」

「これは睡眠薬だ。戸越さんのズボンのポケットに入っていた」

「はあ、それはきのうも聞きました」

「そして解剖の結果、戸越さんの遺体から、この睡眠薬の成分が検出された」

「そういえば、戸越は宿泊棟に行く前に『眠い』とこぼしていました」

徹は、はっと思い出していった。

「それは初耳だ！　大変重要な証言だな。部屋に行く前からだね？」

「ええ。すると、戸越は睡眠薬中毒で死んだのですか？　いや、首に紐が巻いてあったからそれは違うな。そう、睡眠薬でうとうとなりかけている時に自絞したのですか？」

「自殺と見るならそうだろう。しかし昨日君たちは自殺の動機を思い当たらないといった」

「ああ、そうでした」

「さらに彼は、一昨日の午後八時から十時の間に死んでいる。解剖所見で、この二時間に限定されたんだがね。ところが九時以降ο《オミクロン》号室には死体がなく、昨日の午後二時過ぎになって忽然《こつぜん》と現われている。死体がどこを散歩していたというのか？　結局自殺ということはあり得ない」

「そうですね」

「ここから導かれる結論は、睡眠薬で眠らされた間に外部に連れ出され、その後殺されて部屋に戻された――こういうことだろう。そして、睡眠薬を服まされたのは、彼が0号室に行った八時以前のことに違いない。睡眠薬の瓶は、犯人がカムフラージュのために入れておいたのだろう」

　昨日塩田も同じようなことをいったが、遺体から睡眠薬が検出されたことにより、他殺説が絶対のものとなったようだった。

「戸越さんが生きているうちに連れ出されたという証拠もある。靴下が土で汚れていてね。分析の結果、この敷地の土質と同じであることが判明した。うとうとした中、靴も履かせてもらえないまま、無理やりに戸外に連れていかれたんだね」

「しかし、マリちゃん――三谷さんは、夜中に戸越の姿を見ているんですよ。あの時間には生きていたのでは？　靴下の汚れは、その時のものではないのですか？」

「まだそんなことをいってるのか。死亡推定時刻は午後八時から十時までの二時間といったじゃないか。たとえ誤差があったとしても、午前二時には絶対生きているはずはない。

　ということはだ、三谷真梨子さんが見た戸越さんらしき人影、あれは幻に決まっている。たんなる見間違いなんだよ。まったく人騒がせな！　戸越さんが戸外を歩いたのはたしかだが、それは決して午前二時ではない。午後八時から十時の間だ」

　北原は迷惑そうな顔をした。

「それではあらためて、一昨日から昨日にかけての行動を聞かせてもらおうか」

　アリバイを訊いてきた。やはり疑われているのだ。徹はいやな思いをしながら、自分の、そして他のメンバーの行動を順を追って説明した。

「最後にもう一つ。昨日の午前中、君たち五人はここの敷地内を調べたあと、湯沢の街に向かったといったが、それは何時のことだね？」

「十時半ごろだったと思います」

「戻ってきたのは？」

「二時ちょうどです」

「はい、どうもありがとう。次の人を呼んでもらおうか」

「あのー、もういいんですか？」

「いいよ。おかげで大変参考になった」

しかし徹は席を立たなかった。

「おや、何か不満かな？」

「今回の事件は、いったいどういうことなのですか？　自殺でないことはわかりましたが、それなら誰が殺したんですか？　刑事さんの話しぶりからは、犯人の察しがついているように感じましたが……」

徹はここで北原から視線を外し、そして思いきっていった。

「実は、いま刑事さんの話を伺うまでは、僕たち五人の誰かが疑われていると思っていたんです。僕以外の者もそう思っていますよ。ですが、刑事さんの話を伺っていると、どうも僕たちを犯人扱いしているとは思えませんでした」

「ほ、ほう、これはおもしろい」

北原は歯茎を剝き出しにして笑った。出っ歯がいっそう醜く映る。

「君たちが犯人、ね。もしそう思っていたら、こんな簡単な聴取じゃすまないよ。もっとも、昨日の段階では君たちを疑いもしたが」

「では、誰が戸越を？　何のために殺したのです？」

「現段階で詳しくいうわけにはいかないが、間もなく、ある者を重要参考人として取り調べることになる」

「やはり例の泥棒なんですか？」

「泥棒の影に惑わされてはいけない。泥棒など最初からいやしなかったんだ」

「だって、財布がなくなっていたといったじゃないですか」

「財布なんて誰だって抜きとれる」

徹は言葉に詰まった。そして首をかしげたまま北原を見つめていると、北原は腕時計をちらりと眺めて、

「ちょっとだけだよ。あまり詳しく教えると、警部補に怒られる」

といいながらも説明しはじめた。

「今回の殺人事件で最も重要なことは、戸越伸夫さんをどうやって部屋の外に連れ出し、どうやって運び入れたかということだ。解剖時に計量したところ、彼の体重は八十五キロもあった。そして、彼の体に外傷はなく、衣服の破損や汚損も認められていない。靴下の汚れを除いてね。

では君に訊こう。八十五キロもの死体を、少しも傷つけることなく、つまり抱きかかえるか背負うかして動かすことができるかね？　一メートルそこらじゃだめだぞ」

徹は以前、酒屋でアルバイトしたことがある。その時の経験によると、ビールの大瓶が二十本入ったプラスティック・ケースは約十五キロということだったが、それで

もかなり重かった。二ケースまでなら持てたが、そのまま運ぶとなると十数メートルが限界だった。腕よりも腰にきてしまうのだ。二ケースで約三十キロ。戸越は八十五キロだから、ビールにして約六ケース。とても手で持ち運べる重さではない。一瞬持ちあげるのも無理だろう。押したり引いたりするのも容易なことではない。

「君もそうだが、他の諸君も実にスリムな体つきをしている。腹の出たわれわれには羨ましいかぎりで、とても八十五キロの死体を動かせるとは思えない」

市之瀬徹は百七十五センチで五十五キロ。あと十キロは欲しいと思っているが、いくら食べてもいっこうに太らない。武喜朋は身長こそ百八十センチ以上あるが、体重は徹とほぼ同じぐらいで、電柱のような体型。山脇丈広や駒村俊二にしても徹と似た体型で、戸越を抱えることは不可能だろう。三谷真梨子についてはいうまでもない。

「死亡推定時刻は一昨日の八時から十時にかけてであり、この間、君たちはいずれも、一人で行動する機会があった。君の場合は、戸越さんを0号室まで送っていった時がそれに当たる。だから時間的にみると、誰もが戸越さんを戸外に連れ出して殺害できた。しかし今いったように、体力的にみると、その後の死体移動が不可能であり、したがって君たちはシロだ。犯人はもっと腕っぷしの強い人間だよ」

北原はまたも歯茎を覗かせて笑う。

「死亡推定時刻にアリバイがなく、しかも死体を抱えあげられる者……。まさか犯人は……」

徹は一人の男の名前を思い浮かべた。

「おっと、それ以上いわなくて結構。さあ、無駄話はこれでおしまいだ。次の人を呼んできなさい」

いったいどういうことなのだ？　本当にあの人が犯人なのか？　何故戸越を殺さなければならなかったのか？

徹は茫然とホールに戻った。

「どうでした？」

武喜朋が出ていくと、駒村俊二がささやいた。

「俊二のいった通りさ。疑われているのは俺たちじゃなさそうだ」

塩田がいるので、徹はそれ以上はいわなかった。

厨房では、権上が、夕食のしたくに精を出していた。

7

七時。最後にα号室に呼ばれた山脇が、北原と一緒に戻ってきた。

北原は塩田のそばへ歩み寄ると、手帳を片手に何事かを伝え、そして二人は権上の部屋に入っていった。

「さて、メシにしましょう。あんまし食欲がないけど、少しは食べないとね」

俊二がいい、五人は手分けして食器を並べはじめたが、徹の気は厨房の奥にいっていた。

案の定、食事をはじめていくらもしないうちに、権上の部屋から怒声が聞こえてきて、それがやんだと思ったら、権上が二人の刑事に挟まれて出てきた。

「みなさん、御協力ありがとう。今すぐ引きあげても結構ですよ」

「刑事さん、これはいったい……」

山脇が立ちあがる。

「彼には重要参考人として署まで同行してもらいます」

「何をいうか！　おまえたちと話していても埒《らち》が明かないから、上のヤツに会ってきっちりカタをつけてやるといってるだけじゃないか。何で僕が犯人扱いされなければならないんだ！」

権上が怒鳴る。

「おや、私たちがいつ、あんたが犯人だといったかね？　重要な参考人だとしかいわなかったと思うが」

塩田はいやらしいいい方をし、その横で北原がニヤつく。

「警察のやり方はいつもこうだ！」

「権上さん、穏便にいこうや。ほら、若い人たちが驚いている」

「みんな、これは何かの間違いだ。誓っていうが、僕は戸越クンを殺していない！　すぐに戻ってきて事情を話すから……、すまないが、今夜は留守番をかねて泊まっていてくれないか？明日の朝までには必ず帰ってくる」

「あんたが犯人でなければ」

「何を！」

「さあ、みなさんの迷惑になるから、早いところ行くとしよう」

そういって塩田は、権上の背中を押した。

ホールのドアが冷たい音をたてて開き、閉まり、そして五人の若者たちは息をのんで立ちつくした。

If I'm not back again this time tomorrow
Carry on, carry on

As if nothing really matters
(たとえ僕が明日の今ごろ戻らなくても
今まで通りやっていきなよ
何ごともなかったようにね)

昔、こんな歌詞の曲があったな、と徹はぼんやりと思い出していた。

8

市之瀬徹はまんじりともしない夜を過ごしていた。権上が去ったあと山脇丈広が口にした言葉が頭から離れない。

——俺は誰が犯人であろうと、どんな事情があろうと、絶対に許さない。戸越を殺したヤツを、今度は俺が殺してやる!

戸越は口の悪い男だった。いろいろな人を傷つけ、数えきれないほどの怨みを買っていた。高校時代からそうだった。けれど、人が戸越をどう思おうと、俺にはわかっていた。あれは親しみの裏返しの表現なんだ。人一倍寂しがり屋で、何とか自分の存在をアピールしようと必死だったのだが、素直でないからそれをストレートにいえなかっただけなんだよ。

戸越は俺にとって、十年来の親友なんだよ。俺はあいつから、音楽のすばらしさを教わったんだよ。それなのに——。

山脇は涙ぐみ、長い髪を掻きむしった。

——本当に権上さんが犯人なら、今すぐ警察に押しかけて殴ってやる！　殴って、殴って、何で戸越を殺したのか吐かせてやる——

徹にも山脇の気持ちが理解できた。しかしどう考えても、権上が戸越を殺したとは思えなかった。なにしろ動機がない。

戸越の言動を快く思っていない連中の中には一人ぐらい、彼に殺意を抱いた者がいたかもしれないが、それはある程度つきあいがある者に限定されはしないだろうか。何度もいやな思いを味わううちに怒りが爆発するというのならわかるが、権上は今回の合宿をふくめて四回しか戸越と顔を合わせていない。しかも客と主人という関係にすぎず、とても殺人事件に発展するようなつながりがあったとは思えない。権上が殺すぐらいならまだ、泥棒による行きずりの殺人と考えた方が自然に思える。

夜半過ぎ、混乱した頭を冷やそうと、徹はベッドを抜け出した。

前夜はホールに雑魚寝《ざこね》した五人だったが、この夜は宿泊棟に戻っていた。昨日の今日であるから、正直いって戸越の死体があった ο《オミクロン》 号室には近づきたくなかった。しかし、たったの五人で寝るにはホールは広すぎ、そして寒かった。

一昨晩切れていた廊下の電球はちゃんと灯《とも》っていた。それでもやはり廊下は薄暗い。しかしそれは徹にある種の落ちつきを与えていた。これが真昼のような明るさを持った廊下だったら、かえって落ちこんでしまいそうだった。

冷たい水で顔を洗ってν《ニュー》号室に戻ると、ぼそっとした声が聞こえた。

「徹、起きているのか？」

「ああ、何だか眠れなくて……」

他人と話せばすっきりするかもしれない、と徹は思った。

「権上さんのことがひっかかってね。もしよかったら俺の話につきあってくれないか？」

「いいよ。俺ももやもやしていたんだ」

そういって、武喜朋が上半身を起こした。一昨晩と同じく、このν号室にいるのは武と徹の二人で、残りの三人はξ《クシイ》号室で寝ている。

「武は聞いたかい？　権上さんが重要参考人とされた大きな理由を」

「いや……」

徹は、北原が自慢げに説明していたことを、武に話して聞かせた。

「つまり、八十五キロもある戸越を運べるのは人並み以上の体格をしている者であり、その条件を満たすのは権上さんしかいないというんだ。いわれてみればたしかにそうさ。俺たちは全員華奢《きゃしゃ》だし、権上さんのような立派な体を持った泥棒がそうそういるとは思えないからね。死体が移動したという事実からみると、権上さんが最も有力な容疑者となる。でもさあ、動機の面から考えると、容疑は非常に薄いんじゃないかな？　権上さんが戸越を殺す理由について、何か思い当たることがあるか？」

「いや……」

「それだったら泥棒による突発的な殺人と考えた方が納得できるし、あるいは……」

徹は一瞬ためらったものの、思いきって口にした。

「動機なら俺たち五人の方がありそうじゃないか」

「俺たちの中に犯人が？　おい、冗談にしろ、そんなことというなよ」

「いや、戸越とのつきあいが長い俺たちの方が、権上さんよりも、戸越に対して『何か』を抱いていた可能性が高いといったまでさ。バンドを組んでからというもの、一週間に何度も顔を合わせているんだぜ。正直いって俺だって戸越の言葉にカナンときて殴ってやろうかと思ったことが何度もある。中には、一時的にしても殺意を抱いた者がいるかもしれない」

徹は、メイプル・リーフのメンバーとはいっても、実際には何の楽器も弾かない。他の五人の演奏に、バンドとしての音に感ずるところがあるため、深くつきあっているにすぎない。もしも自分で楽器を弾きこなすことができるのなら、金魚の糞《ふん》のようにくっついてまわりはしない。メイプル・リーフ以上のバンドを作ってやる。

しかし悲しいことに徹にはそれができなかった。だからその悔しさをカメラに叩きつけた。メイプル・リーフのすべてを写真に収め、音を絵として表現することで自己主張を試みた。そしていつの間にか四年間が過ぎようとしている。

そんな徹に対して、メイプル・リーフのメンバーは寛大だった。ライヴ直前のピリピリとした練習中にストロボを焚《た》きまくっても、ほとんど文句をいわれることはなかった。

ただし戸越には、何かにつけて悪口雑言《あっこうぞうごん》を叩かれることが多かった。「楽器を弾かなくて何がおもしろいんだ」、「一介のリスナーに俺たちの演奏を批評されようとはね」、「カメラは楽でいいよな」等々、チクリと心を刺されたことは数知れない。気分が悪い時に、そんなことをいわれると、本気で殴ってしまいたかった。

「俺たちの中に犯人がいる……」

武が額に手を当てた。

「あくまでも可能性の問題だからさあ、そんなに深刻になるなよ。権上さんに較べれば、そういう気持ちになる機会が多かったんじゃないかといっているだけだ。とにかく俺は、権上さんが連れていかれたことに納得がいかないんだ」

徹は溜め息まじりにいって、煙草をくわえた。

「よし。事件を整理してみよう。俺には何が何だかわからなくなってきた」

武はベッドを降りて、バッグからノートとペンを取り出した。

そういえば、と徹は思う。戸越が行方不明になったと騒ぎ出して以来、あまりにも予想外のことばかり起きるものだから、頭がそれについていけなかったし、ゆっくりと考える時間もなかった。警察が一つの見解を示した今、あらためて事件を振り返るにはいい機会である。そうすれば、権上の他にも犯行の可能性を持った者が現われてくるかもしれない。

市之瀬徹と武喜朋は記憶を刺激し合って、一つの表を作りあげた（次頁表参照）。戸越伸夫をふくむメイプル・リーフの六人と権上康樹の行動を書きこんだもので、線で示されたものが長時間の滞在、点で示されたものが短時間の行動である。

二人はしばらくの間、無言で表に見入っていた。先に口を開いたのは武である。

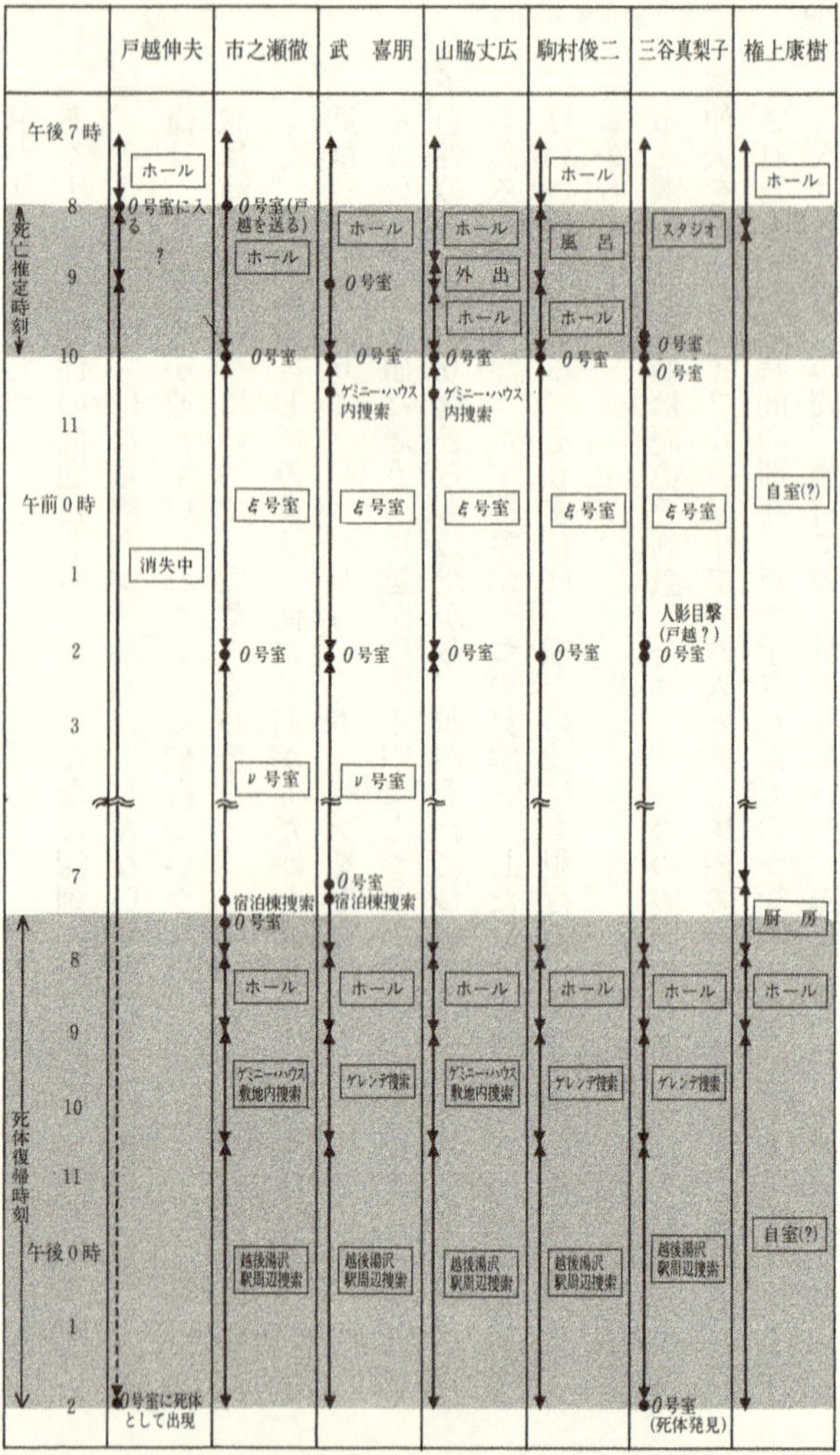

戸越伸夫
市之瀬徹
武 喜朋
山脇丈広
駒村俊二
三谷真梨子
権上康樹
午後7時
8
9
10
11
午前0時
1
2
3
7
8
9
10
11
午後0時
1
2
死亡推定時刻
死体復帰時刻
ホール
0号室に入る
?
消失中
0号室に死体として出現
0号室(戸越を送る)
ホール
0号室
ξ号室
0号室
ν号室
宿泊棟捜索
0号室
ホール
ゲミニー・ハウス敷地内捜索
越後湯沢駅周辺捜索
ホール
0号室
0号室
ゲミニー・ハウス内捜索
ξ号室
0号室
ν号室
0号室
宿泊棟捜索
ホール
ゲレンデ捜索
越後湯沢駅周辺捜索
ホール
外出
ホール
0号室
ゲミニー・ハウス内捜索
ξ号室
0号室
ホール
ゲミニー・ハウス敷地内捜索
越後湯沢駅周辺捜索
ホール
風呂
ホール
0号室
ξ号室
0号室
ホール
ゲレンデ捜索
越後湯沢駅周辺捜索
スタジオ
0号室
0号室
ξ号室
人影目撃(戸越?)
0号室
ホール
ゲレンデ捜索
越後湯沢駅周辺捜索
0号室(死体発見)
ホール
自室(?)
厨房
ホール
自室(?)

「なるほど、これはおもしろい。アリバイが完全に成立する者は誰一人としていないじゃないか。死亡推定時刻の午後八時から十時にかけて、みんな一度はホールから離れている。全員が戸越を殺す機会を持ち合わせているんだよ」

北原刑事もそういっていたが、このように表にしてみるといっそうわかりやすかった。

「そうだな。戸越を0号室から連れ出して紐で絞め殺すだけなら、そう時間はかからないだろうね」

「たとえば徹、おまえなら、八時に戸越を0号室に送った際、その足で殺すことができた」

「俺は何もやってない！　たまたまトイレに行きたかったから、そのついでもあって戸越に鍵を渡しにいっただけだ！」

「むきになるなよ。俺だっておまえが犯人だと思っちゃいない。俺たち五人にも可能性があるかもしれないといったのはおまえの方じゃないか。俺はそんなことは絶対にないと思うがね。こうなったら、二人で検証して、白黒つけようじゃないか。その方がすっきりするだろう？」

「それならいうけど……、武だって怪しいぜ。九時に麻雀の誘いに行った時、外に連れ出して殺したのかもしれない。そのくせ、しらを切って、『戸越が o 号室にいない』などといったのかもしれない。そうだろう？」

徹は自分が殺したかもしれないといわれたことで、思わず熱くなってしまった。

「そうだ。俺にも殺すチャンスはあった。しかし、よく考えてみろよ。おまえや俺がホールから離れていたのは、せいぜい十分くらいだった」

「ああ」

「連れ出して殺すだけなら十分でできるかもしれないけど、その後死体を隠すとなるとちょっと無理があるんじゃないか？

隣の ξ 号室はもちろん、宿泊棟のどの部屋にも、また、ゲミニー・ハウスの敷地内にも戸越の死体と荷物はなかったんだ。ということは、俺とおまえは犯人になり得ないじゃないか。これで安心したか？」

安心も何もあったものではない。自分が犯人でないことは、徹自身が一番よく知っているのだ。しかし、他人から納得のいく説明をされると、あらためてホッとするものである。

「たしかに ξ 号室や、俺たち二人が寝た ν 号室にもなかったし、翌朝調べると他の客室にも戸外にもそれらしい形跡はなかったもんな。相当遠くまで連れていかれたはずだから、俺たちには時間的に無理だ。うん。

するとと、他の三人はどうだろう。マリちゃんは、八時から十時までのほとんどを一人で行動している」

徹は表を指しながらいった。

「スタジオで練習していたというが、証拠はない」

武がいう。

「けれど、キーボードの音がホールにまで聞こえていた。マリちゃんはシロだね」

「そうはいいきれないぞ。彼女のシンセサイザーは自動演奏できるんだ。その間にスタジオを抜け出しても、音は鳴り続けている。二時間もあれば、戸越を相当遠くまで連れ出して殺せる」

「じゃあ、マリちゃんは置いておこう。次に、俊二は？　あいつも一時間近くホールから離れている。風呂に入ったと見せかけていたのかもしれない。ホールに戻ってきた時に髪が濡れていたのはカムフラージュだったのかもしれないね。

それに……、おとといの晩からどうも気になっていたんだけど、戸越が行方不明になっても、俊二は平静だっただろう？　いや、むしろ非常に無関心だったといってもいい。だからといって、俊二が犯人だとはいえないけど」

「うーん、そういえば、『われ関せず』という感じもしたな。でも、俊二は日ごろから軽い性格だからなあ」

「まあいいや。じゃあ、山脇のアリバイはどうだろう?」

「山脇が酔い醒ましに外出したのは二十分ぐらい。俺や徹に較べると長時間ということになるけど……、でも、あいつは犯人じゃないよ。山脇は戸越と一番仲がよかったんだ。何で殺さなければならないんだ」

「待った。動機に関しての先入観は禁物だと思う。山脇と戸越は高校からの友人で仲がいいが、逆に考えると、つきあいが長いだけ『積もり積もったもの』があったということも考えられる」

武の疑問に、徹は強く答えた。

「それなら、動機は白紙として話を進めようか。遠くまで連れ出して殺害——これができそうなのは俺と徹を除く三人だ。

しかし、戸越は戸外で殺されただけでなく、翌日になって死体とギターケースは0号室に戻されているんだ。山脇、俊二、マリちゃんの三人に、それだけの力があるとは考えられないよ。そう思わないかい?」

「うん、まあそうだね……」

「死体とギターを合わせて約百キロ。死体をバラバラにするか引きずらないかぎり、0号室へ運び込むのは不可能だけど、そんなふうに扱われた形跡はないという。それに——」

武はいったん言葉を切って表に見入り、ふたたび口を開いた。

「そうだ！　死亡推定時刻でなく、死体が戻ってきた時刻、そう『死体復帰時刻』とでもいおうか、これに注目すれば一目瞭然《いちもくりょうぜん》じゃないか」

「どういうこと？」

「戸越が死体として0号室に戻ってきたのは翌朝七時半から午後二時までの間だ。これはわかるな？」

午前七時半というのは、徹が最後に0号室を覗いた時刻で、午後二時というのは、真梨子が死体を発見した時刻だ。そしてこの間に0号室を覗いた者はいない。午前七時半以前には確かになかった死体が、午後二時までに戻ってきているのである。つまりこの六時間半が、武のいう『死体復帰時刻』となるわけだ。

「いいかい、よく思い出してみるんだ。この六時間半、俺たちはずっと一緒に行動していたんだぜ。朝起きてすぐに、二人で宿泊棟のすべての部屋を調べたよね。八時からホールで朝食。一服してから捜索を開始したが、これが九時。俺と俊二とマリちゃんはゲレンデの方へ、徹と山脇はゲミニー・ハウスの敷地内。俺たち三人は一緒に捜し回ったけれど、おまえたちはどうだった？」

「ずっと二人だった」

「よし。次に、十時半から二時前までは全員揃って湯沢の街に出ていた。そしてゲミニー・ハウスに戻ってすぐに、マリちゃんが0号室で死体を発見した。要するに、死体復帰時刻に当たる時間帯、俺たちは誰一人として単独行動をしていないわけで、いい換えるなら、俺たち五人には確固としたアリバイがあるんだよ。誰も死体を0号室に戻す時間など持ち合わせていないんだ。この観点に立って考えれば、俺たちの無罪は一発で証明されるじゃないか」

「なるほど……。でも、一つだけおかしいぜ。湯沢の街では分担して聞き込みをしたはずだ。街への往復は全員揃っていたけど、街へ出てからは一人になる時間はたっぷりあったじゃないか」

「たっぷりとはいえないね。十時半から二時とはいうものの、実際に駅前で散ったのは十一時ごろで、ふたたび全員が集合したのは十二時半。その後はみんなで喫茶店に行ったじゃないか」

「一時間半も単独で動ければ充分だよ。湯沢の駅前からゲミニー・ハウスまでは徒歩で一時間はかかるだろうから、とても往復はできやしない。でも、車を使ったらどうだろう？」

「俺の車か？　駅前に置きっぱなしだったろう。そんなこと駅前の土産物屋で訊けば証明してくれるよ」

「違う、違う。タクシーだ。タクシーなら片道十五分もあれば行けるだろう。ゲミニー・ハウスの近くまで乗っていき、そこで待たせておいて、どこかに隠した死体と荷物を0号室に運び込む。移動完了後、待たせてあったタクシーで街まで戻る。これなら死体の移動に一時間も使えるぜ。一時間あれば、死体を無傷で運べるかもしれない！　たとえば、死体の下に敷物をして、それごと引っ張るという移動方法はどうだ？」

われながらいい思いつきだ――徹はそう思いながら喋った。武も「なるほど」といって腕組みをしたが、少しの間を置いて、

「しかし、それができるのは徹だけだぜ」

といって、笑い出した。

「何だって!?」

徹は気色ばむ。

「十二時半に駅前で全員揃ったといったけど、この十二時半というのは、最後の一人、つまり徹が戻ってきた時刻なんだよ。残りの四人はもっと早くに聞き込みを終えていたんだ。

俺と俊二は十一時四十分には駅前にいたと思う。その時すでにマリちゃんは一人でポツンと立っていたよ。駅員に話を訊くだけだから三十分とかからなかったらしい。それから五分ほどして、今度は山脇が戻ってきた。たとえタクシーを使おうと往復で三十分、俺たち四人には死体移動などできないことは明白じゃないか。

死体移動に使える時間は、マリちゃんで零分、俺と俊二は十分、山脇が十五分。ゲミニー・ハウスの敷地外に隠してあった死体の下に敷物をして、0号室までそろそろと引っ張り入れていたのではタイムオーバーだよ。違うかい？　徹ならたっぷり一時間あったけどな」

と説明して、もう一度声をたてて笑った。

「馬鹿いえ！　俺はそんなことしていない。なんなら、聞き込みに回った旅館や土産物屋で確かめてくれ。一時間半たっぷりと聞き込んできたことが証明されるから」

徹は武に摑みかかった。

「冗談だよ。だから俺がいいたいのは、俺たち五人とも戸越の死体を0号室に戻すことは時間的に考えて不可能であり、ひいては犯人ではないということさ」

ゲミニー・ハウスの敷地内ならびにゲレンデをあれだけ捜索したにもかかわらず、戸越の死体や荷物の影さえなかったのだ。ということは、遺棄されていたのは、ゲミニー・ハウスからかなり遠く離れた場所ということになるのだが、徹の次に時間的余裕があった山脇でさえ十五分の持ち時間しかない。この短時間で、死体を汚さずに移動を完了させることは、かなりむずかしそうだった。

「徹が変なことをいい出すから検討してみたけど、とにかく俺たちは無関係。まずはよかった」

「そうだな……。考えてみれば、戸越のバッグが駅の近くに落ちていたのも、俺たちの無実を証明している。当然、戸越はそのあたりまで連れ出されて殺されたんだろうしね。そうなると、やっぱり権上さんが？」

「権上さんの場合は――」

武は表に目をやって、

「死亡推定時刻のアリバイもなし、か」

死亡推定時刻はともかくとして、死体復帰時刻に関しては決定的だった。メイプル・リーフの五人は、日中外に出っぱなしであり、特に十時半から約三時間半は湯沢の街まで行っていたのである。死体を移動させる時間はたっぷりあった。

「権上さんにとって不利なことはまだある。一つは、俺たちはゲミニー・ハウス内外を隈なく捜索したと思っていたけれど、考えてみれば、唯一手をつけずにいたところがあるじゃないか」

「あっ。権上さんの部屋!?」

徹は思わず声をあげた。

「だろう? それに、もう一つひっかかるのが、戸越が行方不明となった翌朝、権上さんに相談したところ、『警察にはまだ報らせない方がいい』という答が返ってきたことだ。何か臭うといえば臭う」

武がゆっくりといった。徹は黙って耳を傾ける。

「権上さんが犯人だとすると、すべての謎に説明がつく。まず、八時から九時の間に、o号室から自室へ連れていく。この時戸越はまだ生きているから、強制的に歩かされたのだろうね。靴下の汚れはこの時のものだ。そして殺害。

夜中になって、死体と荷物をo号室に戻そうとした。まずはバッグを持って勝手口を出て、雑木林の脇を通ってo号室に向かったんだろう。ところが、隣のρ号室にいたマリちゃんが、偶然にも窓を開けてしまった」

「あの時マリちゃんが見たのは、戸越じゃなくて権上さんだったのか……。でも……、戸越と権上さんでは、体つきがずいぶんと違うと思う」

「いや、人間の目なんて、どこまで確かなものかわからないよ。俺たちはあの時、戸越がいなくなったということで騒いでいたわけだろう？　マリちゃんの頭の中は、戸越のことでいっぱいさ。そんな時、窓を開けたら人がいた。しかも戸越のバッグを持っている。彼女が、これを戸越と思いこんでも不思議じゃないよ」

武は、目の横に指先を押し当てた。

「なるほど」

「マリちゃんに見られたことで、夜中に死体と荷物を０号室に戻すという、権上さんのもくろみは外れてしまった。そこで次の作戦を立てた。

まず、夜のうちにこっそりと山を下り、バッグを街の一角に捨てておく。そして朝になって俺たちが、『戸越がいない』といってきたら、『とりあえず自力で捜した方がいい』とけしかける。

俺たちはそれにしたがって、戸越を捜すために街まで出ただろう。権上さんはこの時を見計らって、死体とギターケースを０号室に戻したんじゃないかな。

バッグを街に捨てたのは、戸越が殺された場所をごまかすためか、泥棒のしわざにみせかけるためか……」

武は考えこむように目を閉じた。徹はいう。

「いちおう筋は通っていると思う。しかしなんだって、荷物まで0号室から持ち出さなければならないんだ？」

「たとえば……、そう、あの荷物の中に、権上さんにとって『危険な物』があったのではないかな。それを見つけ出すために、荷物も自室に運んだ」

「危険な物？　それが動機につながるの？」

「おそらく……」

武が口ごもった。

「権上さんの過去には何かありそうだったろう？　それを知った戸越がちょっかいを出していたのかもしれない」

「強請《ゆす》っていたとでもいうのか？」

徹は中腰になる。

「戸越はああいった性格だったから、なかったとはいえない」

「そういえば、戸越の死体から睡眠薬が検出されたんだったな。戸越の言動に業《ごう》を煮やした権上さんが計画的に戸越を眠らせて、その後に殺した……」

権上が犯人だと信じたくない徹ではあったが、検討すれば検討するほど権上が不利になるのを感じずにはいられなくなった。確たる動機がわからないのが唯一の救いとはいえ、物理的には権上を疑う以外にない。

「泥棒ということはないよね？」

徹は力なく最後の抵抗を試みたが、

「泥棒だったら殺したら殺しっぱなし、盗んだら盗みっぱなしで、危険を冒してまで死体を戻しはしないだろうね」

と一蹴《いっしゅう》されてしまった。

「財布から中身が抜かれていたというけれど……」

「泥棒にみせかけるカムフラージュだろう」

これも無駄な抵抗だった。これ以上論議の余地はない。権上の無実を証明できないかと思って話を持ち出したのだが、終わってみると逆の効果しか得られなかった。

朝までに帰ってくるといって出た権上は、翌日の昼を過ぎても戻らず、代わりに北原刑事がやってきた。

「いろいろと迷惑をかけて悪かったね。しかし、君たちのおかげで、事件の解決は近そうだ」

北原が快活に挨拶する。

「やっぱり権上さんが……」

真梨子が顔をゆがめた。

「彼もなかなか頑固な男だが、もう時間の問題だろうね。これで亡くなった戸越さんの魂も救われるというものだ」

「権上さんに会わせてください！」

山脇が叫んだ。

「気持ちはわかるが、それはできかねる。とりあえず今日のところは帰京してもらおうか」

一つの仕事を終えた時に得られる充実した気分が、今の北原にはあふれている。

ゲミニー・ハウスに来て四日目、本来ならこの日は合宿の打ちあげにあたり、意気揚々と帰京するはずだった。何がすべての歯車を狂わせたのか？　誰に怒りをぶつければいいのか？

相も変わらず高気圧がどっかりと腰を降ろしていて、高原の秋は今が盛りだった。

その中を、重い土産を胸に抱いて、戸越伸夫を除く五人が帰京の途についた。

9

中央線の阿佐ケ谷駅にほど近い市之瀬徹のアパートに思いがけない電話があったのは、湯沢から戻って一週間、戸越の葬儀から四日後のことだった。

夕刻、電灯も点けずにぼんやりとテレビを眺めていると、ちょっとびっくりするような大きさでベルが鳴った。

「はい、もしもし？」

徹が寝そべったままぶっきらぼうに受話器を取ると、

「市之瀬徹さん？」

と、徹に負けず劣らずの愛想のない、横柄な声がした。

「そうですが」

「六日町署の北原だ」

これには徹も驚き、思わず体を起こしていた。

「こ、これは刑事さん。何でしょう？」

「例の事件のことで少し話が訊きたいと思ってね」

「はあ」

「実は……、いいにくいんだが、事件を洗い直すことになった」

「…………」

「もう一度詳しく話をしてもらいたいんだよ……」

聞きとりにくい声だった。長距離電話のせいではないようだ。

「権上さんが犯人ではなかったのですか？」

「うん、まあ……」

北原は曖昧な返事しかしない。

「だって刑事さんは、自信満々で権上さんを逮捕したじゃないですか」

徹が大きな声で話しかけると、北原は、

「逮捕はしてないだろう。重要参考人として出頭願っただけだっ」

とむきになって答えた。

「出頭を願う、ですか」

徹は揚げ足をとった。

権上には不利な状況が揃いすぎているが、それはあくまでも状況証拠にすぎない。警察としては、とりあえず引っ張っておいて、勾留中に、自白と揺るがぬ物的証拠を得ようとしたのではないだろうか。そして見事に当てが外れた。大方そういったところだろう。

「権上さんは無実ですね？」

もう一度確認する。

「まあ、そういうことになるかな……。今のところは」

「えっ？」

「いやいや、何でもない、何でも……。ともかく、あらゆるケースを想定して、もう一度詰め直すということだ。湯沢の方でも捜査を行なっているのだが、私は、東京の君たちに再度話を訊けという上司の命令で、こうやって電話をかけたしだいだ」

「権上さんを犯人にしそこなったので、今度は僕たちを犯人に仕立てあげようとしている。こう解釈して刑事さんの質問に答えればいいわけですね？」

「君、何を！　君たち五人は貴重な証人なんだよ。犯人を一日も早く逮捕するためには、どうしても君たちの話が必要なんだ。先日訊き漏らした点があるかもしれないし、戸越さんの無念を晴らすためにも、ぜひ協力してくれたまえ」

徹は軽く皮肉ったつもりだったのに、返答は実にいい訳がましく、しどろもどろしたものだった。

「他の四人は何ていってました？」

「みんな、快く協力してくれたよ。市之瀬さんが最後なんだ」

「何か新しいことをいっている者はいました？」

「うむ……、それなりにね」

捜査の進展はないようである。

「僕は、先日話したこと以外は何も知りませんよ」

「いやいや、話しているうちに思い出すということもある」

といって、北原は強引に質問をはじめた。

何だかんだいってもやはり刑事である。ゲミニー・ハウスでの取り調べとはうって変わって、微に入り細を穿《うが》つように、しつこくアリバイを質《ただ》してきた。疑っていないと前置きしながらも、徹たち五人の中に犯行の可能性を見出そうとしているのは明らかだった。

しかし、メイプル・リーフのメンバーは誰一人犯人になれないのだ。それは武喜朋と二人で確認した。だから、少しでも矛盾があればそこから攻め入ろうと何度も同じことを尋ねてきた北原も、二十分もすると次第に質問が途切れがちになり、唸《うな》り出すことが多くなった。

「うーん、戸越さんを o《オミクロン》号室まで送っていってから……」

「トイレに寄って帰ったんです。ホールを空けたのは五分ぐらい。武と山脇と権上さんが証明してくれます。もう五回もいいましたよ。僕だって好意で協力しているんですから、これ以上しつこく訊かないでくださいよ」

徹がいらいらしていうと、北原は、

「君たちのアリバイは確かなんだけど、それを証明するのがすべて身内の者というのがね」

と独り言のようにいった。

「何いってるんですか！　犯人を庇《かば》っているとでもいうんですか？　それとも共犯、いや、五人で戸越を殺したと考えている？　冗談じゃない！」

喋っていくうちに、徹は怒りがこみあげてきた。権上が見せた激昂《げっこう》が理解できたような気がする。

「もういいですね⁉」

徹は重ねていうと、北原の返事を待たずに受話器を置いた。

10

北原の電話を切ったあとも、市之瀬徹は腹の虫がおさまらなかった。

状況的に見て権上が怪しいから重要参考人として取り調べる。しかし確たる証拠がない。それでは学生連中を洗ってみようか——。

何というやり方だ。もちろん自分たちが疑われたことに対しての怒りもあるが、それ以上に憤りを感じるのが、刑事の勘とやらに頼った捜査方法である。先入観なしにすべての者を平等に疑うのが正当な方法というものではないか。徹はむしょうに腹が立った。

それと同時に、根っからの好奇心をおさえることができなかったのも事実だった。権上はなぜ警察に連れていかれたのだろう。体格的、時間的条件を備えていたからか。他に何かがあったのではないか。そう思うと居ても立ってもいられなくなった。

万年床に雑誌の山、カップラーメンと弁当箱の残骸——夢の島と化した部屋をひっくり返した結果、三万円ちょっと集まった。これを使えば、また当分はカップラーメン生活を送らなければならないけれど、いま権上に話を訊かなければもう接点がなくなるかもしれない。

徹は決断すると、あり金を持ってアパートを飛び出し、最終の上越新幹線に乗りこんだ。

そして今、徹はゲミニー・ハウスの前に立っている。

ここまでは、衝動にまかせて突っ走ってきたけれど、いざ目的地に着いてみると、いったいどうやって話を切り出していいのかわからない。

徹は思いきって勝手口のドアをノックした。二度、三度叩くと荒々しくドアが開いた。

「こんばんは……」

「どうして君が……。他のメンバーは？」

権上は険《けわ》しい目つきをしていた。刑事が訪ねてきたと勘違いしたのだろう。

「僕一人です」

「まああがってくれ。話はそれからだ」

徹ははじめて権上康樹の部屋を見た。

二十畳はあろうかという、広々とした板張りのワンルーム。ハードカバーの本がぎっしりと詰まった本棚と、病院に置いてあるような鉄パイプ製のベッド。窓際には反射式の天体望遠鏡が置かれており、その他のスペースには大小の木材、様々な形をした工具が散らばっていた。まさに工房という表現が適している。

徹が丸太の一つに腰を降ろしていると、権上が水割りを作ってきた。

「こんな夜更けにどうした？　あれからずっとこの辺に滞在していたのかい？」

「いえ、東京から来ました」

「車で？」

「新幹線で」

「僕に会いに？　ということはないよな」

権上はにこやかにいった。徹は唇を噛んでうつむき、そしてぼそっとつぶやいた。

「ごめんなさい。許してください」

「はあ？」

「僕を殴ってください」

「おいおい、何をいい出すんだ」

「権上さんが犯人だと、戸越を殺したと、疑っていたんです。少しの間ですけど……。ごめんなさい！」

権上は目を見開き、あっけにとられていた。徹も自分が口にしたことに驚いてしまった。

「唐突に謝られてもねぇ」

「気がすむまで殴ってください」

「何で君が謝らなければならないんだ。まさか、謝るために東京から来たわけじゃないだろう？」

「どうしても謝りたかったんです。他にも目的はあったかもしれませんが……、忘れました」

「何だい、そりゃ。しっかりしてくれよ」

権上は巨体を揺すって笑い出した。徹も釣られて泣き笑いする。救われた気持ちがした。

二人の笑いが収まると、権上は新たな水割りを作りながら話しはじめた。

「ああいった形で警察に連れていかれたら、誰だって疑いたくなるさ。どうせデカから聞いただろうが、僕にはアリバイがなく、がっしりとした体格だという決定的な条件も備えている。たんに殺されていたのとは状況が違ったからね。

でも僕は何もやっちゃいない。ヤツらは僕を勾留しておいて、この部屋を調べたらしいが、何も出てきやしなかった。同時に、自白させようと、精神的な拷問を仕掛けてきた。『おまえなら軽々と運べただろう』とか『睡眠薬は何に入れたんだ。食事か？　ウイスキーか？』とか、僕が殺したということを前提として、何とか『はい』といわせようとするんだ。しかし僕には知らないとしかいえなかった。それが事実なのだから。

ヤツらは自白も物証も得られないまま、強引に逮捕することも考えたのだろうが、結局はあきらめて帰されたよ。もっとも、いまだにこの辺をうろついているがね」

徹も、かつて警察署内で受けた取り調べを思い出し、しきりにうなずいた。

「実は今日、六日町署の北原刑事から電話があったんです。その口ぶりでは、僕たち五人を疑っているようでもあり、権上さんをあきらめきれてないようでもありました」

「何だって？　警察はどこまでやれば気がすむんだ。君たちが戸越クンを殺すわけがないじゃないか！」

権上は水割りを一気に飲みほした。もう一杯、今度はストレートを流し込むと、

「徹クン、ここだけの、今晩だけの話として聞いてくれ」

と静かにいった。

「僕が警察に連れていかれたのには、もう一つ大きな理由がある。たしかに状況は僕が犯人であることを指していたけれど、普通の人ならここまで強引に引っ張られなかっただろう。僕もそれはわかっていた。しかし、この場で事情聴取を続けられると、君たちに『もう一つの理由』を知られてしまうおそれがあった。僕はそれが怖くて警察で話をすることに同意したんだ。君たちに秘密を持っていた僕

の方こそ謝らなければならない」

そして権上はいうのだ。

「僕はね、以前、刑に服したことがあるんだよ」

徹は、はっと身を起こして、何か口にするべき言葉を捜した。見つからなかった。

権上は訥々《とつとつ》と喋る。

「七〇年安保、といっても君たちの世代ではたしかな記憶はないと思うが、この時僕は東京のある大学に在学中だった。当然のように学内は学生運動一色で、僕も気づいたらそれに加わるようになっていた。しかし学生のうちは、まだかわいいもので、デモの最中に警官隊と小競《こぜ》り合いする程度だった。

問題は在学七年目に中退してからだ。仲間に誘われるがまま、ある左翼系の組織に身を投じてしまったんだ。ここでの僕の役割りは、爆弾や火焔瓶を作ることだった。理工系の学部に在籍していたことと、手先が器用だったことが買われたのさ。

爆弾作りはそれまで体験したことのない禁断の世界だった。微妙な匙《さじ》加減で変化する爆発力を見るにつけ、アルフレッド・ノーベルの偉大さに敬服した。コンパクトで正確な時限発火装置を開発するたびに自分の腕に酔いしれた。昼なお暗いアジトで寝食を忘れて爆弾作りに没頭することが、僕の青春だった。楽しいというか、それだけで満足していたよ。僕の作った爆弾がどんな結果を引き起こすか考えもせずにね。その当時は何の罪悪感もなかった。

しかし一般社会の規準は、それを許してくれなかった。年に数回アジトを変えてはいたが、ある爆破事件がきっかけとなり、僕は捕まってしまった。そして裁きを受けた。まあ、僕は末端で活動していたにすぎず、グループとして起こした事件も小さいものばかりだったので、刑は比較的軽いものだったがね。

刑期を終えた僕には、何の気力も残されていなかった。世の中を変えることにも、世間をうまく立ち回っていくことにも興味を覚えなかった。たまたま、このゲミニー・ハウス——当時は『聖風荘』という名前だったけどね——を経営していた遠縁の者が亡くなったので、勧められるがまま引き継いだ。過去を捨てるには最適だと判断してね。そして僕はここで、澄んだ夜空の星を眺めることや、木工を覚え、別の人生を歩みはじめた。しかし——」

権上は大きく嘆息すると、ウイスキーをぐいとやった。相変わらず徹の言葉はなかった。

「徹クン、刑期を勤めたらそれで一般社会に帰れる——君はそう思っていないかい？ところがそうはいかないんだ。ことに学生運動、過激派などで捕まった者には、出所後も常に警察の目がついて回っているんだ。

近所で殺人があった、放火があった、泥棒に入られた——何か事件が起きるたびに、警察は必ずといっていいほど、活動歴のある者の所にやってくる。被害を受けた者と何の関連がなくても、『昨晩はどうしていたか？』とね。

僕の過去についても、この街の警察は知っていた。一年に何度かは彼らの訪問を受けた。平穏を得るために湯沢までやってきたのに、ただそれだけしか必要なかったのに、それさえも許されないんだよ。

先日、ここに泥棒が入った時もそうだ。僕としては警察を頼りにしたくなかったが、あまりにひどい状況だったので届けてしまった。するとどうだ、事情聴取に来た警官は捜査もおざなりに、『最近泥棒は多いが、このようないたずらを受けた例はない。あんたが自分で壊したんじゃないの？』といい出す始末さ。そして戸越クンが殺されると、即座に僕に目をつけた。アリバイや体格など、状況が僕にとって不利だとわかるや、これ幸いと連行した。

警察にとって、僕のような人間は、存在しているだけで煙たいんだ。絶対にふたたび事件を引き起こすという前提の下に監視を続けているんだ。全国のどこを捜しても、僕の安息の地などありはしない……」

権上は、額に片手を当てて、口を閉ざした。徹の体は震えていた。

「権上さん……。僕は、僕は……。ごめんなさい……」

「いいんだ。さっきもいっただろう。今夜かぎりで忘れてくれれば、もうそれでいい。ただ、僕が戸越クンを殺していないことだけは信じてほしい。たとえ今後、理不尽な方法で逮捕されようと」

「もちろんです」

「よし！　湿っぽい話は終わりだ。さあ飲もう。朝までやるか！」

11

越後湯沢駅の構内には温泉施設があり、特に急いで帰る必要もなかった市之瀬徹は、話の種にでもと、ひと風呂浴びることにした。

やや熱めの湯に浸かっていると、ようやく宿酔《ふつかよい》が取れはじめた。

昨晩は何時まで飲んでいたのか憶えていない。気がつくとベッドに寝ていた。権上は床に転がっていた。その横にはウイスキーの空瓶が二本あった。

権上の告白を聞いてすっきりしたはずだった。それを目的として湯沢まで来たのだから。しかし相変わらず頭は重い。

酒のせいではない。新たな疑惑が、最も恐れていたことが、徹の心の中にむくむくと広がりつつあるのだ。

メイプル・リーフの誰かが戸越を殺した――。

いや、と徹は打ち消す。武喜朋と話し合った結果、自分たち五人は犯人になり得ないとなったではないか。誰も戸越を運べやしないのだ。

徹は浴槽を出ると、一気に水を被った。そして冷水が閃きを呼んだ。

ゲミニー・ハウスの捜索を行なった際、見落としていたのは権上の部屋だけとばかり思っていたが、もう二ヵ所あるではないか。車、武喜朋と山脇丈広の車の中だ。死体が車の中に置かれていたとすれば、これは大変なことになる。

武が犯人だとしたら――しかし、これは無理だ。湯沢の街の捜索には武の車で行ったのだ。そして駅前に駐車して各人が散ったものの、三十分もしないうちに真梨子が戻ってきている。ゲミニー・ハウスまでは車で往復三十分かかるのだから、死体を隠した車に乗ってゲミニー・ハウスに戻ったのなら、その行為は露顕したはずである。それに、武のバンに乗った際、その中に死体や荷物は見当たらなかった。絶対に武の車ではない。

山脇か？　山脇が街で聞き込みを行なったのは四十五分間――。

「そんな！」

徹は声をあげて立ちあがった。親子連れがびっくりして振り返る。

戸越の死亡推定時刻に当たる午後八時から十時の間、山脇には二十分間のアリバイがない。車を使えば、この間に戸越を殺害し、荷物とともに消失させることは可能だ。

「酔いを醒ます」という口実で外に出て、車をo号室の横に回す。そして戸越を絞め殺すと、荷物とともに車に積み込む。車はすぐ隣にあるのだから、地面を引きずることもなく、したがって死体は汚れない。移動完了後、車を駐車場に戻す——。

いや、待て。何か違う。そうだ、戸越の靴下だけは汚れていたのだ。生前戸外を歩いているのだ。

「あっ！」

徹はふたたび声をあげた。子どもが徹を指さして父親に何事かささやいている。

こう考えてはどうだろう。まず、o号室で眠っている戸越を起こし、緊急を要するような口実をでっちあげて、靴下のまま駐車場まで歩かせる。車の中に押しこんでから殺害。ふたたびo号室にとって返し、ギターケースとバッグを運び出す。これなら、戸越の靴下だけが汚れていたことに説明がつくし、二十分もあればすべてを完了できる。

それに、戸越が行方不明となった翌朝、徹は山脇とともにゲミニー・ハウスの敷地内を捜索したが、あの時スタジオの脇に山脇の車のキーが落ちていたではないか。あの時山脇が見せた狼狽《ろうばい》は何を意味する？　彼はきっと、０号室に引き返す途中か、荷物を車に運ぶ途中にキーを落としたに違いない。

それでは死体をどうやって戻したのか？　これも説明できる。湯沢での「空白の四十五分間」を利用すればよい。

駅前で他の四人と別れると、タクシーを摑まえてゲミニー・ハウスに引き返す。そして駐車場にある自分の車を０号室に横づけし、窓から死体とギターケースを運び込む。ふたたび車を駐車場に戻すと、待たせてあったタクシーで駅へ急ぐ。往復三十分、死体移動に十五分。自分では重くて運べない死体も、車に運ばせれば可能ではないか！　死体の隠し場所にもなっていたのだ。

戸越のバッグを湯沢の街で拾ったというのも、山脇の狂言だったのだ。死体の移動を終えて駅前へ引き返す際、自分の車の中に置いてあったバッグを一緒に持ってきたのだ。そして、さも街の一角に落ちていたようなふりをした。そうすることにより、戸越は、ゲミニー・ハウスから遠く離れた駅周辺で殺されたと思わせることができる。

そういえばゲミニー・ハウスでの三日目、つまり戸越が死体で発見された翌日、山脇は車の掃除をしていた。あれは死体による汚れを清めていたのではないだろうか。

しかしわからない点も数多くある。睡眠薬を服ませて殺したからには計画的犯行に間違いないし、「つきあいが長いだけ『積もり積もったもの』があったのかもしれない」といったのは徹自身だが、それほどまでして殺さなければならなかった理由はいったい何だったのか？　山脇は戸越の死を最も悲しんでいたけれど、あれは演技だったのか？

それから、なぜ危険を冒してまで死体を移動させなければならなかったのか？　真梨子が夜中に見た戸越の姿は何だったのか？　あれが権上でないとしたら――戸越の亡霊？　いや、そんなものがこの世に存在するはずがない。やはり刑事のいうように、たんなる幻だったのだ。そう、死者が歩くわけはない。

ここまで一気に考えを進めた時、徹は大声で笑い出した。親子連れはもういない。

「これじゃあまるで、俺は刑事と一緒じゃないか。一時は権上さんしか犯行の可能性がないと思い、今は山脇を疑っている。自分が犯人でないものだから、推理することを楽しんでいる。何のために権上さんに謝ったというのだ。俺はそういう人間なのか」

徹は鏡に映った自分の姿に向かって話しかける。

この推理を他人に、警察にいえるだろうか。いえやしない。いってはならないのだ。

第三章　二葉の写真

十一月十日

戸越クンのお葬式からひと月。私もやっと落ちついたなって感じデス。

今日は十一月十日、ほんとだったら今ごろは、渋谷のライヴハウスでラスト・ライヴをやってるはずなんだよね。友だちをいっぱい集めて、ハッピーなノリで演奏して、終わったら夜どおし騒いでね。

あーあ、夢よね。戸越クン、今ごろどうしているのかしら。

はっきりいって戸越クンのこと、だいっきらいだった（ゴメン！）。イヤミたらたら文句をいわれて、何度（死んじまえ！）って思ったことか。だけど本当に死んじゃったら悲しくて、ね。

戸越クンのために涙を流すなんて、彼が生きていた時には考えられなかったのに。やっぱり四年間も一緒にやってきたからかなー。おじいちゃんのお葬式では涙も出なかったのに、戸越クンの時はワンワン泣いちゃった。

戸越クンの御両親、かわいそうで見てられなかった。特にお母さん。ずっと目頭《めがしら》を押さえっぱなしで、私、何て声をかけていいのかわからなかった。お父さんはさすがに涙こそ見せていなかったけど、魂が抜けたような顔をしてた。

なんでも、戸越クンは一人っ子で、お父さんは昨年定年を迎えていたとか。この先二人でどうやって暮らしていくのかしら。もし私が子どもに先だたれたとしたら――わからない。

仏壇の前に、戸越クンのストラトキャスターが置かれてた。ブラウン・サンバーストがとってもきれいで、そして悲しかった。

そうそう、ストラトで思い出したけど、戸越クンのあのギターは、彼の未来からやってきたものなんだよね。

お葬式が終わって、さあ帰ろうかと思っていたら、御両親に呼び止められて、そしてお父さんがこうおっしゃった。

「伸夫はどんな子でしたか？　あいつは家に帰ってもろくに自分のことを喋らなかった。何か私たちの想い出に残るような話がありましたら聞かせてもらえんですか」

　私たちが知っている戸越クンって、メイプル・リーフでの戸越クンだけでしょう。ギターがうまかったとか、練習熱心だったとか、そういう音楽の話しか出てこなかったわ。まさか、「いつもいじめられていました」なーんていえないもんねえ。

　それでしばらくは、五人が思いつくままに戸越クンの想い出話をしていたんだけど、あれはたしか徹クンだったかしら、

「あのギター、いつまでも大切にしてください。戸越クンは心底このギターを愛していました。日本、いや世界中探してもめったに手に入らない貴重なギターなんです」

　といったの。するとお母さんが話しはじめたわ。

「伸夫は一回だけ私たちに頭を下げたことがあるのよ。『ギターを買いたいから金を貸してくれ』と。それまでは頭を下げるのはもちろん、ろくに私たちの話も聞いてくれなかったのに」

　うちでもひねくれていたのね。

「私たちは楽器のことなど詳しくありませんから、せいぜい何万円だろうと思っていたところ、桁《けた》が二つも違ったのですよ。伸夫がいうには、『今回のチャンスを逃した

ら一生手に入らないかもしれない。バイトで貯めた三十万円を手付け金として渡してきた。一生のお願いだから貸してくれ。必ず返すから』とのことでしたが、さすがに『いいわよ』とはいえません。たかだかギターでしょう。

でも伸夫はあきらめませんでした。お金を借りるまでは梃《てこ》でも動かない、そんな目をしていました。繰り返し繰り返し頭を下げたあと、『卒業したら仙台に帰ってくるから、こっちで就職するから。だから貸してほしい』とまでいいました。

これには正直いって驚いたわ。なにせあの子は、『地方の大学を出てもしょせん小役人止まりだ。東京へ出て、東京で働かないとはじまらない』といって仙台を飛び出したのですから。そして、たとえ嘘だとしても、帰ってくるといってくれたことは私たちの心を動かしました。主人が定年を控えていたこともあり、もし伸夫が一生東京で暮らすようなら、年老いた二人でどうやっていこうかと悩みはじめていたころでしたからね。それで私たちは折れました。多少の貯《たく》えはありましたし、主人の退職金もあてにできましたから、翌日には伸夫に渡してやりましたよ。

なかば信じてはいませんでしたが、あの子が死ぬ少し前に電話がありましてね、『仙台のA産業に就職が内定した。社長は若くてやり手だから、将来は有望だ』と話してくれました。本当に嬉しかったですよ。それなのに……」

戸越クンのギターに、こんな複雑な事情がからんでいたなんて思ってもみなかった。彼は自分の将来と引き換えにギターを手にしたんだわ。私もミュージシャンのはしくれ、その気持ちが、ちょっぴりわかるような気がする。

戸越クン、どうして死んじゃったの？　身を切る思いをしてギターを手にしたというのにさ。悲しすぎるよ。お母さんたちはあのギターをキミと思って、一生そばに置いておくことだろうけど、でもそれが何になるというの――。

あーあ。それにしても、ラスト・ライヴができなかったのは残念！　一日でいいから戸越クンが帰ってくるといいのに、ね。

＊

一月十三日

今日はメイプル・リーフの五人でお茶したよー。ひさしぶりー。「ゼミだ」、「レポートだ」、「卒論だ」って、みんな、なかなかスケジュールが合わなかったもんね。あれ？　もしかすると今年になってはじめてじゃないの、五人そろったのは。あけましてオメデトウ！

いやー、今日はうれしかったなー。ラスト・ライヴにもう一度挑戦しようってことになったんだもン。予定としては三月中旬。卒論の審査が終わって、あとは卒業式を待つだけ、という一番気持ちがラクな時期です。戸越クン抜きでやれるのかということがちょっぴり不安だけど、ま、それはしょうがないよね。

で、みんなの抱負だよー。

「メイプル・リーフのラスト・ライヴであるのと同時に、戸越の追悼ライヴにしよう」

これは丈広クン。やさしいね。

「卒論の追い込みでますます忙しくなるだろうから、全員揃っての練習はあまりできそうにない。昔の演奏テープを聴いて、個人で勘を取り戻しておくように。もう一つ心配なのが戸越のパートをどうするかだ。俺も考えるけど、みんなもアイディアがあったらどんどんいってくれ」

はーい、武クン、がんばりまーす。でも、練習時間がないってことは、とっても不安よね。

「いい汗かいて、パーッと飲み明かしましょう。今から胃をきたえとかなくっちゃ」

俊二クンはいつもの軽いノリ。彼は私たちが卒業しちゃったらどうするのかな？

「ラスト・ライヴを撮り終えた時、俺の作品が完成する」

とキザにいう徹クン。作品が完成したら勉強に専念してね。

私の抱負はというと、ええと、

「失敗してもいいじゃない。楽しくやろうよ」

かな。

さあ、今晩からがんばるゾ、と。

＊

二月三日

ライヴハウスの下見に行ってきた。新宿でやるのははじめてだね。

本当は渋谷でやりたかったんだけど、そんなゼータクもいってられないか。お別れライヴができるだけでもしあわせと思わなくっちゃ。

去年開店したばかりということで、内装はなかなかきれいで、まずはホッとひと息。ゴミ溜めのようなところじゃ気分よくないもんね。ボサボサの長髪とヨレヨレのジーンズで、ビンボーっぽいのがカッコよかった時代はもう終わり。今はファッショナブルで明るくロックしちゃう時代よ。

正直いえばメイプル・リーフの貸し切りでやりたかった。戸越クンさえいたら、四時間でも五時間でも演奏できたのに——。

ダメダメ！　そういうことはいわないの。俊二クンの友だちのバンドを前座と思えばいいじゃない。

＊

三月五日

練習から帰ってきたゾー。またまた武クンに送ってもらったノダ。美人は得だね。

とうとう練習も残すところあと一回かぁ。なーんか不安。やっぱり練習不足よね。一人一人の腕はそんなに落ちてないと思うんだけど、全員で音を出すと、もう一つノレない。演奏はブナンでも、体がちっとも跳ねない。

バンドとしてのブランクが大きいんだろうね。それに戸越クンの穴も大きすぎる。あと一回の練習でだいじょうぶかしら。まあ、ここまで来たら考えてもしょうがないけど。

開き直るっきゃない！

いま私は昔のライヴ・テープを聴いています。四年間て、あっという間だと思っていたけど、こうして聴いてみると、結構いろんな曲をやってる。充実していたんだね。

さっきアルバムを開いてみたけど、とってもなつかしかったー。はじめてのライヴの写真なんか、みんな若くって、思わず爆笑。私なんかオーバーオールはいちゃって、ほとんど高校生みたいだった。今では恥ずかしくて、とてもはけやしないわ。

あらっ、何だかオバサンみたいな発言。やーねえ、こうやってどんどんトシを取っていっちゃうのかなあ。若がえるつもりで、今度のライヴ、このオーバーオールをはこうかしら。

それにしても大学時代の写真て、ほとんどメイプル・リーフのものばかりだった。本気でこのバンドに賭けていたんだなって、あらためて思ってしまったよ。徹クンがいなかったら、こんなにたくさんの写真はなかっただろうね。徹クン、どうもありがとう。やっぱりキミは、メイプル・リーフになくてはならない存在だったんだね。メイプル・リーフで音楽ができて、素敵な仲間と知り合えて、本当によかった。

でもね、一つだけ心残りがある。それはカレとオープンにつきあえなかったこと。バンドのメンバー同士でつきあうと、うわついちゃうとか、他のメンバーに迷惑かけるとか、いろんなデメリットがあるのはわかるけど、陰でコソコソつきあうのも考えものじゃないかしら。かえって疲れちゃうんだもん。カレったらそのへんが妙にまじめだから困っちゃうわ。だけど三年もよく隠してこられたわ。自分でも感心しちゃう。

おっと、違った。そういえば一人だけ、私たちのことを勘づいていたんだっけ。死んだ人の悪口はいいたくないけど、いやなヤツだったよ、ホントに。私は直接いわれてないけど、カレなんかは、ネチネチ責められていたんだって。

「男はまだいいんだよ。公私をきっちり分けて考えられるから。でも女はだめだ。好きな男ができると、そればかりにうつつをぬかして、自然とバンド活動に悪影響をおよぼす」

何いってんだよ、バカヤローッ！　自分は恋愛経験もなかったくせに、人に説教するなんて十年早いのよ。あんたのせいで、カレなんか真剣に悩んでいたんだから。好きな人とつきあって何が悪いのよ。あんたなんか死んじゃってせいせいしてるわ。

ゴメン――。ちょっといいすぎね。あんたがいなかったらメイプル・リーフはここまで大きくならなかったものね。あんたは最高のプレイヤーだったわ。

でも、カレと私のことについては反省してちょうだい。カレにはよく謝るのよ。あなたは親友を苦しめたのよ。カレは普段はおとなしいけど、怒るとこわいんだから。約束してよ、戸越クン。

暗い話はよしましょう。

そうだ！　いいこと思いついた。

最後のライヴの時、ステージの上で私たちのことを告白しよう。キャアキャア、なんて劇的なんだろう。まるでスターの婚約宣言みたい。みんな驚くだろうなあ。もうバンドも解散なんだから、これからは堂々とつきあえるぞ！

ね、いいでしょう？　丈広クン。

＊

三月六日

ゆうべ、アルバムから、ヘンな写真が出てきた。今日一日それが気になって、さっきもう一度見直してみたんだけど、やっぱりヘン。

徹クンにきいてみたらわかるかしら。

＊

三月七日

ああ、どうしよう。徹クンにきいてみたけど、やっぱり私の思っていた通りだった。

一枚目の写真は、ゲミニー・ハウスに着いてすぐ、着替えに行った時のものよね。徹クンに荷物を運んでもらって、その場で撮った写真。

二枚目はその翌朝のもの。ねぼけまなこでドアを開けると、突然、ピカッと光ったのよね。徹クンたら、まったくひどいことする。寝不足の腫れぼったい目、だらしなく開いた口。あー、みっともない。

二枚の写真はどちらも、同じ部屋で撮られたもの。あれはたしかξ《クシイ》号室だった。距離も角度も同じだわ。写っているのも、私、ベッド、ロッカー——同じだわ。でも、たった一つだけ違っている。

窓ガラスの向こうに——。

戸越クン、あなたが行方不明になっている間に何が起きたの？　知っているのなら教えて！　窓ガラスの向こうに見えるのは何なのよ⁉

これもまた幻だというの？　そんなことはない。だって写真に、二枚目の写真に、しっかりと写っているんだもん。

あの晩、窓の外には人がいた。刑事さんは相手にしてくれなかったけど、錯覚なんかじゃない。そしてこの写真だって幻なんかじゃない！　私は何も間違っていないのよ。

どうして？　どうしてなの？　誰か教えて！

＊

三月八日

最後の練習が終わって帰ってきたところ。

今日もバンドのまとまりはイマイチ。こうなったらもう、四年間の経験と、当日の雰囲気で突っ走るだけね。あー、プレッシャー。

まとまりが悪い原因ははっきりしている。私よ。いつも私が足を引っぱっている。ゴメンね。

そんでもって今日は、あの写真のことばかり考えていたから、もうメロメロ。でも、そんなのいいわけにならないし、みんなの前で話したら馬鹿にされそうだから、何もいわなかった。

本当は練習が終わったら丈広クンに聞いてもらおうと思って二枚の写真を持ってい

ってたんだけど、丈広クン、練習終わったらすぐ帰ってしまって。

「マリちゃんがしっかりしてくれなきゃダメだぜ。メロディー楽器は武とマリちゃんしか弾かないんだから。戸越がいればまだ、ごまかしは利くけど、二人のうち一人がこけたら目も当てられない。家で練習しなよ」

冷たいよ、丈広。ぷんぷん。ま、いいか。近いうちに話せるよね。

*

三月十一日
どうしたらいいの？

あの二枚の写真に写っていることが本当なら——ううん、写真が嘘ということはないわよね——私たちはとんでもない思い違いをさせられていたことになる。

そう、これは催眠術、と号室にいた私たちは幻を見せられていたのよ。

催眠術をかけたのは誰？　泥棒？　権上さん？　それとも——。

メイプル・リーフの中の誰か⁉

まさか、そんなことはないよね、武クン？　徹クン、キミは何もしていないよね？

丈広クン、そうでしょう？

だめだめ！　今はこんなこと考えちゃだめ！　明日は大事なライヴなんだからぁ。
あー、こんな気持ちでステージに集中できるのかしら。

第四章　闇に浮かぶ人魂

1

東京は破裂した水道管だ、と市之瀬徹は思う。

銀座、渋谷、新宿、池袋――繁華街に足を運ぶたびにそう感じてならない。平日の昼間だというのに、人、人、人、人、人――。次から次へとあふれ出てきて、その波は深夜まで絶えることがない。しかも歩いているのは、ビジネスマンよりも、買い物客、遊び人風といったように、たいした目的もなしにやってきている者が目につく。東京人はそんなに暇をもてあましているのだろうか。

徹は高校時代まで、地方の比較的大きな街で過ごしたが、東京のような人出には、休日でさえお目にかかることができなかった。東京の街は、毎日がボーナス直後の日曜日のような感じだ。これらの人々がいったいどこから湧き出てくるのか、いまだに不思議でならない。徹は大学に入りたてのころ、東京のどこかには人間を無限に発生させる機械が設置されているのではないかと、真剣に考えたこともある。

一九八七年三月十二日の午後、市之瀬徹は、奇怪な都市東京の中でも最も気味悪く思っている街、新宿に立っていた。

人間発生装置があるとしたら、ＪR線が三本、私鉄が三社、地下鉄が二本通っているこの街だろう。始発から終電まで、いや、電車がなくなったあとも喧噪《けんそう》が絶えることはない。犯罪者がこの街に逃げこめば、一生うまうまと追っ手を撒《ま》くことも可能だろう。

外国にもその名を轟《とどろ》かす歌舞伎町は、今日も赤とピンクのネオンが人々の金を吸いあげ、二丁目界隈の怪しげなオカマ・バーは午前零時を過ぎてから活気づく。地下では浮浪者が段ボールにくるまり、その横では明らかに未成年と思われる四、五人の女の子が、一夜かぎりのパトロンを求めて屯《たむろ》する。駅にほど近い暗い路地を歩いていると、「お兄さん、あるよ」といって、パンチパーマがシンナーを売りにくる。夜が更ければ更けるほど、この街の正体は不明となる。

そして、理性を失ったそんな光景を、西口の超高層ビル群が、醒《さ》めた目をして見降ろしている。

上野が故郷を感じさせる街なら、新宿は故郷を忘れさせる街だろう。夢を抱いて東京にやってきた者も、いつしか周りと同化して機械的な人間になってしまう。そんな人種が集まった街が新宿ではないかと徹は考えている。新宿は、夢破れた者を優しく包みこんでくれる、似非《えせ》東京人の集合体なのだ。

市之瀬徹は、そんなことを考えながら、西新宿の街を歩いた。

ライヴハウス「パーム・ガーデン」は小さな雑居ビルの地下にあった。なんでも最近開店したばかりということだったが、ビルの前に立ってみると、とてもその言葉は信じられなかった。ビルの外壁には亀裂が走り、足下には大きな染みが広がっていた。徹は不安を抱きながら、コンクリートの階段を降りていった。

扉を開けたとたん、大音響のロックンロールが鼓膜を叩いた。そして奇妙な風景が徹の目に飛びこんできた。

碧《あお》い海、白い雲と砂、サングラスを掛けたブロンドヘアー、サーファー、ヨット——四方の壁はウエストコーストを思わせる絵で埋めつくされていた。アメリカに銭湯があったなら、富士山の代わりにこんな絵が描かれることだろう。

客席も異常である。テーブル付きのビーチパラソルが十数本立ち並び、その周りをディレクターチェアーが囲んでいる。

ステージへ目をやると、両サイドにヤシの木。これがライヴハウスかと、徹は目を疑った。薄暗く、閉鎖的な雰囲気は微塵《みじん》もない。

「遅かったですね。もうすぐ俺たちのリハが始まりますよ」

茫然と立ちつくしている徹のもとへ、そういいながら駒村俊二が歩み寄ってきた。

「このはでないライヴハウスは何だよ。綺麗なところとは聞いていたけど、まさかこんなだとは思わなかった」

「へへっ、メチャ明るいでしょう。今、リハをやっている『ジェントル・ウーマン』がよく使ってるんですよ。彼女たち、三人組のくせして結構いい音出すんだ、これが」

「彼女たち？」

徹はもう一度ステージを見る。たしかに女性が三人立っていた。

「おまえの彼女のバンドか？」

驚いて訊く。

「控室はこっちですよ」

俊二はそれに答えず歩き出す。入口のちょうど正面に一つのドアがあり、それを開

ける と奥は薄暗かった。

「この階段を上がると袖になっていて、ステージの下手《しもて》に通じています。上手《かみて》には袖がないから、ここからしかステージへは出られません」

俊二はそういって右手を指したが、そちらへは行かず、左へ進み、すぐまた左へ折れた。廊下は鉤《かぎ》型になっていた（次頁図参照）。

「ここがジェントル・ウーマンの控室」

左に折れてすぐにあったドアを俊二が指さす。

「そして、俺たちはここ」

次のドアを開けた。三人の視線が集まった。

「どこで道草食ってたんだ？　俺たちなんか機材の搬入で二時には着いてたんだぜ」

武喜朋の第一声。山脇丈広がそれに続いて、

「すごい荷物だな。それ、全部カメラなの？」

と訊いてきた。山脇は戸越の事件以来、トレードマークだった長髪をやめてしまっていた。ようやくショートカットが板についてきたころである。

「今日は特別さ」

徹は笑顔で答える。

〈パーム・ガーデン〉

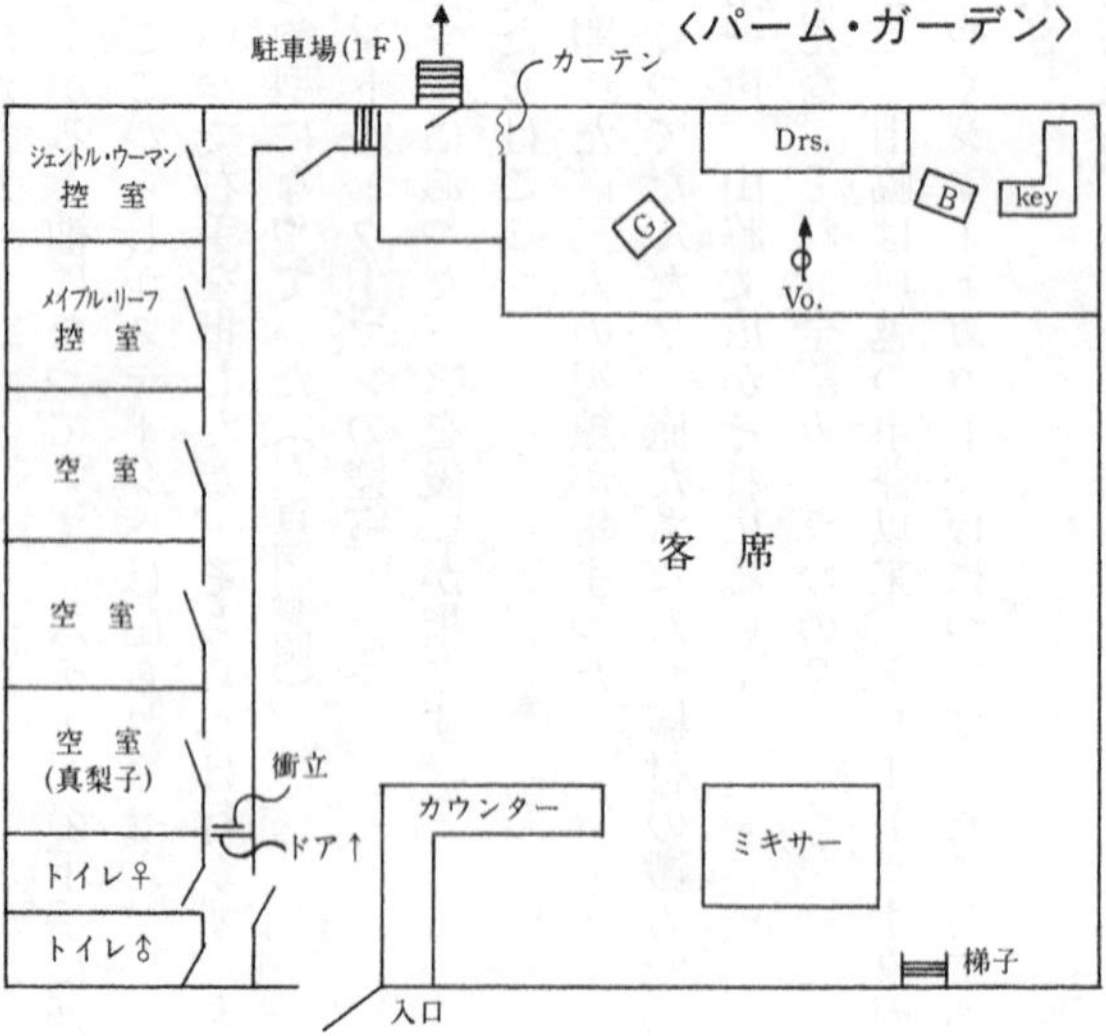
駐車場(1F)
カーテン
Drs.
key
B
G
Vo.
ジェントル・ウーマン
控室
メイプル・リーフ
控室
空室
空室
空室
(真梨子)
客席
衝立
ドア↑
トイレ♀
トイレ♂
カウンター
ミキサー
梯子
入口

カメラ二台、レンズ三本、それに三脚。レンズのうち一本は買えば数十万円もする三百ミリの望遠で、この日のためにレンタルしたのだった。

「今日の曲順だ」

山脇がコピーを差し出してきた。

その時、天井から声がした。

「メイプル・リーフさん、お願いします」

見あげると、スピーカーが埋め込まれている。

「さあ、やっとリハだ」

楽器を持った四人が控室を出ていく。徹は室内を見回した。

広くはないが小綺麗で、白い壁には落書き一つない。これもライヴハウスとしては珍しい。隅には白黒のモニター・テレビがあり、そこにはステージの様子が映し出されている。装飾といい設備といい、相当に凝っている。昔ながらのライヴハウスが次々と店を畳む時代に、新たに開店するとは大胆不敵。よっぽど音楽好きなのか、よっぽど金が余っているのか。

カメラの準備がすむと、徹も控室を出た。廊下の奥には、さらにいくつかの部屋があり、突き当たりのドアの手前には、そのドアをふさぐように、衝立《ついたて》らしきものが置いてある。

ホールへ戻ってみると、リハーサルが始まったところだった。

徹は客席に腰を降ろして、山脇から受け取ったコピーを広げた。四時から三十分間がメイプル・リーフのリハーサル、五時開場、六時から七時までが、今回ジョイントすることになったジェントル・ウーマンのステージ、間に休憩を挟んで九時までがメイプル・リーフのラスト・パフォーマンス。

メイプル・リーフのステージは三部構成になっていて、第一部が既製の曲を多少アレンジしたロックンロール・メドレー、第二部がアコースティック・タイムで、武喜朋と山脇丈広が生ギターで自分のオリジナルを披露、そして第三部がメイプル・リーフのオリジナル・ナンバーを十曲。アンコールも二曲用意してある。まとまりのない感もあるが、戸越抜きでやろうというのだから、全曲オリジナルというわけにはいかなかった。徹はコピーを眺めながら、あらためて戸越の存在の大きさを感じた。

PAから硬い音が流れてくる。リハーサル時には客がいないぶんだけ、本番に較べて音の吸収が悪く、耳に痛い。また、時間が制約されている関係上一曲を通して演奏することも少なく、はたから眺めていておもしろいものではない。

客席の後方中央にはミキシングのコンソールがあって、三十半ばの女性が機械を操作していた。ボーイッシュなショートカットで、丸眼鏡を掛けている。

ミキサーの横には鉄の梯子《はしご》があった。昇りきったところにはスポットライトが一台置いてある。

市之瀬徹は女性ミキサーのそばまで近づいていって、カメラと梯子の上を交互に指さした。彼女はにっこり微笑んだ。年の割にはなかなかの美人である。

梯子を昇ってみると、スポットライトの横に人間一人分のスペースがあった。今まではいつも、ステージを見あげるように撮っていたけれど、今日は見おろす構図も撮れそうだ。

高い位置から聴くライヴもまた格別だ。ステージと客席全体の様子が手に取るようにわかり、まるでディレクターになった気分である。

それにしても、と徹は思う。三谷真梨子の調子が芳《かんば》しくない。ミスタッチが耳につくし、音の切れも良くない。練習不足というよりも、精神面の問題のようだ。あがっているのだろうか？　リハーサルの段階でこれでは本番が思いやられる。そういえば最後のスタジオ練習の時も、妙に気持ちが浮いていたようだったが――。

「はい、お疲れさま。本番もこの調子でね」

女性ミキサーの声がした。リハーサルの三十分は短い。

三時間もしないうちに本番が始まり、四時間半もすればメイプル・リーフは最期を遂《と》げる。

2

リハーサル後の控室の空気は重かった。

「マリちゃん、だいじょうぶかよ？」

「完璧な演奏をしろとはいわないけど、キメるところはキメてもらわないとみっともないぜ」

「せめて気持ちだけでもノッてもらわないと」

三人の男が真梨子を責めている。楽器を弾かない徹でさえ不安を覚えたのだから、ステージに一緒に立つ者の心境は推して知るべしである。真梨子は「うん」、「うん」と素直にうなずくが、いずれも生返事のように思えてしまう。

（今さらいってもしょうがないよ）

徹は喉まで出かかったが、やめた。ステージを控えたプレイヤーに余計な口出しをするのは禁物であると、この四年間の経験でわかっていた。

徹はいたたまれずに控室を出ることにした。カメラ一台を肩からさげ、三百ミリのレンズが入ったジュラルミンのケースと三脚を両手に持ち、黙って控室をあとにする。

廊下でホッとひと息ついた徹は、突き当たりのドアのところに女性の姿を認めた。例のミキサーだ。彼女も徹に気づくと笑みを浮かべた。

「さきほどはどうも」

徹は荷物を床に置くと、女性の方に歩み寄って声をかけた。

「どういたしまして。あなたは演奏しないの？」

気さくな性格のようだ。

「僕は専属カメラマンというか、メイプル・リーフのファンというか、まあ、そんなところです」

「そう。でも大変ね、あんな高いところから撮るなんて。落ちないように気をつけてよ」

「失礼ですが、あなたはミキサーですよね？　女性のミキサーってはじめて見るなあ」

「みんなそういうわ。これでも十年選手なのよ。腕はたしかだから安心してちょうだい」

「へー、尊敬しちゃうな」

「あんまりおだてないで」

彼女は照れ笑いをして手を振ったがまんざらでもないらしく、フライトジャケットのポケットに手を突っ込むと、一枚の名刺を取り出した。「パーム・ガーデン　マネジャー&エンジニア　三浦弘子《みうらひろこ》」と書かれていた。

「この店の社長さんなんですか?」

「社長じゃないわよ。マネジャー、要するに雇われ店長よ。ここのオーナーと知り合いでね、私の理想とするライヴハウスのプランを持ち込んだの。そうしたら、『おもしろい。君が店長になってやってくれ』ということになっちゃってね」

「それじゃあ、壁に絵を描いたり、ステージにヤシの木を立てたりしたのは?」

「そう、私のアイディア。驚いた?」

「うん。こんなライヴハウスははじめて」

「今の時代に従来のようなライヴハウスではお客さんが寄りつかなくなっちゃうわ。事実、大資本が入っているところは別として、方々で潰れているでしょう。通《つう》ぶった常連客だけが来るようじゃだめ。誰もが気軽に足を運べるお店でなくっちゃ。かたく目を閉じて、眉間に皺を寄せて音楽を聴く時代じゃないのよ。音楽は生活のアクセサリーでしかなくて、なんとなく気持ちがよければ、明日はもう忘れていたってかまわないの。

最近の音楽傾向だってそうよね。十年後、二十年後にも名盤として残りそうな印象深い曲は全然ないわ。その代わり、どの曲も無駄なくコンパクトにまとまっているでしょう？」

「そうそう。楽器や録音技術は発達しているのに、心を揺さぶってくれる曲が少なくなりましたよね。妙に醒めてて。だから俺なんか今でも、自然と六〇年代後半から七〇年代前半にかけての曲ばかり聴いちゃう」

「私もよ。まあ、どちらがいいとは決めつけられないけれど、軽いノリを好む今のリスナーが、重々しいライヴハウスに来ると思う？」

三浦弘子はポケットに手を突っ込んだまま、自信満々に語る。

「私が考えたのはホールの装飾だけじゃないわ。控室にだって気を配ったのよ。わかる？」

「モニター・テレビですか？」

「それもあるけど、ここって、他の小屋に較べて控室が多いでしょう。五部屋あるわ。普通、アマチュアやセミ・プロ級の人たちが出演するライヴハウスの控室って、蛸部屋《たこべや》みたいなところに複数のバンドが詰めこまれるでしょう」

「いわれてみればそうですね」

「一つの部屋に知らない者同士が集まることによって仲間が増えるし、音楽の幅も拡がるわ。でも、今の人たちにそんなことといったら笑われる。みんな、自分のグループと他のグループとの間に線を引きたがるんだもん。たとえ同じ部屋に入っても、グループ同士で話したがらない傾向にあるわ。『おまえたちは勝手にやればいい。俺たちも好きにやるから』って感じ。アマチュアの場合、今日の君たちのように二、三バンドでジョイントすることが多いけれど、自分の出番が終わるとさっさと片づけて帰っちゃうのよ。対バンのステージを見ずにね」

徹にもおぼえがあった。まさにメイプル・リーフがそうだったのである。

「私はそういうの好きじゃない。同じ音楽をやっている仲間なんだから、横のつながりを大切にしてほしいと思う。でも、ビジネスを成功させたいのなら、古い考えを押しつけるのはマイナスね。

私はここをオープンさせるに当たって開き直った。そんなに他のグループとのコミュニケーションを好まないのだったら、とことんつきあえないようにしてやる、とね。だから控室をたくさん作ったの。これなら数バンドがジョイントをやっても一バンドで一室使えるでしょう。少し狭いのが難点だけど、心置きなく自分たちだけの世界に浸《ひた》れるというわけ。君はどう思う？」

「個室の方が落ちつくかな、やっぱり」

「そう……。まあ、それが今のスタイルだもんね」

弘子は寂しそうにつぶやく。

「私の考えは正解だったわ。ホールのはでさはリスナーに、控室のコンパートメント化はプレイヤーに、それぞれ好評でね、おかげで入りの方も悪くないわ。ただ一つ失敗したのがこれ」

そういって彼女が指さしたのは、廊下の突き当たりのドアだった。徹は意味を悟れなかった。

「この向こうがトイレなの。出演バンドとお客さん共用のね。お客さんは入口脇から入り、出演者はこのドアから入るように設計したわけ。

ところがいざ開店してみると、お客さんがトイレからこのドアを抜けて控室に入っちゃうのよ。バンドの友だちに会いにいったり、少し有名な人が出演しているとサインをもらいにいったりで、けじめがつかなくなった。

しょうがないから、苦肉の策として、この衝立を置くことにしたの」

弘子はそういいながら、壁際にあった衝立を押して、トイレのドアに密着させた。衝立には「通り抜け禁止。トイレに行く方は、ホール側の入口を利用してください」という貼り紙があった。ドアの全面を覆うほどの衝立である。

「このドアは控室側に開くの。だから、こうやって衝立をドアにくっつけておけば、お客さんがトイレから入ってこようとしても、ドアは開かないわ。

出演バンドの人には迷惑がかかるけどね。いったん客席に出てから、お客さんと同じように入口脇からトイレに行かなくちゃならないでしょう。いちおう、開場直前まではこのドアを使えるようにしてあるんだけどね。鍵でもつけなくっちゃ、私も衝立の移動で疲れちゃう。

さて、もうすぐお客さんが入ってくるわ。行きましょう」

衝立を置いたため、トイレに通じるドアは使えない。徹は弘子と一緒に袖の手前にあるドアからホールへ出た。

別れ際、彼女がいった。

「キーボードの女の子、調子良くないみたいね」

徹は冷汗をかいた。

徹はそれから、スポットライトの横に写真機材を置き、もうミーティングが終わっただろうと思われるころ、控室に戻っていった。

「徹クン、ちょっと――」

控室に入ろうとすると、三谷真梨子の声がした。真梨子は手にスタイリストバッグを持ち、一番奥、つまり衝立のすぐそばにある控室の前に立って手招きしている。ジエントル・ウーマンのステージが今しがた始まったところで、歯切れの良いロックンロールが廊下にまで聞こえていた。

「あのさあ、悪いけどビール買ってきてくれる？」

「ビール？」

「勢いをつけようと思って。みんなには内緒よ。駐車場のところに自販機があったから、そこでお願い」

と、真梨子が小銭を取り出す。

「駐車場ってどこ？」

「そうか、徹クンは知らなかったわね。袖に上がってすぐにドアがあるんだけど、そこから駐車場に出られるわ」

「わかった。でも、何でマリちゃんはみんなと同じところにいないの？」

「男性の前で着替えられるわけないでしょう！　じゃあね」

ドアの向こうに真梨子が消えた。徹は踵《きびす》を返して歩きはじめた。二つの空き部屋の前を通った時、中から話し声が聞こえた。

メイプル・リーフの控室の前にさしかかると、武喜朋が姿を現わした。

「さっきから何うろうろしてるんだ」

「あ、いや、別に」

「マリちゃん見なかった？　最終チェックをしたいんだけど」

「奥で着替えてるみたい」

「マリちゃん、早くな！」

そう声をかけ、武が部屋にひっこんだ。

徹は廊下を折れて、袖にあがった。ステージと袖の間は、床まである黒いカーテンで仕切られていた。横を見ると、真梨子がいったようにドアが一つあり、そこを出て急な階段を昇りきると、武と山脇の車が停めてあった。

自動販売機にコインを入れながら、市之瀬徹は考える。

真梨子にはプレッシャーがかかっているのだな、アルコールの力を借りてそれをほぐそうとしているのだな。

3

解散のカウントダウンは「ロックンロール・ミュージック」で始まった。

武喜朋がシャウトしながらレス・ポールを掻き鳴らし、そのバックでは、山脇丈広のベースと駒村俊二のドラムが確実にエイト・ビートをキープして、小屋全体が心地良く揺れる。

「ジェイルハウス・ロック」から「ジョニー・B・グッド」にバトンが渡された。曲のつなぎもスムーズであるし、何よりも、心配された三谷真梨子が無難に演奏をこなしている。

徹は今、スポットライトの横に陣取っているが、三百ミリのレンズでピンツのレオタードを着た真梨子を摑まえると、体ごと鍵盤にぶつかっている様子がよくわかった。表情も柔かい。ビールの効果が現われたのだろう。この調子で最後までいってくれればいうことはない。

客席はすでに満杯で、立見もちらほら見られた。もっとも今回は、チケットを売る気は毛頭なく、最初から友人関係にばらまいていた。出血大サービスしたのだから、この程度は集まってもらわないと割に合わない。

「ロックンロール・オールナイト」で第一部のロックンロール・メドレーが終了すると、武喜朋、駒村俊二、三谷真梨子の三人が袖に引っ込んだ。一人残ったのは、白いパンツをサスペンダーで吊った山脇丈広で、フォークギターを片手にステージ中央の椅子に座る。

山脇はベースの腕に負けず劣らずギターがうまい。ヴォーカルも中音部の伸びがすばらしい。そのくせステージで披露するのは今回がはじめてで、そして最後だった。かつてメイプル・リーフでやったことのある自分の曲を生ギターで二曲だけ演奏し終えると、挨拶もそこそこに背中を丸めて袖に引っ込んだ。もっと堂々とすればいいのに、と徹は残念に思う。

代わって出てきたのが、黒いレザーのジャケットとパンツできめた武喜朋だ。十二弦のオベイションを抱えている。オベイションはピックアップが内蔵されたアコースティックギターで、アンプにつなぐことができる。玉を転がすような、クリスタルグラスの輝きのような、えもいわれぬ、奥深く、美しい音色を醸《かも》し出し、それだけにアコースティックギターの中でも破格の値段がする。

武も二曲演奏した。ふたたび山脇が出てくる。今度はデュエットだ。武が高音のヴォーカルを執《と》り、リズムギターを掻き鳴らす。山脇が低音でサポートし、アルペジオを弾く。徹は練習中でもこの二人がデュエットするのを見たことがなかった。今日のために密かに練習したのだろう。一回かぎりで消滅させてしまうのは残念なほど、すばらしい出来だった。

　万雷の拍手が二人を包む。これで第二部終了、いよいよメインとなる第三部へと移る――はずだった。

　ところが、袖から出てきた駒村俊二がステージの二人に何事かを耳打ちし、そのあと山脇がベースを置いて、袖に引っ込んでしまった。

「えー、ここで、パワフルなドラム・ソロを聴いてもらうことにしましょう。ミスター、シュンジ・コマムラ！」

　武はそういって、ステージから消えた。

「ドラム・ソロだって？」

　徹は思わず声をあげた。そんな予定はないはずだ。メイプル・リーノではドラム・ソロをやらない方針でいた。どんなにドラムのテクニックに優れていても、メロディー楽器でないために、すぐに聴いている側に飽きられてしまうからだ。

　俊二の初のドラム・ソロは、即興にしてはよくまとまっていた。エイト・ビートを基調とし、バスドラとスネアで複雑なアクセントを付け、はでにタムを回す。シンバルを入れるタイミングもハイ・ハットの切れも悪くない。が、徹が危惧した通り、二、三分も続くと客席がざわつきはじめた。俊二のプレイも、次第に、同じフレーズの繰り返しが目立つようになってきた。

ドラム・ソロは五分も続いただろうか、ようやく武と山脇が姿を現わした。武は俊二に歩み寄ると、一枚の紙を見せた。ドラムを叩きながら俊二がうなずく。俊二の諒解を確認した武がレス・ポールをギターアンプにセットする。山脇はすでにスタンバイ状態にある。

俊二はドラム・ソロのテンポをキープしたまま、単純なエイト・ビートに移行した。

「ワン、トゥ、ワン、トゥ、スリー――」

武がマイクを通じてカウントを数え、Gで曲が始まった。

夜が街を包んだら
丘の上の観覧車に乗ろう
誰もいない遊園地
二人きりのパーティの始まりさ

「プライベート・パーティ」というこのオリジナル曲は、第三部のオープニングに用意されていた。それに相違はない。だが、ステージ上手にあるキーボードのブースは空っぽではないか。真梨子がまだ出てきていないのだ。曲の途中から劇的に登場するのだろうか。

〝Thank you, thank you very much, such a nice audience!〟

曲が終わり、武が気どって挨拶した。

結局、真梨子は出てこなかった。「プライベート・パーティ」はギターとベースのリフが曲をささえているので、キーボード抜きでもそれほど違和感はなかった。しかし、真梨子を外して演奏するなど、徹は聞かされていなかった。

「いよいよ今夜のメイン、メイプル・リーフのオリジナル・タイムに突入です。えー、少々トラブルがありまして、さきほど衣装替えにいったキーボードのマリちゃんが見当たらないんですよ。たぶんトイレだと思うんですけどね。おーい、マリちゃん、トイレなら早く出てくるように！」

武がステージから呼びかけると、会場はどっと笑いに包まれた。

真梨子がいない？　徹は首をかしげた。ステージの途中でどこへ行くというのだ。

トイレにしても長すぎる。

アコースティック・タイムは二十分あった。次のドラム・ソロが五分、「プライベート・パーティ」の演奏が五分として、計三十分。着替えと化粧直しに十五分要したとしても、あと十五分も余る。開演前に飲んだビールのせいで気分が悪くなったのだろうか。たかが缶ビール一本で?

「しょうがないなあ。時間も押していることだし、マリちゃんが戻るまでは三人で演奏します。では次の曲――」

武が二曲目の紹介をしようとした時である。

「キャーッ……」

どこか遠くで悲鳴があがった。

最後は消え入るようであったが、徹はたしかに聞いた。声の方を見ようと、バネ仕掛けの人形のように身を起こす。そして体ごと三脚に当たった。

「あっ」

と声をあげた時には、三百ミリの望遠レンズを載せた三脚が、バランスを失って、低い手摺《てすり》を乗り越えて落下を始めた。床に落ちるまで一秒とかからなかったはずだが、徹の目にはそれが、高飛び込みの演技をスローモーションで再生しているかのように映った。手を伸ばせば引き戻せる——。

無理だった。三脚は重力に逆らうことなく落下を続け、激しい衝突音とともに床に叩きつけられた。いや、正確にいうなら、徹は床に落ちた瞬間を見ていない。落下の途中、突然、ライヴハウス全体の照明が消えてしまったのである。

「やだー」

「何だ、どうした！」

客席からいっせいに悲鳴やら怒声やらが湧き起こる。椅子の引かれる音、テーブルが倒れる音——闇の中のパニック。

徹の全身から血が引いた。暗闇になったからではない。レンタルした三百ミリのレンズを落としてしまったからだ。この高さから落ちた精密機器が無傷であるはずがない。「弁償」、「五十万円」、この二つの言葉が頭の中を駆けめぐり、客席の喧噪などまったく耳に入らなくなった。

「静かに、静かにして！　いま動くと怪我をするわよ！　その場を離れないで！」

真下から聞こえてくる声によって、徹はようやくわれに返った。ミキサーの三浦弘子が叫んでいる。

「誰かライターを貸してちょうだい！　私の声のする方へ歩いてきて。ゆっくりよ！」

何人かの者がライターを蠟燭《ろうそく》代わりに使っていたが、その中の一人が、足下を照らしながらミキサー台の方へ近づいていった。

「ありがとう」

弘子はライターを受け取ると、何事かを始めた。むろん何も見えないが、手探りするような音が徹の足にも伝わってきた。

しばらくして照明が回復した。客席から安堵の溜め息が漏れる。

「ちょっと、カメラマンの彼」

三浦弘子が徹を呼んだ。下を覗くと、弘子が、床に落ちている三脚を指さしていた。

「これ、君が落としたんでしょう？　落ちる時に配電盤に当たって、ブレーカーを切ってしまったようね。だから気をつけなさいっていったじゃない」

「…………」

徹は梯子を降りる。背中が客席からのブーイングを受けとめる。穴があったら入りたいとはこのことだろう。

三脚のアルミパイプはねじ曲がり、巨大なレンズ・フードにも凹みがあった。このぶんではレンズ自体にも支障をきたしているに違いない。

徹は力なく顔をあげた。たしかに自分がいたスポットライト施設の真下に配電盤があった。

「みんなに謝りなさい」

弘子にいわれるがまま、徹は客席に向かって頭を下げた。その時、

「誰か、誰か、助けてー！」

ふたたび悲鳴があがった。

そうだ、この悲鳴のおかげでカメラを落とし、みんなに顰蹙《ひんしゅく》をかってしまったのだ。徹は謝りながらも、声の主を怨むことを忘れなかった。

「早く、早く来てぇ」

三度目の悲鳴。もう誰も徹に気をとめていなかった。

悲鳴はトイレの方から聞こえた。近くにいた男性客数人がトイレのドアに向かう。ステージにつっ立っていたメイプル・リーフのメンバーも袖に消えていった。

徹は三脚を抱いてゆっくりとトイレまで足を運んだが、その時にはもう、狭いトイレは黒山の人だかりで、覗くことすらできなかった。

「救急車を！　いや、一一〇番の方がいいかもしれない！」

奥の方から男性が叫ぶ。警察⁉

市之瀬徹は弾かれたように、袖の脇にあるドアに向かって駆け出した。

悲鳴があがったのはトイレではなく、トイレに一番近い控室で、その入口のところで女の子が泣きじゃくっていた。

彼女を泣かせているのは、部屋の真ん中にうつぶせで倒れている、三谷真梨子だ。真梨子の首には荷作りに使われるナイロン製の紐が巻きついている。

「だから泣いているだけじゃわからないだろう！　どうして彼女は死んでるんだ⁉」

泣きじゃくる女の子の肩を揺さぶるのは山脇丈広だ。

「…………」

「おまえが殺したのか⁉」

「違います。部屋に入ったら死んでたの。だから、だから……」

「おい、やめとけ」

武喜朋が山脇を引き離した。山脇はなおも何かいいたそうだったが、廊下に連れ出された。

「入ってこないでよ！」

駒村俊二は、トイレの方から覗いている客に向かって叫ぶと、強引に控室との間のドアを閉めた。はりねずみのように逆立った髪、日の丸の鉢巻、サングラス、だぶだぶの迷彩服——ステージ衣装そのままの俊二にはちょっとした迫力があった。

徹はあらためて部屋を覗いた。真梨子は真っ赤なTシャツとオーバーオールを着けていたが、オーバーオールは腰のあたりまでしか穿《は》いていなかった。そばに脱ぎ捨ててあるレオタードは第一部で着ていたものだ。スタイリストバッグは開けっぱなし。そして、ビールの空き缶が一つ転がっていた。

紐で首を絞められたことは明らかだった。どうして真梨子が殺されなければならないのだ？　徹は頭が混乱したが、戸越の時のように吐き気は催さなかった。もっとも、真梨子が仰向けになっていたらわからなかったが。

女の子は相変わらず泣き続けている。

高校生のような年恰好をしているこの娘は何者だ？　何のためにこの部屋に入ったのだ？　そしてどこから？　トイレとの境のドアには衝立が置かれていたから入れなかったはずである。それとも袖の脇にあるドアか？

「外に出よう」

徹は、湧き出てくる疑問をひとまず抑えつけ、女の子をうながした。

「ひとだまが、ひとだまが……」

彼女は奇妙な言葉を繰り返した。

「人魂？」

徹が復唱すると、女の子は首を縦に振った。

「人魂って何のこと？」

しかし答は返ってこなかった。

徹は少し気になったが、彼女を残して廊下へ出た。衝立は壁際に押しやられていた。

メイプル・リーフの三人は、自分たちの控室の前に座り込んでいる。

「どういうことなんだ？」

徹は彼らに近づいて尋ねた。

「それはこっちが訊きたいよ」

武がつぶやく。

「戸越さんといい、マリさんといい、どういうことよぉ!?」

俊二が頭を抱えた。

その通りだ。何で二人も、しかもよりによって、仲間と行動をともにしている時に殺されなければならないのだ。

「第三部に入る前にゴタゴタしていたようだけど、あれとマリちゃんが殺されたのと関係あるの？」

徹は尋ねる。しばらくは誰も答えなかったが、やっとのこと、武がいった。

「マリちゃんがいなかったんだ」

「ステージでもそう説明していたよな。でも――」

「いないといったらいないんだ。彼女が殺されたあの部屋はもちろん、他の控室にもいなかったんだ」

「そんな」

「三人で必死に捜したよ。でもいなかった……。もうこれ以上いわせないでくれ！」

といったきり、武は顔を伏せた。

「真梨子……」

山脇丈広の声が震えていた。

4

間もなく警官の一隊がやってきて、メイプル・リーフのメンバーは控室の廊下から追い出されてしまった。

だ。

「静かに！」

駆けつけた刑事の一人がステージに立ち、ヴォーカル・マイクを使って喋りはじめた。リヴァーブとエコーがかかっていて、なんだかキャバレーの司会者のような感じだ。

「もうご存じのことでしょうが、さきほどこの店の中で女性の他殺死体が発見されました」

場内がどよめいた。

「犯人は外部から侵入したのか、あるいはこの店の中にいたのか、今のところ何ともいえませんが、一刻も早く事件を解決するために、ここにいる方全員に協力してもらいたい。

ただいま八時半になろうとしています。帰りが遅くなると困る人もいるでしょうから、われわれも要領よく話を訊き、なるべく早くすますよう心がけます。ですからここは一つ、よろしく協力を願います」

刑事がステージを降りると、場内は大きくざわめいた。「えー」だの「やだー」だの不満の声が飛びかうが、しかし彼らはどことなく、はじめて受ける事情聴取に妙な興奮を覚えているようでもあった。

メイプル・リーフの四人だけが、ホールの喧噪の中で、違った空気を吸っていた。

そこに一人の男が近づいてきた。

「君たちがガイシャの仲間？」

四人は黙ってうなずいた。

「しばらくここで待機しているように。客の話を訊き終えたら呼びにくる」

それだけいうと、刑事は速足で去っていった。

メイプル・リーフの事情聴取は十時きっかりにはじまった。客も、捜査官の大半もパーム・ガーデンを去っており、先刻までのざわめきは、もう、どこにも、ない。

四人が自分たちの控室に入ると、初老の大柄な男が煙草をふかしていた。荷物が動かされた形跡がある。四人がホールで待機していた間に調べられたに違いない。

「まあ座って。私は新宿署の森山《もりやま》といいます。このたびはとんだことになったね」

男はそう名乗って、軽く頭を下げた。

「友だちを亡くしたばかりの君たちにこうして伺うのは忍びないけれど、これも彼女のためと思って、少しの間つきあってください」

四人は黙って頷き、森山刑事の求めに応じて各々の名前を告げた。

「最初に一つ確認を。被害者の名前は三谷真梨子さん、東稜大学文学部四年生、現住所は東京都目黒区祐天寺一―一四―×。以上に間違いないね？　これは学生証の記載事項だが」

森山のいう通りである。

「三谷真梨子さんと君たちは同じ演奏グループということだが、どの程度のつきあいだったのかな？」

全員同じ大学であり、四年間にわたって活動していた旨を伝えると、森山刑事は「ほう」と満足そうにいい、

「そうすると、君たちは彼女の普段の生活ぶりについてもかなり詳しく知っている、そういうことだね？　これは非常にありがたい。三谷真梨子さんが殺されるような理由に心当たりはないかね？　たとえば誰かに恨まれていたとか」

しかし四人は顔を見合わせて首を横に振るばかり、戸越伸夫の場合と同じである。

「怨恨でないとしたら、外部からの侵入者による突発的殺人かもしれない。暴行がからんだね」

山脇が目を剝《む》いて、がたりと椅子を進めた。

「実際に暴行された跡は認められないようだが、未遂ということは大いにありえる。彼女に抵抗されたため絞殺したということだ。ズボンを完全に穿《は》いていなかったこと

も、暴行の可能性を示唆している」

「暴行……」

徹と武が同時につぶやいた。

「入口脇のカウンターにいた店員によると、不審な者が入ったことは考えられないということ。チケットを持っていないと入れないそうだからね。しかし、ここには駐車場に通じている裏口があり、さきほど調べたところ、鍵が開いていた。また、客の誰かが暴行を企てたということも考えられる」

「暴行なんてさあ、そんなこと軽々しく口にするなよ」

駒村俊二が腰を浮かせ、森山刑事に食ってかかった。森山は俊二のぞんざいな言葉遣いに腹を立て、そして現実の殺人現場にはおよそふさわしくないはでな恰好を見て顔をしかめたが、俊二はおかまいなしに、

「暴行未遂じゃないよ！」

と敢然といった。

「ほう、なぜ？」

森山は眉間に皺を寄せた。

「いま刑事さんは、『ズボンを完全に穿いていなかったから暴行の可能性がある』と

いったよね？　でも俺はさあ、マリさんは着替えている時に殺されたんだと思うなあ。ズボンを穿いている最中に犯人が入ってきたんだ」

「着替えていた？」

「そう。マリさんはステージの途中で衣装替えのために控室に引っ込んだ。死体の横に脱ぎ捨ててあったレオタード、あれが最初に着ていた服だよ。レオタードを脱ぎ、Tシャツとオーバーオールに着替えていると、侵入者が現われたんじゃあないですか？　だから暴行云々《うんぬん》は関係ないと――」

「待てよ、それはおかしくないか？　着替えている最中に殺されたのなら、何で俺たちが捜しにいった時、控室は空っぽだったんだよ？」

武が俊二の言葉をさえぎった。

「そうか……。じゃあ、第一部が終わってすぐに着替えずに、しばらくどこか、たとえばトイレにいて、それから着替えはじめたというのは？　俺たちが控室を見た時にはまだトイレに入っていて、捜すのをやめてから控室に戻ってきたんじゃないですか？」

「控室にいなかった!?　おい、それはいったいどういうことだね？　私にもわかるように説明しなさい」

森山が俊二と武の間に入った。

メイプル・リーフのステージが三部構成になっていたこと、第一部終了後、第二部に出演しない真梨子が控室に引っ込んだこと、第三部が始まろうとするのに真梨子が控室に見当たらなかったことを、武が説明した。

「三谷真梨子さんがステージを去ったのは何時ごろ？」

「ステージが始まってから約十五分経過した時点だから……、だいたい七時半ごろだと思います」

「三谷さんの姿が控室から消えているのを確認したのは誰？」

「最初は俺だけど、その後武さんと山脇さんも確かめてる」

と俊二。

「それは何時？」

「俺が捜しにいったのは第二部終了の直前だから、七時四十五分か五十分か、そのぐらい。第三部が始まろうというのに姿が見えないものだからあせって捜したんだけど、マリさんはいなかった」

「他の二人は？」

「僕は八時前ごろでしょうね。俊二が捜したすぐあとでしたから」

これは武。山脇はそれに無言でうなずく。

「他の部屋にいたということはないだろうか？」

「そんなことぐらい俺たちも考えたさ。全部の部屋を覗いたけど、マリさんはいなかったんだ。ジェントル・ウーマンのメンバーに訊いても、『知らない』といわれたし」

俊二がいった。

「そうすると、七時四十五分ごろから八時ごろまでは、三谷真梨子さんは控室周辺にいなかったわけだ。なるほど、少しわかってきたな」

森山はうなずきながらそういって、

「ところで、停電になったのは何時だったかな？」

市之瀬徹はギクリとした。

「八時過ぎだったと……」

「停電はどのくらい続いた？」

「それはちょっと……」

徹は自分が責められているようで全身が熱くなった。

「結構長かったなあ。五分か十分か」

俊二がフォローしてくれた。

「あの……、停電とマリちゃんの死と関係があるのですか？　停電中に殺されたとか……」

おそるおそる徹が尋ねる。

「いや、直接には何の関係もない。死体の第一発見者である女の子が、『時間は憶えていないけれど、死体を見つけた直後に電気が消えた』と証言したものだから、その時刻を確認したまでだ。停電した時点では、三谷さんはすでに殺されていたんだね」

なるほど。徹がカメラを三脚ごと落とす原因となった例の悲鳴は、女の子が死体を発見した時に発したものだったのである。

「鑑識によると、死亡推定時刻は七時半から八時の三十分間。君たちと第一発見者の証言からも、これが裏づけされた。犯行時間に関してはこれでいい。しかし――」

森山はもったいぶって一同を見回した。

「君たちの話を聞かなければ、それで何の問題もなかった……。七時四十五分から八時前まで三谷真梨子さんはあの部屋にいなかった、君たちはそういったね。絶対にそういいきれるかな？　君はどう？」

森山は顎で俊二を指す。

「何度もいわせないでよ。俺はこの目で見たの。マリさんはいなかった」

「あとの三人は？」

「ええ……」

「いませんでした」

山脇と武が答える。

「市之瀬徹さんだったっけ、君は見ていないのかね？」

「はあ、僕はホールにいましたから……」

「おや、君だけホールにいたのか。七時半から八時までずっと？」

「え、ええ……」

森山がペンを走らせる。徹はふたたび冷汗をかく。

「市之瀬さんをのぞく三人が三人ともいうのなら間違いないのだろうが、では、彼女はどこへ行っていたんだろう。どこに連れ去られていたのか、といい換えてもかまわないが」

「マリさんは外に連れ出されて殺された？」

俊二が訊き返す。たしかにそう解釈するしかない。

「そう、頭の中で考えるならそれでもかまわない。しかし、現実問題として考えると、これは少々不自然だ。別の場所で殺したのなら、なぜそのままにしておかなかったのだろうか？　一刻も早く現場を去りたいと思うのが殺人を犯した人間の心理というもの、死体をのこのこ運ぶなど、危険で愚かな行為でしかない。途中で誰かに出会った時、ポケットに隠せるような代物《しろもの》ではないんだ。これはきわめて異常な行動としか思えない。

ましてて、武喜朋さんと山脇丈広さんが三谷真梨子さんの不在を確認した五分後には、死体としてあの部屋で発見されている。この短時間に、どこから運んできたと説明する？　他の控室にもいなかったんだろう？」

森山は、そう言葉を切って煙草に火を点けた。口の中で自問自答を繰り返しているようだ。

「おお、そうだ！　一つだけ説明がつくな。彼女は気分を悪くして長時間トイレに入っていた。トイレを出たのは八時前。武さんと山脇さんが捜した直後だね。これを見ていた何者かが彼女のあとをつけ、控室に入ったところで暴行しようとした。ところが抵抗されてしまったため絞殺。凶器となった紐はごく普通の荷作り用のものだから、部屋に転がっていたのかもしれないし、犯人のポケットにたまたま入っていたのかもしれない。そして殺害後、すぐさま現場をあとにした。直後に女の子が発見した

「――」

「違う……」

「えっ？」

「違う！」

否定したのは山脇丈広だった。

「何で暴行と決めつけるんだ！　新宿には、こんなライヴハウスにまで入ってくる暴行魔がいるのか⁉　冗談じゃない！」

山脇は森山を睨みつけて立ちあがると、ブーツの甲で椅子を蹴りあげ、ドアのノブに手をかけた。

「おい、どこへ行く？　話はまだ終わってないぞ」

「もうたくさんだ！　これ以上話すことなんかない！」

森山の制止をふりきって、山脇は部屋を飛び出した。森山はそれを追おうとしたが、山脇がドアを叩きつけるように素速く閉めたため、それに顔をしたたか打ちつけてしまった。

「くっ……。誰か！　佐野《さの》クン！」

鼻の頭を押さえながらドアを開けてわめき散らす。やがて一人の若い男が走ってきて、森山の指示にうなずき、駆け足で去っていった。

「ちっ！　住所は解っているんだ」

森山は控室の中に体を入れた。徹たち三人は、山脇の激昂《げっこう》をあっけにとられて見守るばかりだった。

「さっきの話なんですけど――」

気まずい空気の中で、武喜朋がおずおずと切り出した。

「僕は、控室とトイレの間にあるドアの前に衝立があるのを見ましたよ。あれだけドアに密着していたのでは、トイレから控室側へ入ってくることはできないと思いますが」

「衝立の存在については店長からも聞いているよ。しかし、強引にドアを押せば衝立は動くはず。これはあとで確かめることとしよう。いや、確かめるまでもなく、現実に、第一発見者はトイレから控室へ入ってきているんだよ、君」

山脇の行動を不快に思っているのか、森山はたて続けに煙草をふかしていた。

「するとマリちゃんは、トイレに行く時にはホール側を回って、戻ってくる時には強引に近道を使った、となりますよね」

駒村俊二、武喜朋、山脇丈広の三人が相次いで三谷真梨子を捜しにいった際、ドアの前には衝立があったという。ということは、森山が主張するように真梨子がトイレに行ったとするならば、往路は、袖の横にあるドアからホールを経由してである。決して、控室とトイレの間にあるドアからではない。

なぜならば、控室とトイレの間のドアは控室側に開くのだから、衝立を動かして控室からトイレに入ったあと、衝立を元通りドアに密着させることは不可能なのである。トイレに入っている間は衝立がのけられていなければならないのである。しかし三人の目撃により、八時前には衝立は動かされていなかったという厳然たる事実がある。

「往復の道順が違うのはおかしいというわけ？　しかし彼女の心理状態を考えれば何の不思議もないと思うがね。彼女はトイレに入ったものの予想以上に長びき、第三部の出演に遅れてしまった。急がなければならないということで、衝立を押しのけて控室に戻った。その後ろから犯人がついてきた。あるいは犯人の指示によって、このドアを通ることを強要されたのかもしれないじゃないか」

「第一発見者は何といってるんです？　あの女の子がドアを開けた時、衝立はあったのですか、なかったのですか？　もしその時点で衝立が移動していたのなら、マリちゃんがそれ以前にドアを開けていたことになり、刑事さんの推理にも一考の余地があ

ります が」

「第一発見者がドアを開けた時、衝立があったか否か――これはどちらでもかまわんだろうが。なぜなら、犯人が三谷さん殺害後に衝立を元に戻しておいたとも考えられるからだ。だから、第一発見者がドアを押し開けた際に衝立があったとしても、これが三谷さんの通過を否定する材料とはなり得ない。

正直いうと、発見した女の子は気が動転していて、衝立の有無について思い出せないらしいんだがね……」

鹿爪《しかつめ》らしく森山がいう。俊二がぞんざいな口をきき、山脇が非協力的な行動に出たばかりか、武までが盾《たて》つくことに対して、ひどく立腹している様子である。

「あのう、さしでがましいようですが、もう一つ――」

武もしつこい。

「何かね？」

いまいましそうに森山が答える。

「刑事さんがおっしゃることはよくわかりました。可能性としてはあり得ると思います。ただ、一ついわせてもらえるなら、マリちゃんがいたところはトイレとはかぎらないと思います。

こういう考えはどうでしょう。第一部を終えてステージを去った彼女は、すぐに着替えをすませ、それから裏口を通って外へ出た。気分転換のためかもしれません。そしてしばらく外の空気で頭を冷やしていたけれど、気がつくと八時。とうに第三部が始まっている時間です。あわててステージに戻ろうとする。ところが背後から賊に襲われ、奥の部屋に連れこまれてしまう」

「あー、わかった。もうそれ以上いわなくてよろしい。武喜朋さんだっけ、君もなかなか頭がいいようだが、君は警察官じゃない。捜査をして推理をして、犯人を逮捕するのは、われわれの役目だ。

これは全員にいっておくが、君たちは意見を述べる必要はない。知っている事実を話すだけでいい。それを参考に推理を組み立てるのは君たちではなく、われわれ、警察だ」

森山は威厳を込めていった。

「そんなことというけど、本当に犯人を捕まえてくれるの?」

俊二がつっかかった。

「何を!」

「戸越さんの時だって、『警察にまかせておけ』と自信満々にいっておきながら、今になっても犯人は捕まってないじゃないか。ひどいよ！」

「戸越さんの時？　何だね、それは？」

俊二が何気なく口にしたことを森山は聞き漏らさなかった。

徹たちは、昨年の十月に越後湯沢で起きた事件について説明せざるを得なくなった。森山はしきりに唸りながら、三人の話に耳を傾けた。

おかげで、事情聴取はもう三十分ばかり続き、すべての機材を武の車に載せ終えた時には日付が一日進んでいた。

午前零時十分。本来なら、四年間のすべてを燃焼しつくしたライヴが万雷の拍手のうちに終わり、今ごろは渋谷にでも繰り出して騒いでいたはずである。だが、今、市之瀬徹がいるのは新宿。酒も笑いもない。そして三谷真梨子も。

メイプル・リーフの最期はあっけなかった。

戸越の死によって揺らいだ機体を、ラスト・ライヴによって何とか無事着陸にこぎつけようとしていたのに、滑走路に足をつけた時点で爆破されてしまったのである。最悪のケース。予定調和のハッピーエンドをうち砕いたのは何者なのか。

「乗っていくか？」

徹は武喜朋に誘われたが、断ることにした。今夜は一人でいたかった。

ワインレッドのバンが、武と駒村俊二とを乗せて消えた。山脇丈広は荷物を置きっぱなしで消えてしまったので、それらも武の車に積まれていた。

徹はもう一度控室前の廊下へ足を運んだ。冷え冷えとした空気、薄暗い照明、静寂。

真梨子の最期の場所となった部屋の前に立つ。黙禱。

熱いものが頬を伝う。天を仰ぐ。涙が止まらない。

翳《かす》んだ瞳に天井が映る。真っ白な表面の一部が醜く剝《は》げていて、それはまるで、すばらしかったこの四年間を傷つけられた徹の気持ちそのものだった。

「過ぎてしまえばみな楽しい想い出」などといい出したのは誰だ！　戸越伸夫、そして三谷真梨子の死は一生かかっても笑い話に転化されることなどありはしない。

徹は唇を噛んで、いつまでも天を仰いでいた。

5

悪夢のような一夜から三日、祐天寺の自宅で三谷真梨子の葬儀がいとなまれ、市之瀬徹は他のメンバーとともに列席した。生まれてこの方、一度として喪服というものを着たことがなかったのに、この半年間で二度も袖を通すことになろうとは。

真梨子の死に直面してから、徹は食が進まなかった。武喜朋も駒村俊二も同じらしく、体全体から疲労がにじみ出ていた。山脇丈広にいたっては、これが同　人物かと目を疑いたくなるほどやつれはてていた。膚は暗褐色で艶《つや》がなく、眼窩《がんか》が突出するほど肉が削げ落ち、唇の皮が白く浮きあがっているのだ。

弔問客は親戚、友人関係ばかりではなく、会社の重役である父親の仕事がらみの者も多く見られた。むしろその方が目立ったように思われた。戸越の葬儀とは格段の違いである。

彼女の両親とそれほど言葉を交わすことなく、徹たちは三谷家を辞去した。門を出ようとした時、後ろから女の子がやってきて、徹たちの横をすり抜けた。見憶えのある顔だった。真梨子の死体のそばで泣きじゃくっていた娘だ。

彼女は、徹たちとは逆方向に歩いていく。振り返って行方を眺めると、三谷家とは一軒置いて隣の二階屋に消えた。真梨子の家に負けず劣らずの豪邸である。

「おい、徹。何してるんだ？」

先を歩いていた武が呼んだ。

「いや……」

徹は未練があったが、すぐに三人に追いつくべく歩き出した。

彼女には何か訊いておかなければならないことがあるような気がする、しかしそれが何であるかがはっきりとした形になっていない。徹はもどかしげに駅へ向かった。

その一時間後、市之瀬徹は阿佐ケ谷駅前の喫茶店、「ベルボトム」にいた。

この店は旧《ふる》き佳《よ》き時代のアメリカン・ロックしか流さず、二十四歳の徹にとっては馴染みの薄い曲も多かったが、しかし、いわゆるロック喫茶と違ってヴォリュームは控え目であり、読書や物思いに耽《ふけ》るには恰好の場所だった。コーヒー一杯で二時間、三時間粘ろうが何の文句もいわれないことも、徹が贔屓《ひいき》にしている理由になっていた。

ベルボトムの窓際の席に腰を降ろした徹は、駅前ロータリーの流れをぼんやりと眺めながら考える。

代官山で武喜朋が降り、江古田のアパートに帰る山脇丈広と新宿で別れた後、駒村俊二が中央線のホームでこんなことをいった。

「絶対にとはいいきれないけど、マリさんの死は単純な殺人事件じゃないと思う」

「どうして？」

「第二部が終わろうとするのにマリさんが戻ってこないから、俺はあせって控室に行ったでしょう。死体で発見された部屋はもちろん、他のところも捜したけれど、マリさんはいなかった」

「それは前にも聞いたよ」

「いなかったのはマリさんだけじゃないんです。マリさんの荷物もなかったんです」

「荷物がなかった？」

「断定する自信はないんだけど……。なにしろ、マリさんを見つけることに集中していて、荷物の有無についてはそれほど注意をはらってなかったもん。ただ、荷物もなかったような、そんな気がするんですよ」

「死体も荷物もない……。おい、それは、戸越が死んだ時と似ているじゃないか。あの時も荷物が人間とともに消えた」

「そうなんですよ。で、時間が経ってから死体と荷物が戻されてきた。まあ、戸越さんの時には、バッグは外に捨てられていたけど、それでも似ているでしょう？　だから、もし荷物が消えたのが事実なら、戸越さんの場合と同じく単純な事件ではないんじゃないかって……。

　このこと、警察にいった方がいいかなあ。警察も、戸越さんの事件と今回の事件を結びつけているんでしょう？　あんまり自信がないから気が乗らないんだけど」

「俺は見ていないから何ともいえないな。武や山脇には話したのかい？」

「山脇さんは、『知らない』と冷たくいうし、武さんは、『憶えていない』ということで、俺としてもますます自信なくしちゃって」

会話はここまでだった。俊二が東中野で降りたからである。徹はさらに詳しく話をしたいと思い、俊二をお茶に誘ったが、

「はっきりいって、事件のことはあんまり考えたくないんですよ」

と断られてしまった。


デュアン・オールマンのギターを聴きながら、市之瀬徹は冷めてしまったアメリカン・コーヒーを啜《すす》る。

五ヵ月の時を経て、湯沢の事件が東京で再現された——まさにその観があった。紐を使っての絞殺、死体と荷物の消失——偶然にしては同じ条件が揃いすぎている。強いて違いを挙げるなら、戸越の場合には殺害から死体発見まで一日近くかかっているのに対し、真梨子の場合のそれは三十分以内という短さであったという点だ。しかし、この差はそれほど気にする必要はないように思える。何よりも考えなければならないのは、俊二がいったことが正しいという条件つきで、ある一定期間、人間と

荷物が消えていたということではないだろうか。

そして、真梨子が戸越と同じふうに殺されたということから導かれるのは、一つの恐ろしい結論である。

戸越殺害、真梨子殺害は、ともに同一の人間による！

徹をふくむメイプル・リーフの六人のうち二人が殺された。事故死でも病死でもない、殺されたのだ。それだけでも異常だというのに、加えて「消失」という現象までが一致している。これはもう、同じ人間が同じ方法で殺したと説明するしかない。

湯沢のリゾートマンションを荒らす泥棒でも新宿に潜む暴行魔でもない。まして権上であるはずがない。湯沢と新宿というかけ離れた二つの場所で、殺害の機会を窺《うかが》うことが可能だった者が犯人なのである。

回りくどい表現はやめよう。犯人は、メイプル・リーフの生き残り四人のうちの誰かだ！

仲間を二人まで殺さなければならない動機はいったい何なのか？　共通のもの？そして――。

もしもメンバーの一人が犯人であるのなら、新たな殺人が起きる可能性もある。

「市之瀬さん、市之瀬徹さん」

推理に没頭していた徹は、突然自分の名を呼ばれてハッとした。カップからコーヒーが飛び散った。

「これは失礼。驚かせてしまいましたか」

新宿署の森山刑事が徹を見おろすように立っていた。そして徹の諒解を取ることなく、向かいの椅子に腰かけた。

「どうして、ここにいると？」

「いやね、君に訊きたいことがあってアパートに行ったんだが留守でね。小一時間ほど待っても帰ってこないから、あきらめて署に戻ろうと思って駅に向かったらこんなところにいるじゃないか。窓際の席に座っていてくれたおかげで無駄足にならずにすんだよ」

森山はウエイトレスにコーヒーを注文し、そして彼の来店を待っていたかのように、コーヒーは注文してから一分も経たないうちに運ばれてきた。

「現場での事情聴取の際にちらっと出た昨年十月十三日の事件だがね——」

おもむろに森山は喋りだした。

「ここ数日の間に詳しく調べてみたのだが、その結果、なかなか興味深いことがわかった。戸越伸夫さんを殺した犯人がまだ捕まっていないばかりか、今回の三谷真梨子さん殺しと非常に似かよった部分が見られるじゃないか。行方不明になったかと思ったら、死体となって戻ってきたということ――こんなことはめったにあるものではない。

前にもいったと思うけど、連れ出して殺しておきながら、死体をのこのこ元の場所に運び込むなど、普通では考えられないんだよ。もっと人目のつかない場所、たとえば山奥に遺棄するのなら話は別だがね」

やはり徹が危惧した通り、二つの事件を結びつけて考えている。

「われわれは当初、三谷真梨子さんは突発的に殺されたのではないかと考えていた。暴行を企てたが抵抗された、または控室の空巣狙いを目撃された、などの理由により、何者かがカッとして殺したとね。そこで、付近の聞き込みを行ない、挙動不審な者を捜した。しかし何も得るところがなかった。

そこで、だ。君たちが口にした湯沢での事件を調べてみた。すると、二つを照らし合わせれば照らし合わせるほど、三谷さんが突発的に殺されたとは考えられなくなる。同一の人間による犯行というケースが十二分に考えられてくる」

森山はここでいったん言葉を切り、鋭い目つきで徹を凝視した。

「率直にいうとね、湯沢と新宿の二つの現場にいた君たちには、疑いがかかってもおかしくない。わかるよね？」

「はあ……。でも、行きずりの犯行ということは、絶対にないんでしょうか？　新宿だったら、そういった犯罪を犯しそうな人間がいそうだし、犯行後潜むところもいくらでもあるんじゃないですか？」

「ほう、知ったようなことをいってくれるじゃないか。三谷さんが殺されただけじゃないと、今、いったばかりだろう」

徹の抵抗はやはり無駄だった。

「あらためて訊く。三谷真梨子さんが殺されるような理由を知らないかね？　または戸越伸夫さんに関してでもかまわない」

「いえ、何も」

「どんな些細なことでもいい。君がたいしたことないと思っていても、実際には大きな動機になっているかもしれない」

「本当にわからないんです。合宿中に戸越が、ライヴの最中にマリちゃん――三谷さんが、いずれも楽しみにしていたイベント中に殺されたんですよ。僕だって理由を知りたい。ただ……」

「ただ？」

「戸越の場合、少し性格が悪かったから、誰かに怨まれていたかもしれません。でも、僕たちは違いますよ。殺すほど怨んでいるんだったら、普段のつきあいにもそれが表われていたはずです。三谷さんについては、まったく心当たりがありません」

「ふん、そうかい。ところで君は、三月十二日、つまり三谷真梨子さんが殺された日の午後七時半から八時過ぎにかけて、どこで何をしていた？」

唐突にアリバイを訊いてきた。

「客席の後ろで写真を撮っていました。梯子を昇るとスポットライトが一台置いてあるのですが、その脇に三脚を立てていたんです」

「一度もその場を離れていないだろうね？」

「はい。それはもちろん」

「それを証明してくれる人はいるかな？」

「それは……、僕一人しかいなかったから……。でも、梯子はミキサー台のすぐ脇にあったので、昇り降りしたのなら、ミキサーをやっていた店長の三浦さんに見られたはずです。三浦さんが僕の潔白を証明してくれます」

市之瀬徹は身を乗り出して反撥した。

「なるほど。しかし、演奏中の場内は暗い。人に見られずに梯子を昇り降りするのはたやすいことのように思えるがねえ。まあ彼女に確認はしておくが、アリバイとしては少々弱い。

では、君が写真を撮っていたとして、その位置からはステージ全体が見えたわけだよね？」

「そうですよ」

徹は憤然と答える。

「七時半から八時過ぎにかけて、仲間の誰かが不審な行動をとっていなかったかい？打ち合わせと違う動きをしたメンバーがいたんじゃないの？」

予定外の行動といえば、全員が予定外の行動をしている。衣装替えのために引っ込んだ真梨子が行方不明となり、駒村俊二、次いで武喜朋と山脇丈広が捜しにいった。俊二はドラム・ソロを突然始め、真梨子抜きで「プライベート・パーティ」を演奏した。しかし、徹に話せるのはそれだけである。

「これに関しては当日の事情聴取でも聞いてはいるが、何か臭うところだ……。まあ、いい。三谷さんが不在の間のステージの様子をもう少し詳しく話してもらおう」

「彼女が衣装替えに行ったのと同時に駒村も引っ込みました。アコースティック・タイムだからドラムの必要がなかったのです。

それまでベースを弾いていた山脇がまず二曲、次に武が二曲、最後に二人で一曲演奏しました。全部で二十分程度だったと思います。

本来ならこの時点で、駒村と三谷さんが戻ってきて、四人で第三部の演奏を始めることになっていました。ところが予想を裏切って、駒村がドラム・ソロを始めたのです。五分もやったでしょうか。そのあと武と山脇がようやくステージに姿を現わし、四人で演奏するはずの曲を三人でやりはじめたのです」

「山脇丈広さん、武喜朋さんが二曲ずつ演奏した時に、他の人はどうしていたのだろう？」

「僕の位置からでは見えませんでしたが、おそろく袖で待機していたと思います」

警察はメイプル・リーフのメンバーによる犯行を考えている。戸越の事件の折にもそういう節《ふし》はあったが、それ以上に疑いを持っている。

そして徹も、内部犯行説に傾きかけている。

「山脇丈広さんのステージの時には武喜朋さんが、武さんのステージの時には山脇さんが、そして第二部全体を通じて駒村俊二さんが、それぞれ三谷真梨子さんの控室に行くことは可能だったわけだね？　単独で」

「それはそうですが……。だけど彼らは、控室に三谷さんがいなかったといっています。第二部の最中に殺したのなら、死体がないとおかしいじゃないですか」

「ああ、そうとも。武さんと山脇さんが八時前に捜したが、三谷さんはもちろん、その死体もなかった――これは大きなネックとなっている。彼らが共犯でないかぎり、この証言は信頼に足るものとなる。

しかし、もしあの二人の共犯でないとしたら実に不思議だ。三谷さんが殺されたのは、三人が演奏中だった八時前後の五分間に集約されるが、この間の三人には、ステージに立って演奏していたという、これ以上ないアリバイがあるからね」

「それなら僕たちを疑うのは筋違いじゃないですか」

「三谷真梨子さんが殺されただけならね。だがその前に、戸越伸夫さんが同じような形で殺されているんだよ。犯人は二人に近い存在と考えるのが自然だ。君たちのグループ以外の人で、殺された二人の共通の知人がいるかね？」

刑事の森山は薄笑いを浮かべる。

戸越と真梨子は学部が違った。何万人といるマンモス大学の中で、メイプル・リーフ以外の接点があるとは思えなかった。

「ところで、死体発見と相前後して停電があったが、その原因は、君が落としたカメラということだったね？」

「はあ……」

いやなことを思い出させてくれたものだ。徹はあの翌日、覚悟を決めて二百ミリの望遠レンズを返しにいった。いちおう事情は説明したが、しかし弁償は避けて通れず、現在、支払い方法で揉《も》めている最中で、仮に現金払いを強いられることにでもなったら、それこそサラ金に走るしかない。

「何でまたカメラを落としたのかね？」

「悲鳴を聞いて驚いたからです」

「カメラを落とすほど驚くものかねえ」

森山はふっと笑った。

「どういう意味です？」

徹は妙な不安にかられた。

「ドラム・ソロが終わり、三人がステージに立った。この時、君はこっそりと梯子を降りて控室へ。用がすむと控室からホールに戻り、梯子を昇るのだが、その際、三脚を引っかけてしまった」

あまりのことに、徹は絶句した。

「そして、君と入れ違うように控室にいった女の子が死体を発見するのと、君がカメラを落とすのが偶然にも一致した」

「ち、違います。悲鳴を聞いたからカメラを落としたんです」

徹はかすれた声でいった
「悲鳴ねえ。彼女は、『死体を見つけた直後に停電になった』と証言しているが、その一方で、悲鳴をあげた記憶はないといっている」

森山は平然という。

「そ、そんな……。じゃあ、あの悲鳴は何だったんです？　そうだ、あの時ホールにいたお客さんに訊いてみてくださいよ。きっと耳にしているはずです」

「君があげた悲鳴かもしれない。なんせカメラが落ちてしまったんだからね」

「僕が？　冗談じゃない！　絶対にそんなことはありません！」

「誰が証明してくれますか？」

「そんな……」

「私がいいたいのは、あんたもトリックを弄《ろう》すれば三谷真梨子さんを殺せたということだよ。他の三人と同じようにね」

いつの間にか「君」が「あんた」になっていた。

「僕たちよりも、第一発見者を疑った方がいいんじゃないですか」

「そう、三谷さん殺害に関してはね。しかし彼女は戸越さんを殺すことができない。十月十三日は修学旅行中ということでね。戸越さんとの関係も認められない」

状況は思った以上に切迫している。警察の目は、徹たち四人にだけ向いている。

しかし証拠は？　動機は？　何もないではないか。少なくとも自分に関してはそれはない。

「今日のところはこれで帰るとするが、また近いうちにお目にかかることだろうから、それまでによく思い出しておきなさい。アリバイのないあんたはとりわけ不利だからね。もしあんたが犯人でないのなら、それなりの材料を用意しておいた方がいいだろう。たとえば他の三人についての情報を」

仲間うちでの告発を期待するような言葉を残し、ようやく森山が席を立った。

その後一週間のうちに、市之瀬徹は二回も森山の訪問を受けることになった。

捜査が進展している様子はそれほど感じられなかったものの、徹たち四人に対する疑念は深まったように思われた。徹の単独犯行、武喜朋と山脇丈広の共犯、そして四人の共犯さえも考えられているようで、毛先ほどの状況証拠さえあれば、いや、証拠などなくとも、信号無視などの軽犯罪を犯せば、すぐにでも別件逮捕されそうだった。

状況証拠といえば、徹は、封印していた恐ろしい想像を思い出していた。戸越殺害に関しての山脇犯人説である。権上や泥棒が犯人でないのなら、あの消失を引き起こせるのは山脇しかいないと温泉の中で閃《ひらめ》いた推理——。

だが、真梨子の事件の時の山脇は、武や俊二同様、アリバイを持ち合わせている。殺すだけなら、第二部で袖にひっこんでいた間にできただろう。しかし、その後三人が捜しにいった際、控室に死体はなかったのである。

殺害後、どこかに隠しておいたとしたら——。残念ながらこれも無理だ。死体を控室に運び込む時間がない。死体の移動が行なわれたとしたら、第三部のステージ中以外にはない。三人がステージに立っている時に、真梨子は死体となって発見されたのだから。

こう考えると山脇はもちろん、武と俊二も犯人たり得ないではないか。そして徹自身も潔白である。

何も恐れることはない。

しかし徹の不安は募《つの》る一方だった。

そして徹はハッと気づいた。

彼女だ。第一発見者の女の子。真梨子の近所に住んでいるセーラー服の娘。彼女が自分たちの知らない鍵を握っているかもしれない。彼女だけが、八時前後の五分間、つまり事件の核心に当たる時間に、殺人現場に足を運んだのだ。

6

三月二十四日午後四時半、麹町《こうじまち》「二番茶房」。アメリカン・コーヒーを口にする市之瀬徹の前で、セーラー服を着た女子高生がミルクティーを掻きまぜている。

徹はこの日の早朝阿佐ケ谷を発《た》って祐天寺に向かった。目指すは三谷家の二軒隣だった。

七時半になって、セーラー服を着た女の子が出てきた。彼女は鮨詰めの電車を乗り継ぎ、市ケ谷で降りると、有名なお嬢様高校の門をくぐった。

それを確認した徹は、パチンコと喫茶店で時間を潰し、午後二時半、ふたたび女子高校の前に立った。待つこと一時間半、早朝から追い続けていた見憶えのある顔が姿を現わした。さいわい連れはいなかった。

徹は思いきって彼女の前に飛び出すと、自分が真梨子のバンドの一員であったことと、ついては第一発見者であるあなたに訊きたい話がある旨を告げた。

彼女は最初、困惑して逃げ出しそうになったが、徹の真摯《しんし》な気持ちに絆《ほだ》されたのか、やがて首を縦に振り、今こうして向かい合っている。

彼女は橘美砂子《たちばなみさこ》といい、真梨子とは小さい時からのつきあいだということだった。

「小学生のころはマリさんによく遊んでもらっていました。大きくなってからもレコードを貸してもらったり、コンサートに連れていってもらったり。私、一人っ子だから、マリさんをお姉さんみたいに思っていたし、あこがれてもいました。

でも、マリさんのバンドのライヴは一度も観たことがなかったんです。いつもチケットはもらっていたんですけど、予定が合わなくて。だから、この前がはじめてだったんです。『最後なんだから、絶対に観にきてよ』っていわれてたし、私もとっても楽しみにしていたんです」

橘美砂子は、徹の目を見ることなく喋った。彼女にあの夜のことを思い出させるのは酷である。それはわかっていたが、避けて通ることはできない。

「辛《つら》いかもしれないけれど、詳しいことを聞かせてほしいんだ」

美砂子はうつむいたまま答えない。徹は諒承したものと解釈した。

「最初に訊きたいのは、何で控室に行くことになったのか、ということなんだけど」

「トイレに行った時、カウンター横の入口とは別にドアがありました。『ここを開けたら控室かな？　もしかしたらマリさんがいるかもしれないな。ちょっと挨拶していこうかな』という軽い気持ちでドアを押したんです。そうしたら、すぐにもう一つドアがあって……」

言葉が途切れた。もう一つのドアを開けたら、死体となった真梨子が横たわっていた——そういうことだろう。

徹は訊く。

「控室の近くに不審な人がうろついていなかった？」

「いいえ」

「不審じゃなくてもいい、人を見かけていない？」

「私、廊下の様子は見ていないんです。トイレから控室に通じるドアを半分ぐらいしか開けないで、すぐにマリさんの控室に入ったから……」

「それじゃあ、トイレと控室の間にあるドアのことだけど、美砂子さんが押し開けた時、衝立が邪魔だったということはなかった？」

「それは警察の方にも訊かれたんですけど、正直いってよく思い出せないんです。あったような気もするし、なかったようにも思えるし」

「でもね、よく考えてみてよ。もしドアを押して何かがつっかえていたとしたら、それでも強引に押し続けてしまうだろうか？　絶対にそこを通らなければならないという用事でもないかぎり、開かないからいいやと思ってあきらめちゃうんじゃないの？」

「それもそうですね」

すまなそうにつぶやく。このお嬢様育ちの橘美砂子が、力ずくで衝立を押しのけるとは思われない。そうすると衝立はなかった？

「話を変えようか。停電があったのは憶えているよね？」

「ええ」

「停電になったのは、美砂子さんが、倒れているマリちゃんを見つけた直後なんでしょう？　悲鳴をあげたのとほぼ同時に停電したんでしょう？」

徹は期待を込めて橘美砂子を見つめた。美砂子は徹の視線を怖がるように肩をすぼめると、

「私、悲鳴をあげたかどうか憶えていないんです。でも、電気が消えちゃったのは憶えています。真っ暗で怖かった……」

「悲鳴をあげたのを憶えていない？　そんな……。君は倒れているマリちゃんを見つけて悲鳴をあげた、その何秒かあとに電気が消えた。そうだよね？」

この微妙な時間の流れが確かになれば森山も考えを改めてくれるだろうと徹は思っ

たのだが、しかし期待は裏切られた。

「マリさんが倒れているのを見ました。その直後停電になったのも知っています。でも……、やっぱり悲鳴をあげたかどうかは……。だめ……、思い出せない……」

美砂子はハンカチで目頭を押さえた。

「もう一度訊くけど、トイレや廊下で、誰かを見かけなかった?」

徹は繰り返す。

「だめなんです……。あの晩のことは何が何だか……。警察の方にも何度も訊かれているんですけど……、ああ……」

美砂子は嗚咽《おえつ》しながら立ちあがると、小走りでトイレへ駆けこんだ。暇をもてあましていた店員が、興味深そうにこちらを見ている。

彼女の記憶がここまで不確かだとは思ってもみなかった。これでは、徹にとって有利となる材料は一つもない。また、美砂子が犯行を犯した可能性について、さりげなく探ろうとも考えていたのだが、こうおおっぴらに泣かれてしまうと、それも切り出せない。

「ごめんなさい」

しばらくして橘美砂子が戻ってきた。

「せっかく訪ねてきてもらったのに、役に立つ話が何もできなくて。あの晩のことは、夢と現実との区別さえつかないんです。マリさんは死んじゃうし、人魂は出てくるし……」

と唇を嚙む。

「人魂? そういえばあの時、しきりに口にしてたっけ。どこに出たの?」

「あの部屋の前の廊下です。闇の中にぼんやりとした光が浮かびあがったんです。ちらちらと揺れて、すぐに消えてしまいましたけど」

「闇の中ということは、停電の最中に現われたということだね」

「ええ、もし本当に人魂があるんだったら。刑事さんに話したら、『冗談につきあっている暇はない』って怒られちゃいました。私は見たような気がするんだけど……。でも、きっと夢だったんですよ、あれは」

「怖かった?」

「うん。でも、そのあとの方がずっと怖かった。気がつくと、横にマリさんが倒れていて……」

戸越の亡霊に次いで、今度は人魂である。死者が呼び寄せた? 真梨子の怨念? まさか、と徹は否定する。

「本当にごめんなさい。私がもっと気が強かったら、いろいろ憶えていたのでしょうけど」

美砂子が頭を下げた。

「謝らなくてもいいよ。君が悪いんじゃない。悪いのはマリちゃんを殺した犯人だ」

「マリさんは何で殺されなければならなかったのかしら。あんなにやさしい人が……」

徹もそれが気にかかっていた。戸越の場合、彼の性格の悪さが殺人に結びついたとも考えられるが、真梨子に関してはなんら思い当たるところがない。もしもあるとしたら痴情の縺《もつ》れか。

徹は伝票を摑んで立ちあがった。代々木までは橘美砂子と一緒に行き、礼をいって別れると、意を決して江古田へ向かった。

7

「電話もかけずに来るとはめずらしいね」

インスタント・コーヒーを淹《い》れながら山脇丈広がいった。

やや生気は取り戻しているが、相変わらずやつれが浮かんでいる。こんな状態の人間に、何といって話を切り出したらいいのだろうか。それでなくとも、徹が口にしようとしていることは、確実に山脇を怒らせることなのだ。犯人だとしても、そうでなくても。

「入社式は四月一日？」

「いや、あさってだよ。入社式の翌日から即研修だ」

「商社ともなるとハードだね」

「俺のところは二流だからまだ楽な方だよ」

鴨居《かもい》に掛けられたハンガーに、グレーのスーツが形よく収まっている。

徹は煙草を灰皿に押しつけると、腹を据えて口を開いた。

「マリちゃんの事件、まだ解決していないみたいだな」

「ああ……」

「俺、刑事に追いまわされているんだ」

「俺もさ。もう三、四回は訪ねてきたよ。いつも同じことばかり訊きやがる。特に、俺はあの晩、事情聴取の途中で帰ったからね。

日本の警察は世界一だというけれど、あれは嘘だね。ちっとも捜査が進んでいる様子がない。先日の事件はともかく、戸越の事件からはもう半年近く経とうとしているんだぜ」

「山脇はどう思う？　二つの事件に関連はあると思う？」

「たしかに似ている。刑事もいっていたよ。だから俺たち四人が怪しいってね。馬鹿じゃないの、あいつら。何で俺たちが仲間を殺さなければならないんだ？　冗談じゃない！　そうだろう？　偶然に決まっている」

「動機はともかくとして、本当に俺たちが殺した可能性がないといいきれるかな……」

「何だって⁉　おまえ、自分の仲間を疑っているのか！」

山脇はカップをテーブルに叩きつけて声を荒らげた。予想通りだった。だが、徹はさらに山脇を怒らせるような材料を提示しようとしているのだ。

「そりゃあ、マリちゃんが殺された時も、戸越が殺された時も、俺たち四人が最も近くにいたさ。でも、時間的に見て俺たちが犯人となるには無理なんだろう？　それなら何もいうことはないじゃないか」

「マリちゃんに関しては、今のところ不可能としかいえないよ。俺は客席で写真を撮っていたし、山脇たち三人はステージにいた。殺すことはできても、死体の移動は無理だろうね。けれど戸越の場合は違う。俺たちの中に一人だけ、犯人になれる者がいる」

山脇が目を剝いた。ここまでいってしまったのなら、あとを端折《はしよ》るわけにはいかない。

「山脇、おまえは戸越を殺せた」

徹はそれから、勢いにまかせて自分の推理を述べた。

戸越を車まで連れ出し、車内で殺害したこと。死体と荷物を車内に隠しておき、翌日、湯沢の街で捜索を行なった際に抜け出して、死体とギターケースを部屋まで戻しておいたこと。バッグを湯沢の街で拾ったふりをしたこと。その証拠として、車のキーが宿泊棟の裏手に落ちており、戸越の靴下が汚れていたということ。さらに、真梨子殺害に関しても何らかのトリックを駆使したのではないか、ということまでを口にしてしまった。

最初、山脇丈広は口を開けて茫然としていたが、次第に表情が険しくなり、真梨子の事件に触れるにいたって肩を震わせはじめた。

「徹！」

そして徹は、山脇に胸倉を摑まれた。

殴られる！　目を瞑《つぶ》り、歯を食いしばる。

しかし山脇は殴ってこなかった。胸倉を摑んでいた手を緩めると、ほおっと溜め息をついて腰を降ろした。

「まさか、そういうふうに思われていたとはな……。他の者には話したのか？　警察には？」

「いや、誰にも……」

「そう。それなら今後も誰にもいわない方がいい。恥をかくのがおちだ」

「………」

「俺だったからよかったようなものの、こんなこと下手に口にすると名誉毀損《きそん》で訴えられかねないぜ。それにしても、よくもまあ妙ちきりんな推理を組み立てたものだ」

「絶対に山脇じゃないんだな？」

「当たり前だろう！　親友の戸越を殺す理由なんかない。まして……」

山脇は煙草を大きく吸い込み、

「真梨子……、マリちゃんは俺の彼女だったんだから……」

といった。

「へっ？」

徹は間の抜けた返事をした。

「みんなには隠していたけど、俺たちはずっとつきあっていたんだ。一年生の後半からだから、丸三年だね」

「………」

「何で話さなかったっていうんだろう？　正直いうと、俺だってオープンにつきあいたかったよ。でもさあ、同じバンドの中にカップルがいたら、あんまりいい気分じゃないだろう？」

「まあ、それは……」

「バンド内で浮いたり、特別視されたくなかったんだよ。だから隠していた」

週に何度も顔を合わせていたというのに、三年間も隠しおおせたというのは驚くべきことである。よほど細心の注意をはらったのだろう。それとも他のメンバーが鈍感すぎたのか。

「俺だけじゃなくて、他のやつも知らなかったの？」

「うん、今はね」

「今は？」

「戸越にはバレていたんだ。おかげで、例の調子でいろいろ文句をいわれていたよ。でも、武や俊二は知らない。

とにかく、自分の彼女を殺すなんて絶対にあり得ない。もし真梨子をこの手で絞め殺したのなら、俺もそのあとを追っている」

山脇はそういいきった。さらに続ける。

「徹は、車のキーがスタジオの脇に落ちていたといったよな。たしかあれは、戸越が行方不明になった翌朝、二人で敷地内を捜している時に徹が拾ったんだっけ？」

「うん」

「キーを落としたのは、その前の晩、ホールを一時抜けた時だ。それには間違いない。しかし、戸越を車に連れ込んで殺したり、荷物を運んでいたわけじゃない。実は真梨子に逢いにいってたんだ」

「あ」

「昼間の練習で調子が悪かっただろう。で、夜になって、一人で練習するといい出したけど、落ちこんではいないかと心配になり、Ｃスタジオまで足を運んだんだ。その時、二人で少しばかり外を歩いたから、キーを落としたとしたらその時だろうね。

真梨子は強かったよ。ちっとも落ちこんでいなかった。逆に、戸越や武の文句をエネルギーにして、必死になって練習していた。なのに、その成果が発揮されることはなかった。戸越の死によって、予定されていたライヴが潰れ、もう一度作ったチャンスでは……」

真梨子自身が死んでしまった――山脇はその言葉を口にすることができなかった。山脇はつと台所に立ち、二杯目のコーヒーを淹《い》れる。

「戸越が殺されたときにもいっただろう。『誰が犯人でも殺してやる』ってね。今も同じ気持ち、いや、それがもっと強まっている。徹、たとえおまえだとしてもだ」

親友のみならず、恋人まで殺されてしまった男が背中越しにいう。

「山脇、すまなかった……」

「さっきは、よっぽど殴ってやろうかと思ったぜ。しかし、おまえが気づいたぐらいだから、警察もそのうち閃くかもしれんな。そうなると厄介だな……。もう刑事と話すのはこりごりだ」

「マリちゃんが殺されるような理由を本当に思い当たらないのか？　つきあっていたのなら、俺たち三人が知らないようなことも知っているだろう」

「それが不思議なんだよ。思い当たる節がまったくない」

「ライヴの当日もだけど、最後のスタジオ練習の時も、マリちゃん、元気なかっただろう。あれって殺されたことと関係ない？」

「それをいってくれるな……」

コーヒーカップを置きながら、山脇は溜め息をついた。不精髭が震える。

「最後の練習のことは憶えている。彼女はなぜか調子が悪かった。練習が終わったあと、何か俺にいいたそうな顔をしていたんだけど、俺は、『練習しておけよ』の一言で片づけてしまったんだ。それからライヴ当日まで会わなかったから、結局彼女の話は聞けずじまい。それが心残りで……。もし、事件に関係あるような話だったとしたら、真梨子の死の責任の半分は俺にあることになる……」

コーヒーが零《こぼ》れるのもかまわずに、山脇はテーブルの上に突っ伏した。こんな状態で明後日の入社式に臨めるのだろうか、と徹は心配になる。

徹はいたたまれなくなり、山脇のアパートを出た。

いつの間にか雨が降り出していた。遠くの空で春の雷が鳴っている。

後悔、そして侮蔑。自分は何ということをしてしまったのだろうか。ゲミニー・ハウスの権上に対して犯した罪を、懲りもせずに繰り返してしまった。殴られなかっただけでも、絶交されなかっただけでも感謝しなければならない。

山脇はやさしかった。とても人を殺せるような男ではない。

しかしそう思いながらも、徹の脳裏からは山脇の黒い影が消えはしなかった。

山脇は戸越と七年来のつきあいがあっただけではなく、真梨子と個人的な交際をしていたのである。いい換えるなら、殺された二人と一番密接な関係を持っていたのが山脇丈広なのだ。

親友を、恋人を、絶対に殺さないという道理はない。いや、親しいからこそ殺さなければならないことだってあるはずだ。

山脇の悲しみがすべて演技だとしたら――。

「トリック、トリック……」

天から落ちてくる雫《しずく》を浴びながら独り言を繰り返す。

戸越殺害に関しては、例の方法でいいとして、問題は真梨子殺害だ。第二部で袖に引っ込んだ間に殺した後、いかなる場所に隠し、いかなる方法を用いて第三部のステージに立っている最中に死体を出現させたのか。死者をリモコン操作するように歩かせることは絶対に不可能なのだろうか？　この謎さえ解ければ――。

「馬鹿な！」

徹は雨に濡れるのもかまわず駆け出した。勝手きわまりない自分を呪いながら、黒い影を洗い流すように走り続けた。

第五章　掘り出されたA_7

1

重苦しい眠りから解き放たれた市之瀬徹は、自分の横に見知らぬ男を見た。

「おはよう」

男は快い声でいって、ペーパーバックを静かに閉じた。

こいつはいったい――。

髪はスポーツ刈り、マジックで描いたような太い眉、二重瞼に団栗眼《どんぐりまなこ》、筋の通った鼻、厚ぼったい唇――非常にはっきりした顔立ちだ。

鼻の下に蓄えた豊かな髭と褐色の膚も特徴的で、なんだかラテンの血が混ざっているような感じだ。

背は高い方ではないが、好男子の部類に入るように思える。

「何をぼんやりしているんだ。寝ぼけているのか？」

男は、ぐっと首を突き出してきた。

「それとも、俺のことを忘れたのかい？」

徹は瞼をこすり、おや？　と思った。どこかで会ったような気がする。それにしてもこの男、なんて変な恰好をしているんだ。まだ春が訪れたばかりだというのに、黄色のタンクトップ一枚しか着ていない。

「信濃だよ」

「ジョージ？」

徹は弾かれるように身を起こした。

「やっと思い出してくれたか」

「どこに行ってたんだ？　半年前にもらった手紙、あれはたしかドイツの絵はがきだったよね」

「そう、ずっとドイツにいた」

「いつ帰ってきた？」

「ゆうべ」

メイプル・リーフの初代ドラマーであり、奇行の男であり、さらに徹にとっては恩人でもある信濃譲二が帰ってきた。信濃らしく、何の前ぶれもなく。

「ジョージは卒業できたの？」

「単位も揃い、卒論も提出してあるんだから、卒業したことになっているんだろうよ。卒業式なんか出なくたっていいんだろう？　徹はあんな馬鹿げた儀式に出たのか？」

「いや……」

留年が早々と決まっていた徹にとって、今回の卒業式は縁のないものであり、また、たとえ留年でなくとも、真梨子の事件の直後に行なわれた卒業式に出る気分にはならなかっただろう。

「それはそうと、おまえはどこからこの部屋に入ってきたんだ？」

「玄関に決まっているだろう。鍵がかかっていなかったから勝手におじゃましたよ」

そういわれて、徹は思い出した。昨晩は、山脇のアパートを出たあと、雨の中を歩いて帰ったのだった。どこをどう歩いたのかまったく憶えていないけれど、気がつくとずぶ濡れで、この部屋の中に座りこんでいた。そのまま鍵もかけず、万年床に倒れこんだのだろう。体も熱っぽい。

「一年半もドイツで何をしていたんだい？　ドイツ全土を観光できただろう」

「あちこち回ったのは最初の一週間だけだ。あとはずっと働いていた」

といって、信濃は力瘤《ちからこぶ》を作った。ボディービルダーのそれとは違い、ナチュラルで弾力に富んでいそうな筋肉だった。

「肉体労働？　アウトバーンの工事でもやっていたの？」

「炭坑だ。ヤマで石炭を掘っていた」

「ドイツにはまだ炭坑があるの？　日本ではほとんど消えたというのに」

「ああ。向こうは日本と違って政策がしっかりしているからな。石炭産業はまだまだ消えてやしない。驚いたことに、日本人も働いているんだぜ」

「へえーっ」

「相次ぐ閉山で日本での働き場を失ったヤマの男たちが、新天地を求めてドイツまでやってきていたんだ。現地で奥さんをもらい、青い目をした子供まで授かっている。故国を捨ててまでヤマを追い求めるなんて、感動ものじゃないか。

日本人がいたおかげで仕事を覚えるのも早かった。おまけに、気は荒いけど人情の厚い人ばかりでね。気づいたら一年半も働いていたというわけさ。

　昨年の秋、落盤事故に遭ったのにはまいったがね。鼻の骨が折れてしまったんだよ」

「じゃあ、あのはがきを書いたのはその時？」

「うん。それにしても、鼻の手術をしたら、元より形が良くなってビックリさ。何が幸いするかわからないね」

信濃譲二は鼻をなでて、豪快に笑い飛ばした。

土産話《みやげばなし》はさらに続いた。話よりも物、たとえばそう、モーゼル・ワインでも買ってきてくれればよかったのにと、徹は体調が悪いせいもあり、腹だたしくなる。三十分までは我慢できたが、それが限界だった。わざとらしく咳きこむ。

「おや、風邪かい？　軟弱だな。炭坑で働けば体が鍛えられるぜ。

それはさておき、メイプル・リーフの連中は元気かい？　バンドごっこはまだ続いているのかな」

何も知らない信濃が、小馬鹿にしたように笑う。

「元気じゃないよ」

「おまえと同じように風邪で寝込んでいる？　それとも、いまだに就職が決まっていない？　留年した？」

「二人死んだ」

「死んだ!?」

「殺された……」

「誰が⁉」

信濃は、徹の肩を揺さぶった。

「戸越とマリちゃんだよ」

「いつ？」

「戸越は去年の十月、マリちゃんが死んでからは二週間と経っていない。二人とも絞殺された」

「犯人は？」

徹は首を横に振った。

「二つの事件とも、発生当初は警察も楽観していた。ところがいつまでたっても犯人を挙げられず、そればかりか、何を勘違いしてか俺たちをマークしてさ」

「もっと詳しく聞かせてくれ。体調が悪いのなら布団の中で寝ながらでもいい。そうだ、何か熱いものでも作ってこよう」

信濃は徹を強引に寝かせると台所に立った。湯を沸かし、冷蔵庫をひっ掻き回している。

実のところ、徹はこれ以上信濃譲二の相手をしたくなかった。戸越に続いて真梨子も死んで落ちこんでいる、体調も悪い、だから今日はもう帰ってくれ。そういったつもりだった。が、どうやら逆効果だったようである。

「さあ、できた。これを飲むと芯から温まる」

信濃が運んできたのはレモネードだった。

彼の目つきが変わっていた。あの時の目だ、と徹は思った。二年、いや、もう三年前になるか、警察の執拗な取り調べに困りはてていると漏らした時に信濃が見せた目の色。あの時は信濃にすべてをうちあけ、その結果、事件は解決したのだ。

徹は話してみようと思った。

「戸越が死んだのは十月の十三日、越後湯沢でのことだった。ジョージも一年の夏休みに行ったことのあるゲミニー・ハウス、あそこで殺された」

合宿初日の晩から翌日二時の死体発見までの様子を、順を追って述べていく。

さいわい、武喜朋と二人で作成した各人の行動表が残っていたので、記憶が薄れかかっているところもカバーすることができた。

ひと通り話し終えると今度は、真梨子の死についてを語った。こちらは生々《なまなま》しく憶えている。

この間、信濃譲二は一言も発しなかった。眉間に皺を寄せ、髭をつまんでは放し、目は終始閉じていた。

「そういうわけで、第一発見者の女子高生の証言が一定しないから、俺としても困っているんだ。彼女さえ確実なことをいってくれれば、俺の無実は完全に証明されるのに……。これ以上刑事に追いかけられるのはごめんだよ」

一気に話し終えた徹は、レモネードで口中を潤《うるお》した。信濃は、その団栗眼《どんぐりまなこ》をせいいっぱい細くして、空間の一点を凝視していたが、徹がカップを置くと、長い沈黙を破った。

「徹はこの二つの事件についてどう思っているんだ？　考えの一つや二つはあるだろう」

「それは……」

わからないといいかけた。しかし信濃の目はそれを許さなかった。

「マリちゃんの事件についてはまったくわからないけれど、戸越の死については、ある程度推理してみた」

徹は打ち明けてしまった。権上を疑ったことを、山脇を疑っていることを。

「ふーん、徹にしてはなかなかよく考えたな。いちおう筋は通っているように見える。しかし権上さんはどうだろうか？　戸越はともかくとして、マリちゃんを殺すためにわざわざ東京まで出てきたとなると、相当せっぱ詰まった動機が必要だが……。

まあいい。状況を考えると、二つの事件を別次元のものとするには無理があり、したがって徹たち四人は疑われてもしょうがない立場にある。

彼らがなぜ殺されたのかまったく心当たりがないといったけど、ほら、ライヴの直前からマリちゃんの様子が変だったというのは関係ないんだろうか？」

「上の空で演奏していたんだよね。原因はさっぱりわからないんだけど」

「それ以前は普通だった？」

「うん。最後の練習とライヴの当日だけ」

徹は答えながら、頭の中で何かが響くのを感じた。

「まてよ……。写真の話をしたのはいつだっけ……」

とつぶやく。

「写真？」

「待ってくれ……」

徹は軽く頭を叩いて記憶を探る。

「最後の練習より少し前のことだった。夜中にマリちゃんから電話がかかってきたんだ。写真を撮った日付を教えてくれって。

その写真というのは、ゲミニー・ハウスで撮ったもので、たしか一枚が初日、もう一枚が二日目の写真だったと思う。俺がそういうと、彼女は、『絶対に間違いない？』と何度も念を押すんだ。いま考えてみると妙な電話だったたな」

「その写真を見せてくれ」

「プリントしたものはないなあ。だから俺も彼女から電話があった時には、その写真自体を見ていないんだ。ネガならあるけど」

といって、徹はレターケースの抽斗《ひきだし》を開けた。そのネガはすぐに見つかったが、やはりプリントは残っていない。

「二枚ともマリちゃん一人を宿泊棟の一室で写したもので、カメラの位置もほぼ一緒と記憶している。ほんのお遊びで撮った写真だよ」

「他の三人にはプリントを渡さなかったの？」

「うん。マリちゃん一人しか写っていなかったから」

「これ、すぐにプリントしてくれ。サービス判じゃなくて、キャビネの方がいい。絵が見やすいからな。今のところ、新たな手がかりとなりそうなのは、これしかない。何かが写っていてくれるといいんだが」

「戸越でも写っているのかな？　でも、戸越が外に現われたというのは夜中。この写真はその時撮ったんじゃないよ。すると戸越の亡霊？　まさか……」

徹はさらに考えてみるが、他には思い当たらなかった。

「よし。わからないのだったら仕方ない。出かけるとするか」

「どこへ？」

「現場検証だ。まずは新宿のライヴハウスだな」

信濃譲二は勢いよく立ちあがった。

「ちょっと待ってよ。ジョージは警察の向こうを張って、探偵のまねごとでもやろうというのか？」

徹は軽くいったつもりだったのだが、信濃はつと振り返ると、眉をつりあげて、

「おまえは悔しくないのか？　刑事にしつこくつきまとわれ、犯人扱いされて。これで二度目だぞ！

俺はやってやる。絶対に解決できるとはいえないが、万に一つは可能性があるかもしれない。警察の鼻を明かしてやりたくないのかよ？」

大声が建てつけの悪いガラス窓を震わす。

徹は気圧《けお》されて一言《いちごん》もなかった。信濃がふっと笑う。

「恰好のいいことといったけど、本当は退屈しているだけなのさ。この謎解きは暇潰《ひまつぶ》し

に最適じゃないか。戸越とマリちゃんの敵《かたき》を討つ？　冗談じゃない。誰があんな生意気な男や、他人の彼女のために努力しなければならないんだ。暇潰しだよ、暇潰し。

日本はつまらない国だと思って外国に飛び出したんだが、存外そうでもなさそうだ。こんな謎を提供してくれる者がいたなんて、まだまだ捨てたものじゃないね」

どちらが信濃譲二の本音なのか。いや、どちらでもいい。今は、この奇妙な男のバイタリティに賭けるしかないのだ。

徹はそう思うと、風邪をひいているのも忘れて布団を撥ねのけた。

2

新宿西口のカメラ屋に超特急でプリントを頼むと、その足でパーム・ガーデンを訪ねた。

時刻は午後一時を回ったばかりで、今日の出演バンドはまだ小屋入りしておらず、店長の三浦弘子がぼんやりと客席に座っているだけである。

「あら、君はたしかメイプル・リーフの……。この前は大変だったわね。犯人は捕まったの？」

「まだなんです」

「そう、早く解決するといいわね。あのキーボードの子も成仏《じょうぶつ》できないでしょう。この店はね、あの事件以来人気殺到なの。『パーム・ガーデンでライヴをやったら、死と紙一重のスリリングなステージができる』なんていう噂が広まっているらしいのよ。まったく変な世の中よね。普通なら、殺人事件があった小屋なんか、気味悪がられて閑古鳥が鳴くはずなのに。これでは殺された彼女にも、君たちにも申し訳ないわ……」

弘子は溜め息をつき、「ところで今日は何の用事かしら？」と尋ねてきた。

「死んだ彼女に黙禱を捧げようと思って。連れは昔のメンバーで、どうしても来たいというものだから……。三十分ぐらい控室の方に行ってもかまわないですか？」

市之瀬徹は信濃譲二を指さして説明した。真梨子の事件について独自に捜査しているなどとは、さすがに恥ずかしくて口に出せなかった。

出演バンドが来る二時までならということで、三浦弘子は諒承した。徹は信濃をともない、袖の脇にあるドアから控室へ向かった。

「徹も下手な嘘をつくもんだ。正面きって、『調べさせてください』といえばいいのに」

徹はそれに答えず、現場の案内を始めた。

「ステージに一番近いこの部屋が、当日一緒に出演したジェントル・ウーマンの控室。その隣が俺たち。二部屋置いて、一番奥に位置している部屋で死体が発見された。マリちゃんは、着替えるために、そこの部屋を確保していたんだ」

一部屋ごとにドアを開けながら説明する。どの部屋も同じ造りで、椅子が数個と鏡、モニター・テレビがあるだけである。

「これでは死体を隠せないな」

丹念に室内を調べながら信濃譲二がいう。たしかに死体を隠せるような大型ロッカーの類《たぐい》はない。真梨子の死体が発見された部屋にしても、結果は同じだった。

部屋の捜査はあきらめ、廊下へ出る。衝立《ついたて》は壁際に寄せられていた。

「これが衝立か。かなり大きいね。ちょっと実験してみよう。徹はトイレの方に行ってくれないか」

徹はドアを引いてトイレに入った。信濃が衝立を動かす音がする。やがて、ドア越しに声がした。

「準備オーケイ。ドアを押して、こっちに入ってきてくれ」

徹はゆっくりとドアを押した。普通に押しただけでは衝立が邪魔となって開かない。肩で当たるようにして押すと、静かにドアが開きはじめた。信濃の顔が見えた。

「どうだい？　かなりの重労働か？」

「普通よりは力がいるけど、それほどでもない」

「衝立はかなり重いけれど、床が薄いカーペット張りになっているので、引いたり押したりすれば、それほど力がない者でも動かせるだろうね。だが、温室育ちの女子高生にはどうかな？」

「むずかしいかもね」

「彼女がドアを開けた時、衝立はなかった」

信濃はそういいきると、もう一度衝立をドアに密着させた。ドア全体をカバーするほどの大きさで、隙間からはドアの枠が見えているだけだった。信濃は衝立に顔をくっつけて、しきりに隙間を覗いている。顔を離すと、目を閉じてうつむく。

「何かわかったかい？」

「二つばかり気になる点がある。

一つは、どうしてマリちゃんは、この奥の控室に入る気になったかということだ。空き部屋は三つあったんだろう？　そしてどの部屋にも椅子があり鏡もあった。だったらどの部屋を選んでも着替えるにはさしつかえないはずだ。なのに彼女はあえて奥の一室を選んだ。

俺がマリちゃんの立場だったら仲間の近くに陣取るよ。メイプル・リーフのすぐ隣の控室にね。わざわざ離れた部屋に入りはしない」

「間違って覗かれるのがいやだったのかな？　女だから、それを考えたのかもしれないぜ。いや、待てよ……。

そうだ、たしか、三つの空き部屋のうち、二つには先客がいたんだよ。他の二部屋から話し声がするのを俺も聞いたもの。マリちゃんも、他の人がいるなら仕方ないと思って、一番トイレ寄りの部屋にしたんじゃないかな」

「人がいた？　いったい誰がいたんだ。ジェントル・ウーマンは三人とも女性なんだろう？　マリちゃんのように他の部屋で着替える必要はないはずだ」

「それもそうだな……。でも誰かがいたことは間違いない。俺は絶対に話し声を聞いたんだから。それより、二つ目の疑問点はどういうこと？」

「これは二つの事件の共通性なんだけどね。ある一定時間、死体もしくは生きた人間が行方不明となっていたこと、荷物も同時に消えたこと——この二つは徹がいっていたよね。マリちゃんの場合は、荷物については今一つ確証はないけれど。

俺は事件の共通性についてもう一つ挙げてみたい。それは、二つの事件とも、どん詰まりの部屋で死体が発見されたということだ」

「でも……」

戸越伸夫の死体が発見されたゲミニー・ハウスのο《オミクロン》号室が廊下の突き当たりであることには異存はない。しかし、三谷真梨子の死体が横たわっていた控室は違う。ステージ側から見ると奥に当たるが、トイレ側からの出入りも可能なわけで、行き止まりというわけではない。徹はそう反論しようとしたが、信濃はそれを制して言葉を続けた。

「厳密にはどん詰まりではない。現実に、第一発見者はこのドアを通って控室に入ってきたのだからね。衝立があろうとも、本質的には出入りは可能だ。しかし、衝立を置くことによって、見かけ上、どん詰まりの部屋とすることができるじゃないか」

「見た目だけでいうのなら、たしかに行き止まりだ」

「これが何を意味するのかはまだわからない。だが、戸越の事件と照らし合わせて考えると、妙な符合だと思わないかい？　しかも先にいったように、マリちゃんは、この奥の部屋を選び、そして殺された」

信濃の考えはなかなか緻密《ちみつ》であり、徹が見過ごしていた点を指摘した。が、徹にはこの二点が特に重要であるとは思われなかった。

信濃譲二は大きく溜め息をつき、腕組みをして天を仰いだ。次の瞬間、信濃の動きが止まった。天井のある一点を凝視している。

「あそこだけ天井が剝《は》げている」

それは市之瀬徹の記憶にもあった箇所で、死体が発見された控室のドアと、その隣の控室のドアの中間に立ち、そのまま仰向くと、ちょうど正面に見ることができた。信濃はことのほかそれが気になるらしく、爪先立ってさわろうとするが、あと数センチのところで届かない。徹が背伸びしてみると、わずかに指先が触れた。

信濃は舌打ちをすると、控室から椅子を持ち出し、その上に乗ることによって、ようやく思いをとげることができた。

剝げた部分に顔を近づけたり、指先でこすったり、あるいは拳で軽く叩いてみたりする。

「天井は安っぽいプリント合板だが、何でここだけ剝げているのだろうか？　剝げたのは比較的最近のようだが」

「ライヴ当日には剝げていたよ」

「店の人に訊いてみてくれないか」

関係ないだろうと思いながらも、徹は三浦弘子のところへいった。弘子は、「そんなはずはないわ」といい、実際に控室の廊下まで足を運ぶことになった。

信濃はそれを予期していたかのように、椅子を片づけ、真梨子を悼《いた》むかのごとく沈痛な面持ちを装っている。

「あら、本当だ。いやだわぁ、誰がこんないたずらしたのかしら。天井だから注意していなかったわ。オーナーに怒られちゃう」

弘子は不機嫌そうにいう。

その時、長髪を金色に染めた集団が入ってきた。鋲《びょう》の付いた革ジャンにリストバンド――一目でヘヴィーメタル・キッズとわかった。

「おはようございまーす」

業界ぶった挨拶をした。

「彼らが今日の出演バンドなの」

弘子がいった。

「おや、もうそんな時間ですか。徹、そろそろおいとましよう」

「あ、ああ。どうもありがとうございました」

「気を落とさないでね。彼女のぶんまでがんばるのよ」

徹は信濃の要領のよさにあきれながらパーム・ガーデンをあとにした。

超特急で頼んでおいたプリントが仕あがっていた。信濃の要望通りキャビネといかなかったのは仕方ない。急ぎのプリントはサービス判と決まっている。

写真を受け取ると、二人は近くの喫茶店に入った。徹はいつものようにアメリカン、信濃はビールを注文した。

「昼間からビールなの？」

「ドイツではあたりまえのことさ。昼休みにジョッキをあおる紳士はごろごろいる。俺も石炭を掘っていた時には、昼休みの一杯を楽しみにしていたもんさ。これが午後からの仕事の活力になるんだ。変な道徳観念《モラル》がある日本人には、この楽しみなんか永遠にわからんだろうよ」

日本人の信濃が大見得《おおみえ》を切った。そして運ばれてきたビールをグラスに注ぐと、

「ツム・ヴォール——乾杯！」といって一気に飲みほした。

「うまい！　味に関しては日本のビールが上だ。コクがあるよ。ドイツのビールは水っぽくてしょうがない。ものまねをして元祖を超える技術は、日本が世界一発達しているだろうね。

おっと、こんなことといっている場合じゃなかった。写真を見せてくれ」

信濃譲二は鋭いようで、どこか抜けている。徹はそう思いながら、写真の入った袋を手渡した。信濃は二枚の写真を見較べる。

「何だい、この写真は。マリちゃんの顔のひどいこと。髪はボサボサ、瞼はブタのように腫れているし、口も半開き。彼女ってこんなにブスだったっけ？」

「その写真は合宿二日目の朝、つまり戸越が行方不明になった翌朝に撮ったんだ。寝起きを襲ってね。朝方までトランプをやっていたから寝不足なんだよ。まさに女性の真の姿を摑まえていると思わないかい？」

「もう一枚の方は？　これはやけに澄ましている。顔の具合が全然違うじゃないか。化粧上手というやつか」

「これは合宿初日、ゲミニー・ハウスに着いてすぐ撮った写真だ。どちらも同じ部屋でのスナップだよ。俺が見たところ、特に変わった写真とは思えない」

「マリちゃんの顔と服装が違っているが……」

信濃も首をかしげる。他に写っているものといったら、ベッドとロッカー、そして窓越しに見える雑木林だけであるが、それらにはピントが合っておらず、形がはっきりしていない。もちろん戸越の霊も写っていない。

「事件の大きな手がかりになると期待していたのに、残念だったね」

徹は自分にいい聞かせるように漏らす。

「いや、ちょっと待て」

それを信濃は否定した。写真に顔を近づけ、目を細めて二枚の写真を見較べている。しばらくは、「馬鹿な」だの「なぜだ」だの、ぶつぶつと独り言を繰り返していたが、唐突に、

「これは重要な証拠写真だ！」

と叫びあげた。

「パーム・ガーデンでの捜査と照らし合わせると……、ああ、こいつは大変だ」

そして写真を摑んだまま席を立った。

「おい、どこへ行く？」

釣られて徹も立ちあがる。

「湯沢だ」

「えっ？　これから？」

「もちろん。見えなかったものが見える時がきたんだ。警察に先を越されてたまるか」

謎めいた言葉を口にした。

「俺も行こうか？」

「いや、徹はいい。無駄足になったら悪いからな。その代わりに、東京でやっておいてもらいたいことがある」

信濃譲二は一つ二ついい残すと、振り向くことなく雑沓《ざっとう》の中に消えていった。

市之瀬徹が信濃譲二に頼まれたのは、「三谷真梨子とともに荷物が消えていたか否かの確認」、「武喜朋、山脇丈広、駒村俊二が三谷真梨子を捜した際、間違いなくドアは衝立によって塞《ふさ》がれていたかの確認」、「第一発見者である橘美砂子から、控室前の廊下の様子ならびに人魂について再度話を訊くこと」の三点だった。

徹は信濃と別れてすぐに行動を起こし、宵の口までにすべての話を訊き終えたが、いずれも芳《かんば》しいものではなかった。

第一の点に関しては、「荷物はなかった気がする」と俊二がいい、武は、「あったと思う」と相反する回答。第二点については二人とも、「衝立はドアに密着していた。絶対に間違いない」と自信たっぷりにいいきった。昨日の今日であるから、さすがに山脇に訊くことはできなかった。

第三の点を訊くために、徹はふたたび高校の正門で橘美砂子を待った。美砂子は嫌な顔もせずにつきあってくれた。しかし何度訊いても同じだった。トイレから控室に通じるドアを完全に開けないうちに控室に入ったので廊下の様子は見ていないという、人魂については、気のせいというばかりだった。

信濃譲二がふたたび市之瀬徹のアパートにやってきたのは、翌日の午前中である。信濃は重い足どりで徹の部屋にあがりこむと、しばらく無言の状態を続けた。得るところがなかったようだった。徹は昨日の調査結果を伝えたが、信濃の反応はなかった。

「残念だったね。素人の力では無理かな、やっぱり……」

徹がつぶやく。

「ああ残念だ。あと一歩のところまできたというのに、決め手となるものがない」

信濃はぶっきらぼうにいいはなち、徹はあやうく聞き流しそうになった。

「ジョージ、いま何ていった？　あと一歩のところだって⁉」

「そうだ。奮発して新幹線で行ったというのに、これでは金の無駄遣いだ。全面解決とならなければ意味がない」

事もなげに信濃は吐き捨てる。

「どこまでわかったんだ⁉　犯人は？　動機は？」

「写真の謎も、戸越の死体と荷物が行方不明になった理由も、マリちゃんが殺された理由も、方法もわかったよ」

「すごいじゃないか！　いったいどういうことなんだ。もったいぶらずに教えてくれよ」

「だめだ、だめだ。まだこれだけしかわかっていないんだ。戸越を殺した動機も、肝腎《かんじん》の犯人すらも霧の中なんだよ」

信濃はまったく嬉しそうな素振りを見せず、溜め息をつくばかりである。

「わかっていることだけでも話してくれよ」

「冗談じゃない！　これは殺人事件なんだぜ。百パーセントの推理が組みあがるまでは何もいわない、いえるもんか。中途半端なことを口にして、誰かに迷惑がかかったらどうなる。徹は懲りていないのか？　権上さんを疑って失敗し、面と向かって山脇を犯人扱いして傷つけて。

それにだね、よく考えてみろ。徹がとった軽はずみな行動――手当たりしだいに人を疑うということ――は、警察がやっていることとまったく一緒じゃないか。一日、いや、一秒でも早く、そんな愚かなことから卒業するんだな」

信濃譲二の一語一語には、市之瀬徹に対する侮蔑が込められていた。その通りである。徹は何もいい返せなかった。そんな徹を気の毒に思ってか、信濃は、自分の考えのさわりだけを、独り言のようにつぶやいた。

「この事件は、思った通り、突発的なものではない。計画的犯行であり、しかもそこで使われた死体移動のトリックは……、いや、やはり今の段階でいうべきじゃない。が、とにかく、犯人が担《かつ》いで動かしたに違いないという単純ゴリラ的な警察の見解、死体は車の中に隠されていたという徹の最大限の発想は、残念ながら、どちらも間違っている。真相にかすりもしていない。本当のトリックを知ったら、徹は声も出せないほどショックを受けるはずだ。

そして、このトリックを使った可能性のある人間は四人に絞ることができる。武喜朋、山脇丈広、駒村俊二、そして市之瀬徹の四人だ。ゲミニー・ハウスの権上さんは関係ない。というのも、もう少しだけ教えるなら、華奢《きゃしゃ》な者でも死体を移動できる、というのがこのトリックのトリックたるゆえんなんだよ。だから、腕っぷしの強い権上さんでなければならない必要はまったくといってない。そこまではわかっているんだが……、わかっていても、悔しいことに指名するだけの材料がないんだ」

「華奢な人間でも死体を運べる？」

徹は訊くが、信濃は歯軋《はぎし》りをするばかりで、もうそれ以上喋ろうとしなかった。徹は話題を変えた。

「ゲミニー・ハウスは繁盛してた？」

「ああ、シーズン最後のスキー客が結構いたな」

それを聞いて徹は、なんとなくホッとした。

「荒らされた部屋も修理されていたんだ。よかった」

徹がつぶやくと、信濃は、

「部屋が荒らされた？」

と首をかしげる。

「あれっ、泥棒のこと、話してなかったっけ？」

「何のことだ？　俺は聞いてないぞ」

湯沢界隈に出没する新手《あらて》の泥棒によって、ゲミニー・ハウスの宿泊棟が被害を受けたことを徹は説明した。

「メイプル・リーフの合宿前に荒らされた……。泊まる部屋をよく確保できたなあ」

「さいわいなことに、被害に遭ったのが入口から中ほどにかけての部屋だったから、奥の方は無傷でね。おかげで俺たちはすべり込みセーフだったよ」

「………」

信濃はむずかしい顔をして黙り込んでしまった。

「どうかしたの？」

「いや……。部屋割りはどうやって決めたんだい？」

「どうって、適当にだよ。最初、マリちゃん一人が鍵を受け取って部屋に行き——これは昼間のことだけどね——それから夕食後、戸越がひきあげた。他の四人が部屋を決めたのは、そのあとだ」

「もう少し詳しく。そうだ、合宿に出発してから帰京するまでのことを順を追って話してもらおうか。警察が訊きもしなかった、事件には直接関係のない行動もふくめてね」

信濃は目を見開いていう。

戸越の失踪から死体発見までは昨日も説明したのですらすらと出てきたが、さて、それ以前の行動となると、印象も薄く、記憶もあやふやだった。徹は最大の努力をはらったが、信濃を満足させられたかどうか、自信はなかった。

「そうすると、戸越より先に宿泊棟に荷物を持っていったのはマリちゃんだけなんだな？」

「うん。それは確かだよ」

「ゲミニー・ハウスに着いてから戸越が行方不明となるまでの間、他に変わったことはなかった？」

「別に。今もいったように、マリちゃんが練習不足で、武にさんざん文句をいわれたことと……、ああそれから、戸越が変てこな曲を発表したことぐらいかな」

「戸越が曲を？」

「ちょっと待って」

徹は机の抽斗《ひきだし》をひっ掻き回した。あの時、戸越から楽譜のコピーをもらっている。遺作となったのだから、捨てずに取ってあるはずだった。

「あった。これだ」

一番奥にしまってあったコピーを信濃に手渡す。

「『コンクリイトの道端で目覚めた　野良犬がオレに喧嘩を売った』？　何だい、この歌詞は？　安っぽいメッセージ・ロックみたいだな。こんなの人前で発表して、よく恥ずかしくなかったな」

「みんなに顰蹙《ひんしゅく》をかって、その場でボツになったよ」

「当然だ」

「いま考えてみると、戸越は、東京を捨てて田舎に帰ることの寂しさを表現したかったんじゃないかなと感じるけどね。ボツにして悪かったかな……」

「死んだからって情けは無用だ。ダメなものはダメ、それでいい。それよりメロディーはどうかな。ちょっとギターを貸してくれ」

机の陰に埃《ほこり》を被ったギターケースがある。高校の時に買ったフォークギターだが、大学に入ってからはほとんど弾いていない。

「うわっ、何だよ。弦も錆《さ》びかかっているじゃないか。面倒見の悪い御主人様を持ってかわいそうに」

信濃は毒づきながらチューニングをする。もう何年も弦を張り換えていないため、音の伸びがまったくなくなっている。チューニングの最中には2弦が切れてしまった。しかし信濃はそれにかまうことなく、コピーに書かれたコードを弾きはじめた。頭から終わりまで、二度ほど通した。

「これといった特徴のないコード進行だ。悪くはないが、新鮮味もない。だが、曲の頭のA_7、これはいただけないな。少々無理があるね」

「戸越はA_7だからいいといっていた。A_7でないと意味がないとまでいったっけ」

「A_7でないと意味がない？　俺は、A_7だと意味がないように思えるがね……」

信濃はなおもしつこくコードを掻き鳴らす。徹はトイレへと立った。

戻ってくると、信濃はギターを捨て、コピーを一心不乱に見入っていた。

「別のコード進行でも考えついた?」

徹がいうと、信濃は大声で叫んだ。

「黙って! 紙と鉛筆を貸してくれ!」

「…………」

「早く! あー、紙はこのチラシの裏でいいから、筆記用具を!」

徹は気圧《けお》されるがままにペンを渡す。信濃はそれをひったくると、チラシに細かい字を書きはじめた。悪筆のため、何を書いているのかは解らない。書いては消し、書いては消し、憑《つ》かれたように繰り返した。

「うーん……、A_7だから……」

信濃は染みが広がる天井に話しかけると、「h」、「n」、「w」の三文字を大きく書き出して、

「英和辞典!」

といった。

徹が辞書を渡すと、しばらくは首っぴきで何かを調べていたが、やがて辞書を放り出し、

「違う。目のつけどころはいいと思うんだが……」

と唇を噛んだ。

信濃はポケットからブリキのケースを取り出した。蓋を開けると、煙草の葉と紙が別々に入っていた。二つまみの葉を紙に載せ、器用に巻きあげ、火を点《つ》ける。一分にひと吸いという、ゆっくりとしたペースで味わっている。徹が二本の煙草を灰にした後、信濃はようやく吸い終えた。

「そうか！」

突然手を打った。そして、四つん這いになってレコードラックまで歩むと、「あれ、あるよね？」といいながら、レコードを捜しはじめた。

「おお、これだ！　考えごとをする時のBGMはこれにかぎる」

信濃は嬉しそうに声をあげると、一枚のレコードをターンテーブルに載せ、ヘッドホーンで聴きはじめた。

徹がジャケットを見るとそれは、キング・クリムゾンの「クリムゾン・キングの宮殿」で、信濃はその一曲目、「21世紀の精神異常者」をフルヴォリュームで聴きながら右手の指と両足で複雑なリズムを刻み、ベース・ラインを口ずさむのだ。そしてその一方では左手に持ったペンで何事かを書きつけている。

「いったい何を書いていたんだ？」

信濃がヘッドホーンをはずすと、徹はおそるおそる切り出してみた。

「このコピーのおかげで、事件の全体像が見えそうなんだ」

信濃は髭をぴくつかせた。

「犯人も、動機も？」

「そうだ。動機は、本人に確かめてみないことには百パーセントの解明は無理だろうが、それでも八十パーセントはわかった。その他については完璧に説明できる」

「完璧!?」

この男は何を根拠に断言しているのだろうか。自分に事件の背景を聞き、ゲミニー・ハウスとパーム・ガーデンを一度調べただけで、警察も手を焼いている一つの殺人を解明してしまったというのか。徹には戯言《たわごと》としか思われなかった。

「全部わかったのなら教えてくれよ」

「ああ、もう隠すつもりはないが、その前に一日だけ時間をくれないか。事件を最初から整理してみたいし、よりわかりやすく説明するためにも道具を用意しなければならない。

そうだな、明日の朝迎えにくるから、それまで待っていてくれ。すべてはそれからにしよう」

「明日になったら全部話してくれるんだな？」

「約束する」

信濃は、何事か書きつけたチラシと戸越の曲のコピーを掴むと、無造作にポケットに押し込んだ。ブリキのシガレットケースは逆のポケットに入れた。

「今どき手巻きとはおしゃれだね」

徹は何気なく尋ねてみた。

「これか？」

信濃はニヤリと笑う。

「一本置いておくから、あとで吸ってみなよ」

信濃はふたたびシガレットケースを取り出して一本巻きあげると、徹に手渡した。

4

翌朝九時きっかりに信濃譲二がやってきた。

普段は朝に弱い市之瀬徹だったが、この日ばかりは七時に床を出て、信濃が姿を現わすのを今や遅しと待ち続けていた。

事件の謎が明かされることに興奮を覚えていたことがその理由の一つだったが、もう一つ大きな理由があった。そのため徹は寝つきが悪く、朝早くに目覚めたのだ。アパートを出ると、幌《ほろ》をかけた軽トラックが停まっていた。信濃が借りてきたのだという。徹は行き先を聞かされないまま、強引に助手席に座らされた。

青梅街道から環八に入り、北へ向かう。対向車線の渋滞が嘘のように、車はスムーズに流れる。目白通りとの交差点を左折。

まさか、と徹は思った。車は緩い坂道をカーブしながら上る。間違いない。

「これは関越自動車道じゃないか。湯沢に行こうというのでは……」

ハンドルを握る信濃に尋ねる。

「そうだ。ゲミニー・ハウスで事件を再現しようと思ってね」

「えっ？　何をするんだ？」

「それは着いてのお楽しみ。徹に戸越と同じことを体験させてやるよ。おっと、体験といっても殺しはしないから安心しな」

信濃はニヤリと笑う。

「わざわざゲミニー・ハウスに行かなければ、その体験とやらはできないの？」

「まあ、そうだね。新宿のライヴハウスでも悪くはないが、ゲミニー・ハウスでやった方が、より効果的でわかりやすいんだよ。『アイレ・ミット・ヴァイレ』ということもあるし、まずは湯沢までドライブしようじゃないか」

「何だい、その、アイレとかいうのは？」

「アイレ・ミット・ヴァイレ——急がば回れ、という意味のドイツのことわざさ。メモ用紙ある？」

徹がウエストバッグから手帳を取り出すと、信濃は右手でハンドルを持ったまま左手でペンを握って、「Eile mit Weile」と綴《つづ》った。

練馬インターチェンジのゲートをくぐり、本線に入ったところで、徹はいった。

「ゆうべ、刑事が来たんだ」

「相変わらず馬鹿の一つ憶えのような質問をされたのかい？」

「いや、それが違うんだ。捜査に新しい展開があったというんだ」

「ほう。どんな？」


徹の部屋に入ってくるなり、新宿署の森山は一枚の写真を差し出した。写真には、頬の肉づきのよい男性の上半身があった。

「この男を知ってるか？　名前は、富岡勇《とみおかいさむ》、年齢は三十」

「富岡？　いいえ」

「まあ、知らなくて当然だろうな。

この富岡勇は、一週間前から六日町署にいる。越後湯沢駅前のマンションに侵入したところを現行犯逮捕されたんだ。それで余罪を追及したところ、一昨日になって自白を始めたんだが、その中に実に興味深いものがあった。

富岡は、昨年十月十三日深夜、つまり戸越伸夫さんが殺された日に、ゲミニー・ハウスに侵入したというんだよ」

「何ですって!?」

「昨年の十月十三日深夜、ゲミニー・ハウスの近くまで車で乗りつけ、盗みに入ったという。そして実際にバッグを一つ盗み出した」

「じゃあ……、あの時、マリちゃん、三谷さんが見たという人影は、戸越ではなくて、その富岡という泥棒だったと？」

「そう。富岡はこういっている。『一番端の部屋に窓から入ったところ、ロッカーのすぐ前に荷物があったので、中を調べて金目のものだけ盗もうとした。ところが、近くの窓が開く気配がしたので、あわててバッグを掴んで逃げた。そして車で山を降りる途中、バッグの中をひっ掻きまわしてみたが、何一つとして金になりそうなものがない。だから湯沢の街に捨てた』――どうだい、おもしろい話だろう？」

「戸越の荷物が部屋にあったということですか？　でも、それはおかしいですよ。ο《オミクロン》号室に荷物がなかったことは、僕たち五人が確かめています」

「そう、あれはたしか十時ごろだったね。そして富岡が侵入したのは四時間後の二時」

「四時間のうちに荷物が戻ってきた？　ということは戸越も一緒にο号室に戻っていたことになる。いや、それはおかしいなあ。マリちゃんが富岡の姿を目撃した直後、全員でο号室に行ったけど、戸越の姿はなかった……」

「もう一つ。ギターケースもなかった――あんたたちはこういったはずだ」

「ええ。するとバッグだけがひと足先に戻っていて、それを富岡が盗んだ？」

「ところが富岡は、『バッグと一緒に、大きな横長のケースが置いてあった』といっているんだよ」

「ギターケースが？　まさか……」

「いや、絶対にあったといっている」

「そんな！　まさかその時に戸越もいたといっているのでは？」

「いた」

「えっ⁉」

「と断定したいところだが、もう一つはっきりしない。戸越伸夫さんの死体の上には頭まで布団が被せられていたんだろう？　富岡は、『布団が盛りあがっているような気がした』とはいうものの、実際にめくってみたわけではない。しかしギターケースについては間違いなく目撃している」

「嘘だ！　僕たちはその直後に0号室を覗いたんですよ。ギターケースなんてなかった！　それに、念のため布団をめくったけど、戸越はいなかったんですよ！」

「そうだね。富岡は嘘をついているのかもしれない。八時から九時の間に0号室にいた戸越伸夫さんを荷物とともに連れ出して殺害。夜中の二時になって0号室に戻そうとして、まずはバッグを運び入れようとした時に三谷真梨子さんに見られてしまった。そこであわてて逃げ出し、バッグは湯沢の街に捨てた。しかし死体とギターケースは捨てるには大きすぎるため、翌日になってゲミニー・ハウスにとってかえし、0号室に戻しておいた——こういう解釈は成り立つだろう。

さらに推理を進めれば、深夜に侵入するところを目撃された三谷真梨子さんを殺すために新宿に現われたと考えられないこともない」

「すべてが富岡という泥棒のしわざだったのか……」

「いや、待った。もう一つの解釈ができるじゃないか。富岡は嘘をついていないとね」

「えっ？」

「つまり、富岡は本当にギターケースを見たということだよ。そうするとどうなるかな？　そう、あんたたちが嘘をついているということになる。最初から、バッグもギターケースも、そして戸越伸夫さんも0号室から消えていなかったのに、あんたたちは行方不明になったと騒ぎたてた」

「冗談はやめてください！　五人が揃って戸越を殺したというんですか!?」

「それとも、仲間をかばうために偽証したか」

「馬鹿な！　僕たちは嘘なんかついていない。本当に0号室にギターケースはなかったんです。もちろん戸越も。嘘をついているのは富岡の方に決まっている。富岡をポリグラフにかけてくださいよ。いや、僕をかけてもらってもいい！」

「まあ、それは富岡を取り調べるうちにわかってくるだろう。六日町署からの連絡が楽しみだ」

森山はさらに話を続けたが、徹は思考回路に混乱をきたし、何をいわれたか憶えていない。

「なるほどね」

市之瀬徹の話を聞き終えた信濃譲二は、どういうわけか、満足そうに微笑むのだった。

「思った通りだな」

「えっ？」

「俺も、夜中にマリちゃんが見たという人間は、泥棒ではないかと感じていたんだ。権上さんでも、戸越の亡霊でもなくてね」

信濃は当然のようにいう。

「警察は幸運にもその事実を摑んだか。こっちも急がないとな」

信濃がアクセルを踏みこむと、エンジンが苦しそうな音をあげ、車体に不快な震動が伝わってきた。

「あー、いまいましい！　アクセル全開で百キロかよ。こんなことなら、もっと大きな車を借りてくれればよかった。金を惜しんだのが失敗だったな」

「ジョージは富岡が戸越やマリちゃんを殺したと考えているの？」

「富岡？　そんなこそ泥に用はない」

「じゃあ、富岡が0号室にあったと主張しているギターケース、これをどう説明するんだよ。富岡が本当に戸越を殺してないのだったら、嘘なんかついたって何の得にもならないだろう」

「ああ、そのこと？　富岡は嘘なんかついちゃいないよ」

「そんな！　俺たちが嘘をついているというのか？」

「徹たちも嘘はついていないよ。でも、正確にいうなら、徹たちは真実をいっていない」

「嘘をついていないけど真実はいっていない？　どういうことよ？」

信濃はニヤリと笑っただけで、徹の質問には答えなかった。

「泥棒の話はあとでゆっくりするとして、もう一つの不思議な現象について考えよう」

「もう一つの不思議？」

「そう、マリちゃんが殺された時に、第一発見者の女子高生が目撃した人魂のことだよ」

「待ってよ。あれは錯覚だろう。警察だって相手にしていないぜ。亡霊や人魂がこの世に存在するわけがない」

今さら何を、という感じで徹が反論する。

「おや、聞《き》き捨《ず》てならぬことをいうヤツだな。人魂が存在しない、だと。いまだにそう思っている人間がいるとはな。それに、捜査にもたついている警察が相手にしないからこそ重要な証言なんだぜ」

信濃は、その大きな目をさらに見開いていう。

「俺にいわせれば、いまだに人魂が存在すると思っている人間がいるとは、だ。あんなもの迷信にすぎないじゃないか」

「これは困ったものだ。本当に知らないようだな。人魂というのはだな――」

そういって、信濃譲二は熱弁をふるいはじめた。

「火の玉という方が一般的な呼び方だね。俗には人魂、鬼火、天火、ひかりもの、狐の嫁入り――などといわれている。土地土地によって様々な呼び方をされているんだね。さて、火の玉が人魂と呼ばれる背景にはきっと仏教思想があるんだろうが、いずれの呼称からも神がかり的なものが感じられる。

だから、徹が迷信と思うのも無理はない。

ところが火の玉の研究は、地球物理学の一分野としてなされているんだよ。専門用語では球電、あるいは球雷という。

研究の歴史は古くて、遅くとも十八世紀には着手されていたらしい。当時、ロシアのペテルスブルク科学アカデミーで雷の研究をしていたリッチマンという学者は、突如発生した火の玉に当たって、即死している。

ソ連は今でも火の玉の研究がさかんで、ヤロスラブリ大学の物理学部には『火の玉観測情報収集・解析センター』が開設されている。日本にもこれに似た施設があるらしいけど、欧米に較べると遅れをとっていることは否《いな》めないね。火の玉は神がかり的なものであるという先入観が、研究の進行を妨げているんじゃないか、と俺は思うね。

欧米と日本では、火の玉に対する意識がまったく違うんだよ。日本では昔から、火の玉が出る場所といったら墓場とか雑木林とか、そういった気味の悪いところと相場が決まっているだろう? 時間も夜だ。ところが欧米は違う。目撃談を聞くと、その多くは家の中や近所でのことになっている。

たとえば、俺がドイツで聞いた話をしようか。ブレーメンでのことだ。夕方、女性数人が、お茶を飲みながらくつろいでいると、突然の大音響があったという。何かと思って顔を見合わせていると、ドアから火の玉が入ってきたというんだ。そして床を転がって火花を散らし、ふたたびドアから出ていった。これはもう幻とか迷信とかで片づけられる問題ではないぜ。昼間、しかも複数の人間が目撃しているのだからね」

信濃はまたもドイツを引きあいに出した。

「墓場でリンが燃えると火の玉が現われる――こういう話は耳にしたことがあるけど、家の中に入ってくるなんて、ちょっと信じられないよ」

徹がそういうと、信濃は待ってましたとばかりにまくしたてた。

「リンが燃えて火の玉になるなんて、いったい誰がいい出したんだ。死体の骨が蒸溜される際、ごく少量のリン光を発することはあるけれど、これは火の玉とは呼べない。というのも、火の玉はもっと明るいものなんだよ。リン光と火の玉を結びつけるのは日本ぐらいのものだね。

いいかい？　火の玉発生のメカニズムは、静電気、電磁波、ガス燃焼、核反応などが考えられていて、いや、考えられているだけではない、いずれも実験装置によって人工の火の玉を発生させ、説に科学的根拠を持たせている。リン光説の入りこむ余地などこれっぽっちもないよ。

どの説が正しいかはまだ解明されていないが、俺が支持するのは静電気説だ。雷の発生が多い夏場や晴れた日に火の玉の目撃例が多くなっていることからも、静電気説は有力だと思う。二十五キロボルトに充電した五マイクロファラドのコンデンサーに蓄えられた静電エネルギーによって、直径十センチの火の玉が作られることが実験によって確かめられているんだ。

火の玉の形は球形、楕円形、おたまじゃくしのように尾を引く人魂型、垂直にあがる火柱型など様々。色は白、オレンジ、赤が多く、いかにも人魂をイメージさせる青白いものは稀にしか見られないらしい。

放出するエネルギーは約十万ジュールとみられているが、中にはTNT火薬にして百万立方センチの量の大爆発を起こした例もあるというから、これはすさまじいパワーだ。ということはだな、明るさにすると——」

「もういい、わかったよ。火の玉、つまり人魂は迷信なんかじゃなくて科学的なもの、そういうことだろう？ 俺は物理は苦手なんだ。これ以上むずかしいことはいわないでくれ。

人魂が存在することはわかったけど、そうすると、パーム・ガーデンの暗闇の中で女子高生が見たというのも本物だったの？」

「待て待て。今まさにそれについて説明しようとしていたんじゃないか。

火の玉は、ぼんやりほの白く浮かぶものではないんだ。車のヘッドライトよりも明るく、目もくらむようなものなんだ。なにせ十万ジュールものエネルギーを放出するのだからね。一ニュートンの力を物体に作用させて、その向きに一メートル動かす場合の仕事を一ジュールというから、十万ジュールというのは――」

「わかったからやめてくれ！　それなら、やっぱり彼女は夢を見ていたんじゃないか」

橘美砂子が語った人魂を否定するためにこれだけの講義を受けたかと思うと、徹は一気に疲れてしまった。

「そうだね、彼女が見たというのは本物の人魂ではない。しかし夢でもない」

「うん？」

「彼女は見たんだ、人魂のようなものを。エネルギーがごく小さい火の魂を」

「…………」

「戸越の亡霊のような行動をした富岡という泥棒――彼が供述した証言と、徹たちのいい分の食い違い、そしてパーム・ガーデンに現われた人魂。この二つの謎を解かないかぎりは、すべての真相を摑むことはできないんだよ」

信濃は顔をほころばせる。徹は意味がわからず、頭が痛くなってきた。ポケットから煙草を取り出して火を点ける。

「そういえば――」

信濃が横目で徹を窺《うかが》う。

「きのうの土産は吸ってくれたかい？」

「あれ？　まずいから一口吸っただけで捨てちゃったよ」

「捨てた！　ああ、何て馬鹿なことを……。あれは高価なんだぜ。そんなことなら徹にやるんじゃなかった。物の価値のわからん男だ」

「あれが高級煙草？　昔吸ったことのある中国煙草にも負けないまずさだったよ。ジョージはよく吸えるな。ドイツの煙草なの？」

「煙草じゃない。マリファナだ。日本では大麻ともいう」

「た、大麻？　芸能人がしょっちゅう捕まっている、あの大麻か!?」

「そう」

それがどうしたとでもいいたげに信濃は軽く答える。

「どこで手に入れた？」

「ドイツから持ち帰った。少量だったらバレやしないよ」

「ヤバいんじゃないの……」

「何がヤバいというんだ。警察か？　わかりっこないよ」

「警察もだけど、体に悪いだろう？」

「冗談いうな。マリファナが有害なら煙草は何だ。確実に人間を殺す猛毒じゃないか。そんなものを公然と売っている社会の方が狂っている。マリファナのような無害なものこそオープンに売るべきだと俺は思うね。

煙草を吸うと思考が閉塞されるが、マリファナは違う。思考が、精神が解放されるんだ。感性が研《と》ぎ澄まされ、通常では思いつかないようなことも次々と頭に浮かんでくる。潜在能力を引き出してくれるんだ。芸術家に大麻愛好家が多いのはこのためだよ。吸った直後に車を運転するのは危険だけど、それさえ気をつければ体には何の影響もない。

俺もマリファナのおかげで事件の全貌を知ることができたんだ。こいつが天啓を与えてくれたんだよ」

信濃譲二は堂々と自論を展開した。法を犯しているという意識はかけらも感じていないようだった。

「徹も早死にしたくなかったら、煙草はやめることだな」

妙な説得力を持った信濃に、徹は諭《さと》されてしまう始末であった。

湯沢インターで関越自動車道を降りた。ルーフ・キャリアにスキー板を載せた若いカップル、グループの車に次々とすれ違う。

ゲミニー・ハウスの駐車場にも数台の車が停まっていた。その横に軽トラックを置くと、二人は厚い雪の上に立った。風も膚に痛く、ここはいまだに真冬だった。ホールに入ると、数人のスキー客に混じって、権上康樹の姿があった。

「やあ、久しぶり」

先に声をかけたのは権上だった。徹は、助かった、と思った。例の一件で権上と単独会見したことが、今なおしこりとして残っていて、自分から声をかけづらかったのである。

「つっ立っていないで、座って暖まりなさいよ。今、コーヒーを淹《い》れるから」

権上は笑顔で勧めたが、信濃は、

「俺は準備してくる。徹はここで待っていてくれ」

といって、すぐに寒風吹き荒《すさ》ぶ戸外へと出ていった。徹は奥の椅子に座った。権上の手によるテーブルと椅子が、また少し増えているようだった。

熱いコーヒーに口をつける。口中、喉、胃と、しだいに暖まってくる。権上もコーヒーカップを持って、徹の対面に腰を降ろした。暖炉が赤く燃えている。

「おととい、信濃クンが来たのには驚いたよ。彼と会ったのは三年半前に一度きりだから、最初は誰かわからなかった。それに、この寒いのにタンクトップ一枚だろう。

どこのもの好きかと思ったよ。おっと、これは内緒にしておいてね。

しかも自己紹介もそこそこに、『宿泊棟を調べさせてくれ』ときたもんだ。こっちはあっけにとられっぱなしだよ。

一泊して昨日の朝帰ったと思ったら、午後に電話がかかってきてね、『明日もう一度来る』という。彼にはついていけないよ。なんでも、戸越クンの事件を調べているといったけど？」

「僕もよくわからないんですよ。戸越の死の謎解きをするからといって、無理やり連れてこられたんです」

市之瀬徹は、この二日間のあらましを簡単に説明した。話の都合上、三谷真梨子の死についても触れないわけにはいかなかった。

「彼女のことは警察から聞いたよ。僕のアリバイを訊きにきた刑事からね」

「やっぱり権上さんも疑われたのか……」

「しょうがないよ。僕は一生警察からマークされる立場にいるんだから……。それにしても、メンバーが二人も殺されるなんて、祟《たた》られているとしか思えないね」

たしかに権上のいう通りだ。そして信濃譲二は、この悪魔の業を再現し、悪魔たる人間を指名しようとしている。

「ところで、泥棒に荒らされた部屋はどうなりました？」

「とりあえず修理して、シーズンには間に合ったよ。でも、来シーズン前には大改装しようと思っているんだ。

君たちもいっていただろう。『白亜のペンション風にすればいい』って。そこまではいかないかもしれないけれど、少しイメージ・チェンジしようと思ってね。宿泊棟の廊下は狭いし、暗いし。部屋ももう少しゆったりとした造りにするつもりだ。正直いって、戸越クンの事件があったものだから、気分をあらためたいと思ってね」

戸越伸夫の死そのものよりも、あの折に警察の暴挙を受けたことが権上の心中に棲みついているのだろう。それを払拭《ふっしょく》するために改装を考えるようになったのではないか。徹にはそう思えた。

「この前、泥棒が捕まったらしいですね」

「うん。でも、この前捕まったやつは、戸越クンが殺された晩に来たきりだといって、その前に宿泊棟を荒らしたことについては否認しているみたいなんだ。まあ、泥棒といっても、あいつ一人だけではないんだろうからね。

でも僕は、この前捕まったやつが、戸越クンを殺したんじゃないかと思っているよ」

権上は強くいった。徹もそう——富岡勇が犯人であってほしかった。

「やあ、お待たせ」

信濃が戻ってきた。タンクトップから露出した腕が真赤に染まっている。

「準備完了。実験を始めるとするか。と、その前に、僕にもコーヒーをもらえますか？」

5

信濃がコーヒーを飲んでしまうと、二人は連れ立って宿泊棟へ向かった。延々と直線で続く廊下を歩く。

「僕も立ち合わせてくれないか？」と権上はいった。彼は事件の当事者であり、誤認で警察まで連れていかれたのであるから、当然真相を知りたいと思うだろうし、また、真相を知る権利がある。

しかし、信濃はそれを敢然と拒否した。絶対に迷惑をかけないから、二人だけにさせておいてくれという。突然押しかけておきながらオーナーの申し入れを断るとは、まったくもって身勝手な男である。

長い廊下が終わった。「ο《オミクロン》」のプレートが掛かったドア。

信濃がためらいなくノブに手を伸ばした。内側にドアが開く。徹は無意識のうちに目を閉じてしまった。

紫色に腫れあがった顔、眼窩《がんか》から飛び出した二つの目、半開きになった口、首筋にからみついた紐——。半年前の光景が蘇《よみがえ》る。

「早く入ってこいよ」

信濃が呼ぶ。徹は目を開けた。そこには当然、戸越の死体などなかった。

室内には二段ベッドが二組と大きめのロッカーが一つ。それきりである。

「きのう徹と別れたあと電話して、昨年おまえたちが泊まったο、ξ《クシイ》、ν《ニュー》の三部屋をあけておいてもらったんだ。さて、世にも不思議な実験を始めよう」

徹は少なからず心が躍った。信濃は小脇にかかえていた紙袋の中から自転車用のチェーン・ロックを取り出した。買ったばかりらしく、パックされたままだった。

「これはゆうべ買ったもので、俺はキー・ナンバーを知らない。おまえが確かめてくれ」

徹はビニールのパックを破ってチェーン・ロックを引き出した。五十センチほどの鉄の鎖の一端に０から９までの数字リングが四つ付いている。チェーン・ロックとともにキー・ナンバーを記した紙が出てきた。「７２４９」とある。

「その番号は俺にいわないように。では、徹の好きな場所に、そのチェーンをかけてくれ」

信濃は奇妙なことをいう。徹は部屋を見回し、結局、窓に向かって右側上段のベッドの手摺《てすり》に結びつけることにした。四つのリングが付いた側にある凹部に、チェーンの逆端《ぎゃくはし》の凸部を差し込み、適当にダイヤルを動かす。ロックされ、手摺から離れない状態となる。信濃の方を向き直ると満足そうなうなずきが返ってきた。

「鍵の番号は徹しか知らないのだから、俺が手摺からはずそうとしても無理なわけだ」

「うん」

「よし。それでは、ちょっとトイレに行ってくれ」

「間に合ってるよ」

「そんなことといわずにさ。寒いから溜まっているだろう。我慢が過ぎると膀胱炎《ぼうこうえん》になるぜ。そうだ、ついでに大の方も出してくるといい。さあさあ」

徹は無理やり部屋を追い出されてしまった。信濃は、自分が不在の間に何らかの種をしかけるつもりなのだろう。それならば協力しないわけにいかない。徹は用を足す代わりに、煙草を二本ほど吸った。

トイレに入って五分以上経った。これだけ不在にしておけば充分だろうと、徹は0号室に戻った。

ドアは内側に開けはなたれ、信濃がドア・ボーイよろしく、その前に立っていた。

「気を利かせて長い用足しにしてくれたじゃないか。さあ、中へどうぞ」

信濃は徹を先に通し、自分はあとからドアを閉めて室内に入った。

徹が顔をあげると——鍵がない！　手摺にからませたはずのチェーン・ロックが消えていた！

「いったいどこへ消えたのかな」

ニヤニヤしながら信濃がいう。

「本当はキー・ナンバーを知っていたんだろう？」

徹がいう。

「知らないよ」

「じゃあ、俺を追い出した間に、0000から9999まで順番に試みたに違いない」

「冗談じゃない。一万通りの組み合わせを試すほど暇じゃないぜ。俺は偶然を頼みに行動するのは大嫌いだ。子どもがジグソー・パズルをやるのと違う。

だいいち、徹が部屋を出ていたのは、たったの五分だ。そんな短時間に　万分の一の偶然が訪れる可能性は極めて低いね」

「じゃあ……、チェーン自体を切ってしまったんだ」

「おいおい、本気でそんなことといってるのか？　業務用のカッターでも用意しないかぎり、あんな太い金属を切ることはできないぜ。番号がわからないからといって切ってしまうなんて、まるで知恵の輪を力まかせに外すようなものじゃないか。あいにく俺は猿じゃない」

「降参するよ。いったいどうやってはずしたんだ？」

「俺ははずしてなんかいないぜ」

「だって、現実にはずれているじゃないか」

角度をどう変えて見たところで、右側上段の手摺にチェーン・ロックはない。念のため他の手摺にも目をやるが、どこにも見当たらない。

「チェーン・ロックは消えているが、はずしたのではない。徹の目に見えないだけだよ」

禅問答のようだ。

「よしよし。それなら見えるようにしてやろう。三分ほどトイレに行ってくれ」

徹はもう一度部屋を追い出された。トイレで一服点ける。「はずしていない」、「見えない」と信濃はいったが、いったいどういう意味なのか。物体を透明にしてしまう薬品がこの世に存在するとでもいうのか。

三分経って０号室に戻った。

鍵があった！　右側上段のベッドの手摺にぶらさがっている！

「狐につままれたような顔をするなよ。ごらんの通り、呼び戻したというわけさ」

「どこから取り出したんだ……」

「だからいっただろう。俺ははずしたり、隠したりしていないって。このチェーン・ロックは、さっき徹が取りつけてから今まで、ずっとこの手摺にからまっていたんだよ」

「しかし……」

「そんなに疑うのなら、指紋でも調べてみるんだな。俺がいっさい手を触れていないことが証明されるぜ」

「ギブアップ、俺のＫＯ負けだ。チェーン・ロックが消えた秘密、そして、これが戸越の事件とどう関係があるのかを説明してくれよ」

徹は頭を下げた。心底そう思っていたのである。

「本当にわからないか？」

「本当だ。これっぽっちも」

「それなら教えてやるが、その代わりもう一度だけ手品をさせてくれよ。人が驚く顔を見るのは楽しいねえ。今度は徹にチェーン・ロックの役をやってもらうことにしよう」

信濃は徹の革ジャンの袖を引いて ο《オミクロン》 号室を出た。そして隣、つまりξ《ツシイ》号室に徹を押し入れると、

「今度の舞台はこの部屋だ。徹は部屋の中で煙草でも吸っていてくれ。で、俺が呼んだら廊下に出てこい。それまでは絶対にドアを開けてはダメだ」

そういい残してドアを閉めてしまった。

市之瀬徹はξ号室に独り残される。

信濃は自分に、チェーン・ロックと同じ役回りをさせるといった。これは市之瀬徹という人間を消してしまうということなのだろうか。しかし自分は今ここにいる。消せるわけなどないではないか。

廊下で物音がする。部屋と廊下を仕切っている壁に何かが当たっているようである。徹は、ドアを開けてみたいという衝動にかられたが、ぐっとこらえた。

っている。

窓際に歩む。淡い緑色のカーテンとアルミサッシの窓を開けると、冷たい空気が堰《せき》を切ったように流れ込んできた。一面の銀世界。前面に見える雑木林も雪の帽子を被っている。

窓から顔を出してあたりを見る。雑木林はν号室《ニュー》の正面で途切れ、その向こうはテニスコートとなっている。徹はスキー・シーズンにゲミニー・ハウスを訪れるのははじめてだった。来年、改装がすんだら滑りにきてみようかと思う。

部屋から五メートルと離れていないところにある雑木林を見つめているうちに、徹の背筋に悪寒《おかん》が走った。外気が冷たいからではない。真梨子が気にしていた、あの二枚の写真の秘密がわかったような気がしたのだ。

だが、具体的に説明するのは困難だった。あと一ミリで脳細胞に到達しそうなのに、何かが障害となってそれをさせない。

考えれば考えるほど不安が募《つの》り、頭が痛くなる。写真さえあればわかりそうなのだが、それは今、信濃が持っており、見ることはできない。

こんな時にマリファナを吸えば閃きを与えてくれるのだろうか。徹は信濃の講釈を思い出した。

「開けていいぞ」

ドアを叩きながら信濃が呼んだ。徹は雑木林を気にしながら窓を閉めた。ガラス越しにも雑木林が見えた。カーテンを引いて雑木林への未練を断ち切る。

廊下を覗く。信濃譲二が笑いを噛み殺して立っている。

「何がおかしいんだ」

「あれっ、まだ気づかないの？」

「別に何も起きていないじゃないか。ジョージは俺にチェーン・ロックの代わりをさせるといったけど、俺は消えてなんかいないぜ」

徹がそう反論すると、信濃は声をたてて笑い出した。

「ごめん、ごめん。あまりにも事がうまく運んだもので、つい笑ってしまった。今から手品の種を明かしてやるから勘弁してくれ。

さて、おまえは今、どの部屋にいるのかな？」

「と号室」

徹はなかば怒っていう。

「絶対間違いないな？」

「しつこいぜ！」

「よし。それなら廊下に出てこいよ」

徹は信濃を睨みつけながら全身を廊下に出した。

「これでもと号室にいたと主張するのか？」

信濃が廊下の奥を指さした。徹は目を向けた。自分が今までいた部屋のすぐ脇に、廊下の突き当たりの壁があった。

「まさか……」

自分がいたと号室は奥から二番目に位置しているはずである。それが今、一番奥の部屋になっている！

「いつの間に俺は0号室に移動したんだ……」

徹はドアのプレートを見た。ところがプレートには「と」の文字があった。

直感的にわかったような気がした。が、思考回路はそれを受け入れるのを拒んでいる。

「……、0号室が消えた？　そんな……」

眩暈《めまい》。

「俺がテレポートした？　部屋が消えた？」

足が震えた。

「まだわからないのか？　その目は何のために開いている！」

信濃はそう一喝すると、壁に向かって拳を突き出した。鈍い音がして拳が跳ね返される——、はずだった。

ところが、バキッという乾いた音がしたかと思うと、どうしたことか、壁の中央に横長の亀裂が走ったのである。信濃は太い腕を引くと、今度は体ごと壁に当たった。

刹那《せつな》、徹は世にも不思議な光景を見た。

崩れ落ちる壁のその向こうに、もう一つの壁があった。そして、その横には一つのドアがあり、「o」と印されたプレートが掛かっていた。

壁の後ろからo号室が復活した。

6

「つまり『ベルリンの壁』というわけさ」

信濃譲二がいった。

早春の夕暮れは早く、白いヘッドライトが、赤いテールランプが、関越道の上に帯を作っている。

壁の奥に隠されていたo《オミクロン》号室——市之瀬徹はただ茫然と眺めることしかできなかった。信濃譲二はそんな徹に構うことなく、壊れた「壁」をさっさと片づけてしまい、権上への挨拶もそこそこに、「これで一幕の終了だ。舞台を移そう」というと、徹を車に押し込んだ。

徹は車内で一服した後にようやく気を取り直し、信濃の行なった実験の意味を理解した。それを確認するために信濃に質問したところ、返ってきたのが「ベルリンの壁」という言葉である。

「第二次世界大戦に敗れたドイツは、アメリカ、イギリス、フランス、ソ連の四ヵ国による分割統治を受けることになった。しかし、実際は四ヵ国が共同で統治していたのではなく、アメリカ、イギリス、フランスの支配する西ドイツと、ソ連の支配する東ドイツに分断されてしまったんだ。同時に、帝都だったベルリンもまっぷたつ。一つの国が、都市がだよ。その後西ドイツ、東ドイツとも支配国から独立して、それぞれ別の国を建てたので、完全に二つの国に分れてしまった。こんな悲しいことはない。

そして一九六一年、東ドイツ政府は、西ドイツという国の存在を自国の視界から消し去ってしまうかのように、東西ベルリンの間に壁を築いてしまった。

ベルリンに行ってみるがいい。一つの都市が壁によって二つに分けられている。どこまでも続く高い壁、それを乗り越えようとする者を監視する番兵。これはもう狂気の沙汰としか思えない。元来は同じ国だというのに、たった一つの壁のせいで、往《い》き来《き》が禁じられているばかりか、壁の向こうの風景さえ覗くことができない。

本来なら存在してはならない壁、それがベルリンの壁なんだ」

信濃は右手で髭を撫でる。

「今回の事件も同じことだ。本来なら存在してはならない位置に人工的な壁が築かれたんだ。宿泊棟の廊下、0号室のドアとξ《クシイ》号室のドアの間に、突き当たりの壁と平行に偽の壁を作ることによって、本物の0号室を見えなくしてしまい、ξ号室を0号室と誤認させた。

さきほどの実験を復習してみようか。まず、本物の0号室にあるベッドの手摺にチェーン・ロックを結びつける。俺は徹をトイレに行かせ、その間に0号室とξ号室の間に壁を作った。

さて、徹がトイレから戻ってきて部屋に入るが、この部屋はξ号室であって、決して0号室ではない。0号室は俺が廊下に作った壁の向こう側に隠れているんだからね。徹はチェーン・ロックがないことに驚いていたが、なくて当然なんだ。違う部屋に入ったのだから。俺はいっただろう、『チェーン・ロックにはいっさい手を触れていない。はずしてなんかいない』ってね」

「そして、次に俺がトイレに行った時、偽の壁を取りはらった。俺はそれと知らず、今度は本物のο号室に入って、チェーン・ロックが出現したことに驚いた……」

「その通り」

徹はなるほどと思った。最初にトイレから戻った際、信濃はドアの表面を隠すように立っていたが、あれは徹を待っていたのではなく、ドアに掛かった「ε」のプレートを隠すための行動だったわけだ。

「第二の実験も原理は同じだ。徹をε号室に缶詰にしておいて、俺は廊下でο号室のドアとε号室のドアの間に壁を築いた」

「俺は廊下に出て驚く。自分は奥から二番目の部屋に入ったつもりなのに、いつの間にか壁際の、一番奥の部屋に移っている。いや、移動したと思い込んでしまったんだ」

「しかし実際には、徹はテレポートなんかしていない。偽の壁を作ることによってο号室という一つの部屋を消してしまっただけなのさ。そのため、徹のいたε号室が、さもο号室であるかのように見えたんだよ。

この壁には二重の効果があることに気づいたかい？　物理的にο号室を隠してしまうのと同時に、心理的な錯覚をも誘発するんだ。廊下の突き当たりに壁があれば、誰だってその向こう側には何もないと思い込んでしまう。部屋があるなんて考えもしない。違うかな？

まさにベルリンの壁と一緒じゃないか。ベルリンの街に壁が築かれたことによって、東西の市民は相手方の様子が見えなくなった。最初はただ物理的に見えなくなっただけだったが、長い年月が経っていくと、壁の向こう側には自分と関係するものは何もないと思うようになってしまった」

信濃は厳しい顔つきでいった。

「偽の壁を作ることによって部屋を消す、ということはわかった。それじゃあ、その壁はどうやって作ったんだい？　それに、ゲミニー・ハウスの廊下は、狭いといっても、幅が一メートル、高さは二メートルぐらいかなあ。そんなに大きな偽の壁を隠せる場所があったっけ？」

徹が訊く。

「俺は、厚さが五ミリくらいの白い化粧板で偽の壁を作った。ところが、徹がいうように、あまりに大きすぎて隠す場所がないんだな。

そこで、二つに分割することを考えた。一メートル四方の板を二枚作り、それを廊下で組み立てることによって、幅一メートル、高さ二メートルという一枚の壁にすることにした。一メートル四方の板なら、ロッカーにでも、ベッドのマットの下にでも隠すことができる。さっきはロッカーに隠しておいたんだよ。

さて、壁を組み立てる工程はだな、まず、徹を部屋から追い出し、トイレに入ったのを確認すると、ロッカーに隠しておいた二枚の板を廊下に持ち出し、そのうちの一枚をο号室のドアとξ号室のドアとの間にはめこむようにして立てる。廊下の突き当たりにある本物の壁と平行にね。そして、ただ立てただけでは倒れてしまうので、裏、つまりο号室側からガムテープで止めてやる。

次に、その上にもう一枚の板を載せて、やはり同じようにガムテープで止めてやると、二枚の化粧板が一つの壁に変身するというわけさ。

廊下の幅や高さを正確に測って板を作っても、多少の継ぎ目や隙間はどうしてもできてしまう。しかし廊下の照明はかなり暗いので、たいていの人間は見落とすことだろうし、たとえ目にとまったとしても、その隙間の意味を考えないと思う。実際に徹も気にとめなかっただろう？」

「ああ……」

「作業が終わったらο号室に入り、窓を伝ってξ号室に移る。あとは何気なくふるまうだけだ。壁を取りはらうのは、この逆の方法でやればいい」

薄っぺらな二枚の化粧板を一つの壁に見せかけるなど、明るい屋外では到底通用しそうにないトリックだが、窓一つなく、昼なお暗いゲミニー・ハウスの廊下では充分に通用した。それにもまして、「廊下の突き当たりは壁である」という常識が大きく作用していた。

「そうすると、戸越が行方不明になったのも、俺たちがそう思っていただけで、実際にはずっと0号室に死体としてあったんだ。壁があったためにそれが見えなかった。誰も、死体や荷物を動かしていないんだ。百キロを移動する労力や時間を費すことなく、たった一つの偽の壁を作ることによって、移動したと思わせることができたのか……」

徹は溜め息をついた。信濃の洞察力には感心するばかりだ。

今になってみれば、泥棒の富岡と徹たち五人の証言の食い違いについて、信濃が、「どちらも嘘はついていない」といったことにもうなずける。富岡は本物の0号室に侵入したのだから、ギターケースがあって当然だし、徹たちは偽の0号室――実は1号室――を覗いたのだから、ギターケースが見当たらなくても、これまた当然のことだった。

しかし、疑問はまだまだ残っている。たとえば、壁のトリックに要する時間は五分、長く見積もっても十分ですむ。戸越伸夫の死亡推定時刻である八時から十時の間には、誰もがそれだけの時間単独行動していたのだから、犯人を特定することは不可能である。徹はそれを信濃に問い質した。

「権上さんを疑うのは見当違い、徹が犯人でないことも信じてやろう。とすると残るは武喜朋、山脇丈広、駒村俊二の三人だが……。

表面的に見ると、三人とも怪しく思えるよね。武は頭が切れるし、常に冷静な判断を下せるから、計画的な犯罪を犯すのにはうってつけ。山脇は陰《いん》に籠《こも》りがちだが、時として激することがある。思いつめたら何をしでかすかわからないタイプだね。駒村俊二という男とは面識はないけれど、徹の話によると、戸越が行方不明になった時にもまったく心配する様子がなかったというし、その後も事件にかかわることを嫌っていたというから、こいつも要注意人物だ。

しかしまあ、性格と犯罪はどうにでもこじつけられるので、それだけで犯人を指名することはできないね。具体的な話はあとにしよう。これから、ある場所に連れていく。そこですべてを話すよ。真犯人をまじえて謎解きしようじゃないか。今は、壁のトリックが使われたことだけを頭に置いておいてくれ」

信濃はそう結んだ。しかし徹は待ちきれず、

「マリちゃんの事件も同じトリックなの？」

と訊く。

「そうだ」

「何を根拠に壁のトリックに気づいたんだい？」

「いろいろな材料からだ。一つだけ『これ』ということはできないよ」

「ゲミニー・ハウスやパーム・ガーデンを調べていくうちに、ヒントを得られたの？」

「それもあるけど、推理の材料はその他にもいっぱい転がっていた。徹の前で起きたすべての出来事、おまえが撮ったマリちゃんの写真、戸越が作ったA_7で始まる曲……、いちいち挙げていたのではきりがない。これだけの材料を持っておきながら、どうしておまえは真犯人をつきとめられなかったのかね」

「そんな……」

「徹は、非常に観察力が良く、それを記憶しておく能力にも秀でている。俺も、おまえの観察力と記憶力がなかったら、事件に居合わせずに真相を解明するなどという大それたことはできなかっただろうね」

「それほどでも……」

「待て待て。喜ぶのは早いぜ。

ただし残念なことに、徹はせっかくの観察力を生かすことを知らないようだ。目に映ったことを、小さなことまで見逃さずにいられるのに、それを分析する能力がちょっと足りない。だから、変てこな推理を組み立ててしまうんだよ」

徹は返す言葉がなく、ライターを何度も空打ちした。

「そんなにしょげることもないよ。人並み以上の能力はあるんだから、あとは訓練次第だ。

人間には努力型と天才型があってね、徹は典型的な努力型だよ。訓練すればするほど能力は開花する。

俺なんかは、反対の天才型だね。これは天才『型』というだけで、いわゆる天才という意味じゃないから、誤解しないように。いくら努力しても結果が出てこない、何となく生きているだけなのに知らず知らずのうちに結果が出てしまう。これが、俺のいうところの天才型さ」

信濃はしゃあしゃあといった。

「まあ、あと二、三時間で最後の舞台に到着するから、その間に事件をもう一度整理しておくことだ」

「いったいどこへ行くの？」

「さて、どこにしようか。武や山脇に帰国の挨拶もしたいし、駒村俊一という若いドラマーにも会ってみたい。徹は誰と会いたいか？」

信濃はふくみ笑いするばかりで、もうそれ以上話に乗ってこなかった。

これ以上訊いても無駄だろう。信濃譲二という男は、自分がこれといったら、周りから圧力がかかろうと動じはしない。

徹は仕方なしに、自分で推理を組み立てようと努力した。が、考えているうちに、いつの間にか眠りに就いてしまった。


目覚めると、車は市街地を走っていた。

眼下を線路が横切った。見慣れた黄色い電車、中央線緩行《かんこう》電車がホームに停っている。東中野駅だった。

東中野といえば駒村俊二が住んでいる。徹は緊張して体を起こしたが、信濃が車を停める様子はない。

甲州街道、井の頭通り、玉川通りと交差するが、信濃はそれらには目もくれず、ひたすら山手通りを南下する。このまま進むと——。

徹は生唾を飲み込んだ。

7

「レキシントン・ハウス」――その四階建ての瀟洒《しょうしゃ》なマンションは、東横線の代官山駅前にあった。

市之瀬徹は信濃譲二に追われるように階段を昇った。

四十八段を数えて左に曲がった。一つ、二つとドアをやり過ごし、四つ目のドアの前で足を止めた。

三〇五号室。表札は出ていない。

ドアの横にインターフォン。信濃が肘打ちしてうながす。徹は目を閉じてボタンを押した。

「どなた？」

三度押した後、ようやく無機質な返事がした。

「市之瀬だけど……」

「なんだ徹か。いま開ける」

インターフォンはブツリという音をたてて切れた。すぐにドアが開き、トレーナー姿の武喜朋が首を突き出した。

「こんな時間に何だい？」

「ちょっとあがらせてもらえないかな？　折り入って相談したいことがあるんだ」

徹はいった。

「相談？　まあ、あがれよ」

「連れもいるんだけど」

「誰？」

「よう、おひさしぶり。元気でやってるか？」

徹の背後から信濃が顔を出した。

「そんな、怪しむような目をするなよ。俺だよ。髪型と鼻が変わったからわからないのか？　昔は髭もなかったもんな」

「ジョージ？」

「正解！　はるばるドイツからやってきたんだ。ちょっとあがらせてもらうぜ」

そういったかと思うと、信濃はドアに体を滑り込ませ、さっさと靴を脱いだ。徹も続いた。

武喜朋は、不意の訪問者を、ダイニング・キッチンのテーブルに座るようにいった。

部屋の隅に籠《かご》がある。その中には一匹のリスがいた。

信濃はそっと籠に近づくと、餌箱に指を突っ込んで、それから席に着いた。

武がコーヒーを淹れて二人の前に座った。

「ジョージはさっき、ドイツから来たといったが……」

「一年半ほど暮らしていて、三日前帰ってきたばかりだ。こうしてやってきたのは、土産を渡そうと思ってね」

信濃譲二はそういうと、ポケットからブリキのシガレットケースを取り出し、蓋を開けた。

「おい、それは……」

徹はあわてて止めるが、信濃はおかまいなしに大麻の葉を紙で巻いていく。慣れた手つきで巻きあげると、武に向かって放り投げた。

「この煙草、おいしくないから吸わない方がいいと……」

テーブルに転がったスティックを取りあげようと徹は手を伸ばし、作り笑いをしながら武を見た。驚いたことに、武の顔面は蒼白になっており、唇の端を小刻みに震わせていた。

「これだけでわかるとは、なかなかのものだぜ。それなら話は早い。俺の用件というのは、まさにこのことなんだよ」

信濃がふっと笑ったが、徹には意味がわからない。

「これ……、煙草がどうした。いったい何のことだ？」

武はテーブルを見つめたまま、かすれた声でいった。その力のなさからは、信濃の行動の意味を感じとったことがありありと窺われた。

「ほう、煙草？　とぼけなくてもいいぜ。俺には全部わかっているんだ。戸越とマリちゃんを殺したのがおまえだということがな」

とうとう信濃譲二はいった。

徹も、この場面が訪れることを察していたが、それが現実のものとなると、体が震えた。心臓が高鳴り、腋《わき》の下がじっとりと汗ばんだ。

「ドイツ仕込みの冗談は、そんなにつまらないものなのか」

武はいうが、その言葉はほとんど聞きとれない。

「強がっているのも今のうちだ。ドイツ仕込みの推理を披露してやるから、最後までよく聞いておけよ」

こうして信濃の独演会の幕は切って落とされた。

「武が、戸越を殺さなければならないと強く思いはじめたのは、昨年の春から夏にかけてのことだろう。動機？　まあ、そうあわてるな。

その殺害方法を考えているうちに武は、ゲミニー・ハウスの特異な構造を思い出した。鰻《うなぎ》の寝床のように延々と細長く続く廊下の片側に、同じ造りの部屋が並んでいることをね。

加えて、各部屋の号数も、単純に『一〇一』、『一〇二』といったものではなく、『ζ《ツェータ》』、『μ《ミュー》』といった見慣れぬギリシア文字となっていて、何度か訪れた者でも部屋を間違いやすい、逆にいえば、間違った部屋に誘導させやすいということに気づいた。

そこで閃いたのが、偽の壁を使ったトリックだ。ある部屋で戸越を殺した後、偽の壁を築きあげ、その部屋ごと死体を消してはどうだろう。

このトリックのメリットは、死体が移動したと思わせられるところにある。死亡推定時刻のアリバイはなくとも、死体を遠くに動かすだけの時間も体力も持ち合わせていないと、誰をも納得させられ、ひいては自分が犯人でないことの証明となる。

ここまで考えついた武は、実行に移すための下調べをすることにした。アルバイトという名目でゲミニー・ハウスに潜り込み、暇を見つけては宿泊棟を詳しく調べあげたのだろう。壁を作るため、廊下の幅、高さを計測し、それを隠しておける場所を探した。板を二枚用意すれば壁を作りあげられ、それはロッカーか、ベッドのマットの下に隠せることもわかった。

ところが、実際にこのトリックを使うにあたっては、いくつかの障害があることにも気づいた。

一つは目撃者が必要であるということ。戸越が行方不明になったと思い込み、それを騒ぎたててくれる者がいないことには、このトリックは意味をなさない。一定時間戸越の死体と荷物が消えていたという第三者の証言が警察になされてはじめて、自分を事件の圏外に置けるのだからね。

武はそのため、目撃者としてメイプル・リーフのメンバーを選んだ。『ラスト・ライヴをやるから、そのために合宿をしよう』と提案して、被害者である戸越と、目撃者となる徹たち四人に招集をかけた。卒業後の進路も決まる十月中旬なら合宿を行なうことも可能だろうし、実際、この提案はすぐに受けいれられた。違うかな？」

たしかにそうだった。四年生になってからは音楽活動を縮小せざるをえなかったこともあり、武から合宿とライヴの提案があった際には、全員が一も二もなく飛びついた。

「二つ目の問題点は、戸越を殺害し、その後消してしまう部屋は、宿泊棟の奥まったところでなければならないということだ。

偽の壁を使えば、いくらでも部屋を消すことはできるよ。極端な話、α《アルファ》号室とβ《ベータ》号室の前の廊下を壁で仕切れば、α号室を除く十四の部屋を隠せる。しかしこれでは誰もが不審に思うに決まっている。宿泊棟の中ほど、η《イータ》号室とθ《シータ》号室との間に壁を作っても気づかれてしまう可能性が高そうだ。全部で十五部屋あるのに七部屋しか見えなかったのでは、人間の視覚をごまかすことはむずかしいだろうね。

隠してしまう部屋はできるだけ少ない方がいい。理想をいえば、一番奥のο《オミクロン》号室で殺したい。消すのが一部屋ですみ、残りの十四部屋は見えているのだから、誰をも錯覚に陥れることができる。

ある有名な掏摸《すりし》師の話にこういうのがある。彼は、どんなに金の詰まった財布を掏《す》っても、その中から千円しか頂戴しないのだという。そして千円抜き取った後、財布は持ち主のポケットにそっと返しておくんだ。たとえ財布があっても、中身がごっそり抜き取られていたのでは、誰もが掏られたことに気づく。しかし、多くの金の中からたった一枚の千円札が紛失していても、気にとめられることはない。彼の理論はこういうものだ。

偽の壁のトリックに関しても同じことがいえるね。十五部屋のうち、七や十四もの部屋を隠したのでは、『トリックがありますよ』と自分で明かしているのと同じじゃないか。隠す部屋が少なければ少ないほど、得られる効果は大きいんだよ。

とはいっても宿泊に際しては、自分で部屋を選ぶことはできない。客が泊まる部屋は、宿泊予約を受けた権上さんが決めるのだ。そして権上さんが、宿泊棟の入口近くの部屋をメイプル・リーフに与えたら、すべての計画はだいなしだ。

武はそこで考えに考えたすえに、リゾートマンションに出没する泥棒を、ゲミニー・ハウスに招くことにしたんだ」

「それが富岡という男なの？」

徹がどきどきしながら訊くと、信濃は迷惑そうな顔をした。

「招くといっても本物の泥棒を連れてくるのではない。武が泥棒になりすましたんだ。

合宿の直前、武はゲミニー・ハウスに忍び込み、宿泊棟の入口近くから中ほどまでの部屋を荒らしてまわった。こうしておけば自然と、無傷である奥の方の部屋に泊まれるようはからってくれるはずだからね。結果的に計略は功を奏し、メイプル・リーフには、ο、ξ《クシィ》、ν《ニュー》という奥まった三部屋が与えられた。武は恰好の状況を得られたのだ。この時点で、戸越殺害の半分以上は成功したとみていいだろう。

ところで、武は泥棒を装って部屋を荒らしただけでなく、廊下の突き当たりの『本物の壁』にいたずら描きするのも忘れなかった。なぜそんなことまでしたのか？　直線的な、そう、闘牛のように突っ走るだけの思考しかできない徹にはわからないだろうな」

徹は信濃を睨んだが、それだけだった。

「オーナーである権上さんの立場になって考えてみろ。いたずら描きをすみやかに消してしまわないことには客を迎えられないじゃないか。

そこで権上さんは何をしたか？　応急処置としてペンキを塗った。それはいつのことか？　合宿の三日前だ。当然、合宿の初日にはまだ完全に乾いておらず、臭いも残っている。あそこの廊下は窓がなくて、陽当たりも風通しも悪いときているからね。

今度は徹たち、つまり客の立場になって考えてみろ。ペンキ塗りたての壁をさわろうと思うかい？　思うわけがない。武の狙い目は、実にそこだったのさ。

偽の壁を築くといってもそれは、薄っぺらな化粧板をガムテープでとめたにすぎず、万が一さわられてしまったら、本物の壁でないと気づかれてしまう。

けれど、ペンキ塗りたてという先入観を植えつけておけば、誰もさわろうとしないし、無意識のうちに、壁との間合いを取るように努める。そうすれば、壁の真偽を疑われる可能性はほとんどなくなる、というわけだ。オーナーと客の心理を巧みに操った、心憎いまでの策略じゃないか」

信濃は武を見つめてニヤリと笑う。武は無表情なままで、

「おもしろい」

とだけいった。信濃が続ける。

「これで二つの問題は解決したが、もう一つ忘れてならないことがあった。それは、各部屋のドアに掛かっているナンバープレートとキーホルダーをすり替えなければならないということだ。

たとえば、ο号室で戸越を殺したあと、廊下に壁を作って、部屋を隠すとしよう。すると、本物のο号室が消えてしまったあとは、その隣のξ号室が隠されたο号室の代わりを務めることになる。同様に、ν号室がξ号室の、μ《ミュー》号室がν号室の、λ《ラムダ》号室がμ号室の役割を演じる。つまり、部屋が一つずつずれることになるわけだな。

この時、ο号室に見せかけているはずのξ号室のドアに『ξ』の文字が書かれているプレートが掛かっていたのではうまくない。『ο』のプレートが掛かっていなければならないよね。その他の部屋についても同じだ。

だから、壁を築いて部屋を消すのと同時に、ナンバープレートの掛け替え作業を行なわなければならない。逆に、偽の壁を取りはらう際には、ナンバープレートを元の正しい状態に戻しておかなければならない」

「全部屋のナンバープレートを掛け替えるのは、ちょっとした作業だぜ。十四回もやらなければならない」

徹は口を挟んだ。

「ところがそうじゃないんだ。全部掛け替えてしまったのでは、かえって不都合になってしまうんだ。奥の部屋から入口の部屋に向かってナンバープレートを一つずつずらしていくと、最後はα号室のドアに『β』のナンバープレートを掛けることになってしまう。入口近くの部屋というのは一番目立つものでね、ギリシア文字には縁がなくとも、宿泊棟の最初にα号室があると憶えられている可能性が高い。それなのにドアには『β』の文字があるとなると、首をかしげる者が出てくるかもしれないだろうから、入口近くの部屋については、ナンバープレートを掛け替えてはならないんだよ。

作業を行なうのは、消した部屋から数えて五部屋分で充分だろう。最も労力を少なくしたいのなら、わずか三回ですむ。

ο号室を消すのなら、『ο』のナンバープレートをξ号室のドアに、『ξ』をν号室、『ν』をμ号室に、それぞれ移動するだけでいい。メイプル・リーフが泊まるのは、ο、ξ、νの三部屋だから、この部屋のナンバープレートさえ見かけ上正しくなっていればいいんだよ。

廊下の突き当たりにο号室があり、その隣にξ号室、さらに隣にν号室があれば、不審感を抱かれる心配もないだろう。部屋番号は見慣れぬギリシア文字だから、入口付近の部屋と、自分のかかわっている部屋以外のナンバープレートなど気にとめやしない。念のためにもう二、三部屋先まで掛け替えておけば、さらに疑われにくくなるがね。

いずれにしても、十四回も作業をする必要はなく、その三分の一から五分の一の労力ですんでしまうんだ」

「それなら一分とかからない」

「そういうこと。プレートの掛け替えに関してはそれでいいね？　じゃあ、次を説明しよう。

部屋番号が記されているのはドアのプレートだけではない。各部屋の鍵にも、号室が書かれたキーホルダーが付いているので、これも、ドアのナンバープレート同様に付け替えなければならない。ν号室のドアに『ξ』のプレートを掛け、ξ号室に見せかけたはいいが、これでは本物のξ号室の鍵では開かないことになる。ξ号室の鍵で開くのは本物のξ号室、つまり偽のο号室。偽のξ号室を開けるには本物のν号室の鍵が必要なんだ」

徹の頭の中をギリシア文字が飛びかい、まるで物理学の講義を聴いているような気分だった。

「武はそこで、偽のキーホルダーと合鍵を用意した。キーホルダーは、プラスティック板に手で文字を書き込んだだけのものだから、自分で作ることは簡単だ。夏休みにバイトした際、特徴をしっかりとメモしておき、帰京してから作製したのだろう。合鍵についても、バイト期間中に隙をみて作ったはずだ。

そして、ξ号室の合鍵に『ο』のキーホルダー、ν号室の鍵に『ξ』——、という具合に組み合わせておく。こうしておけば、偽の壁によって部屋を消している間は偽の鍵を使わせることができる。すり替えのタイミングさえ気をつければね。このタイミングについては、あとで説明しよう。

こうして小道具の準備を終えた武は、合宿の前夜、バンの荷台に壁の材料となる化粧板を積んでゲミニー・ハウスへ行ったはずだ。そして合鍵を使ってο号室に入り、ロッカーに化粧板を隠した。当日に運んだのでは、他のメンバーに勘づかれてしまうからね。

合宿前日にゲミニー・ハウスに侵入したのには、もう一つ重要な意味があったはずだ。自分がいたずら描きした『本物の壁』に、思惑通り白いペンキが塗られているか、これを確認する必要があった。

周囲の壁が白だから、まず同じ色で塗られることだろうけど、万が一別の色で塗られていたり、またはまったくいたずら描きが消されていなかったりすると、用意した白の化粧板が使えなくなってしまう。だから、確実に白いペンキが塗られていることを見ておく必要があったんだね。

しかしそれは取り越し苦労に終わった。権上さんは、ちゃんと白いペンキで突き当たりの壁を補修していた。

こうして仕込みを終えた武は、東京へ引き返して、夜が明けるのを待った」

武は肯定も否定もせず、口許をぎゅっと結んでいる。

「さていよいよ戸越殺害を実行する日が来た。ゲミニー・ハウスに到着すると武は、荷物をホールに置きっぱなしにしたままスタジオに行こうと提案した。これには理由がある。

戸越を殺して壁のトリックを実行する際、他の人間の荷物が客室に置かれていると少々めんどうなことになる。見かけ上の部屋が一つずつ移動するわけだから、それにともなって中にある荷物も移動させなければならず、そうすると作業が増えてしまう。殺害時に人前から姿を消している時間は、短ければ短いほどいいのだから、荷物を部屋に入れられたくなかったんだね。

武の提案は、別段疑われることなく受けいれられた。他のメンバーにしても、一刻も早く演奏したかったのだろうから――」

「ちょっと待った」

徹は手を挙げた。

「マリちゃんだけは宿泊棟に行ったぜ。俺が荷物を持たされたもの」

「ああ、そうだった。彼女はどうしても着替えるといい張ったんだ。これは武にとっては計算外のことだ。しかし、不審に思われてしまうので、強引に止めることはできない。武は仕方なしに、一人分の荷物ならいいだろうと承知してしまった。

ところがだ、マリちゃんを部屋に行かせることで、もう一つ別の、もっと大きな問題が発生してしまった。それは鍵のすり替えだ。

武が当初計画していた鍵のすり替え方法を説明すると、まずは本物の鍵を一括して権上さんから預かるが、戸越を殺して偽の壁を作ってしまうまでは、宿泊棟には誰も行かせない。つまり本物の鍵を渡さないということだね。そして工作終了後、はじめて鍵を渡す。もちろんこれは偽の鍵だ。

翌日、他の者が宿泊棟から出てしまったら、壁を取りはらい、部屋を元通りにする。その直後、戸越を捜すという名目で全員で外出するが、ゲミニー・ハウスでは外出の際、鍵を権上さんに預けることになっているだろう？　これがポイントだね。武は、メイプル・リーフのメンバーが持っている偽の鍵を集め、手の内で本物とすり替えると、それを権上さんに預けて外出する。すると、帰ってきた時にメンバーが受け取る鍵は――」

「本物になっている！」

「そう、ごく自然な形ですり替えることができるんだ。なかなかうまい計画だよ。だが、マリちゃんがその計画を潰してしまった。

偽の壁を築く以前に部屋に行かせるということはすなわち、本物の鍵を渡さなければならないということで、そうすると、壁を作るまでの間にどうにかして偽の鍵と交換してしまわなければならないのだが、これはタイミング的にかなりむずかしいことなんだ。

さっきいったように、全員揃って外出でもすればうまくすり替えることはできるけれど、着いた早々に練習もそっちのけで遊びにいくとは考えられないし、かといって掏摸師《すりし》のような早業で、マリちゃんの手の内にある本物の鍵を偽物と交換するのはちょっと無理がある。

武はあせったことだろうよ。戸越を殺すまでに、いかにしてマリちゃんに気づかれないよう鍵を取り替えるか――そのイライラが高じたため、練習中にマリちゃんに当たり散らしたんじゃないか？」

武の喉仏が大きく動いた。

「しかし、武はすり替えの方法を閃いたのだ。だからこそ、戸越殺害を決行した」

突然、信濃が立ちあがったかと思うと、テーブルに両手をつき、垢抜けない政治家の演説のようなポーズをとった。

「さて、練習も終わり、夕食となった。武は戸越の食事に睡眠薬を混入した。たぶん味噌汁だろう。ゲミニー・ハウスの配膳はセルフサービスだから、特定の器に睡眠薬を入れるのも簡単だ。もし夕食でなかったら、食後のウイスキーかな？　まあどっちでもいい。睡眠薬を服《の》まされた戸越は、早々と眠くなり、一人で部屋に行くといい出す。

睡眠薬を服ませたメリットはこれなんだ。殺しやすいよう眠らせたのではなく、眠くなって一人だけで部屋にひきあげることを期待してのものだったんだ。壁のトリックを実行する時に、戸越以外の者が宿泊棟にいては都合が悪いからね。

武は戸越にο号室の鍵を渡した。この時、鍵はたまたま徹経由で渡り、しかも徹は御丁寧にも戸越をο号室まで送っていった。これは武が意図したことではないけれど、武にとってはよい方向に作用した。徹は、戸越が間違いなくο号室に入ったことの証人となったのだからね。

さあ、いよいよ問題の九時だ。麻雀に誘うということで、武はο号室に行き、眠っている戸越を絞殺《こうさつ》。死体の上に布団を掛けたのは、戸越の死に顔を見るのが辛《つら》かったからかい？」

信濃はかすかに笑みを漏らして武を見る。返事はない。

「ドアのナンバープレートと、マリちゃんの荷物を移動させた後、ロッカーにあらかじめ隠しておいた二枚の化粧板を廊下に持ち出し、ο号室のドアとξ号室のドアとの間に偽の壁を築き、ο号室を隠してしまう。完成後、ο号室の窓から出て、急いでホールに戻るが、この時、マリちゃんの荷物の移動先であるν号室——見かけ上のξ号室——のドアの鍵を合鍵で開けておくことも忘れない。もちろん、マリちゃんに鍵を使わせないためにね。そしてホールに戻り、戸越がいないことを告げる。そうそう。この時、武は細かい工作をもう一つやっていたな。廊下の天井に埋め込まれている電球をちょっとばかりいじって、消してしまったんだ」

「あっ！　あれは武がやったことだったのか……」

徹ははっとして中腰になった。椅子がきいっといやな音をたてた。

「ゲミニー・ハウスの廊下の照明が暗いといっても、そこそこの明るさはあるので、偽の壁が見破られてしまうかもしれない。その危険を避けるために、偽の壁に近いところの電球だけ、一時的に消してしまったのさ。軽くひねってやれば電極の接触が切れるからね。これだけ手を加えて暗くしておけば完璧といってもいいんじゃないかな」

「そうすると、偽の壁が立っている時には電球を消しておき、取りはらってから元の状態に戻しておいたということか。だから合宿一日目の晩に廊下の電球が消えていたのに、三日目に見た時には復旧していたんだ……」

徹の疑問点がまた一つ消え、同時に、武の細心の計画に戦慄を覚えた。

「さて、戸越を殺したものの、ほっとしているわけにはいかなかった。マリちゃんに本物の鍵を使われてしまったら、部屋が替わったことを知られてしまう。その前に手を打たなければならない。

マリちゃんはスタジオから戻ると、すぐに宿泊棟に行ったよね。この時すでに、武の手によって鍵は開けられていたので、彼女は鍵を使うことなく部屋に入れた。武の危機は一時的に回避された。でも、彼女がホールへ戻る時にはふたたびボタン式の鍵をかけてしまうだろうから、武は、マリちゃんがホールにいるうちに、何とか口実を作ってすり替えようと思っていたに違いない。

そこで一つの芝居を打ってみた。自室の鍵が開いていたことをマリちゃんが話すと、武はそれとなく泥棒説を口にしてみる。するとうまいことに、マリちゃんの不安は倍増した。夕食の時に聞かされた権上さんの話が効果的に作用したんだね。

マリちゃんに追いたてられるように、全員で宿泊棟へ足を運び、まずは戸越がいたはずの一番奥の部屋を調べることになった。当然、戸越も荷物も見当たらない。

次にその隣、つまりマリちゃんの部屋が調べられるだろうと察知した武は、いかにも心配しているふうを装ってあわてふためき、マリちゃんから本物のと号室の鍵を受け取ると、それはポケットに隠して、代わりに偽の鍵を取り出し、それで偽のと号室を開けたんだ」

あの時、武のやり方はかなり荒っぽかった。あとで、「マリちゃんの荷物が荒らされているかと心配になって」と説明したが、それにしてはあわてすぎていた。

「武が唱えはじめた泥棒説は、思ったよりも反響が大きかったようだね。マリちゃんはもちろん、山脇も信じた。武にしてみれば、自分が創《つく》り出した幻の泥棒がここまで活躍してくれるとは思ってもみなかったことだろうよ。これをうまく利用しない手はない。そう判断した武は、強引にひったくった本物のと号室の鍵をマリちゃんに返した」

「あれっ、偽物を渡さなければ意味がないんじゃないの？　そして、壁を取りはらってから、今度は本物とすり替える。そうじゃないと鍵が合わないよ」

徹は首をかしげた。

「いや、これでいいんだ。マリちゃんに鍵を使わせない状況を作ることができると武は読み、計画を修正したんだ。

案の定、マリちゃんは一人になるのを気味悪がり、全員でトランプを始めた。誰かしら部屋にいるのだから、鍵を使う必要はまったくないじゃないか。鍵を使う必要がない間に、偽の壁を取りはらい、ナンバープレートを元に戻しておけば、鍵はすり替えなくとも支障はない。そうだろう？

そして夜も更《ふ》け、徹が寝るといい出すと、武もそれにしたがって同じ部屋で寝ることにする。武が一緒に行けば、鍵を渡す必要はなく、自分の手の内で鍵の使い分けができるもんな。

　そういうわけで、徹と武は見かけ上のν号室に寝ることになったのだが、その一方では、『マリちゃんをガードしてくれ』などとフェミニストを装い、山脇丈広と駒村俊二を見かけ上のξ号室に釘づけしておく。マリちゃんを一人にしてしまうと、鍵を使われてしまうおそれがあるからね。

　偽の壁を取りはらったのは翌朝だ。徹がいうには、武は朝食に遅れてきたということだったが、その時に壁を外し、ナンバープレートを元通りに掛け直し、全員の荷物を『正しい部屋』に移動させた。

　無事に役目を終えた二枚の化粧板は、廊下で適当な大きさに叩き割ってから、とりあえずο号室以外の部屋に隠しておき——死体が転がっているο号室に隠しておいたのでは、警察の現場検証の際に発見されてしまうおそれがあるからね——、ころあいを見計らって、物置きの中の廃材の山につっこんでおけばいい。

　今ごろはもう、権上さんの手で暖炉にくべられてしまって、跡形もなくこの世から消え去っていることだろう」

　戸越の死体が発見された晩、客室に泊まるのは気味が悪いということで、五人はホールで雑魚寝《ざこね》したが、武が化粧板を処分したとしたらこの時をおいて他に考えられない、と徹は思った。

「なかなかスリルのある殺人劇じゃないか。壁のトリックのおかげで捜査は混乱した。武をふくむメイプル・リーフの連中は、怪しいと思われはしても、体力的にも時間的にも死体移動は無理と判断された。他の物証もないため、警察も手が出せなかったということだ。

死体を動かす代わりに部屋を動かすとは、武も大胆なことをしてくれたな」

徹がつぶやいた。

「すると、戸越の靴下が汚れていたのは……」

「もちろん武の偽装だ。泥棒を追って戸外へ出た、または何者かに強制連行された——これをもっともらしく思わせるために行なったものだ。死体から脱がせた靴下に敷地内の土をこすりつけ、ふたたび穿《は》かせる。ついでに財布も抜き取っておく。簡単な偽装さ。

だが、こうして泥棒のしわざらしく見せかけたけれど、警察はそうとは解釈せず、権上さんを疑ってしまった。武にとってはそれでもかまわなかったがね。いや、おまえはそれとも、権上さんの過去を知ったうえで、あの人に疑いがかかるよう、ゲミニー・ハウスを殺人の舞台に選んだのか？」

そう疑問符を投げかけると、信濃はその太い腕を武に突き出した。武はぐっと顎を引き、信濃を睨み返す。部屋の緊張が一気に高まる。

徹はしばらくの間、身じろぎもせず視線を戦わせている二人をぼんやり眺めていたが、ふと気づいて、

「警察に捕まった富岡とかいう泥棒はどうなるんだい？」

といった。

「富岡は富岡で行動していたんだ。０号室に忍び込んで戸越のバッグを盗み、それを湯沢の温泉街に捨てたのは、富岡のしわざさ。それ以外で泥棒のしわざと思われたことは、武が創り出した幻の泥棒の行為だ。

虚と実、二人の泥棒が活動したことで、事件が複雑になってしまったんだ。結果的には、富岡の存在は、武にとってはありがたいものとなったよね。

しかし戸越を殺した当日は、武もあせったことだろう。もしも富岡に０号室の死体を見られていたら大変なことになる。泥棒に殺人を通報されるなんて洒落《しゃれ》にもならないからな。でも、富岡は戸越の死体に気づかなかったようだね。そのため、殺人は露《ろ》顕《けん》せずにすんだというわけだ。

あの時、マリちゃんが窓を開けなかったら、泥棒の姿を目撃しなかったら、富岡は０号室からあわてて逃げ出す必要もなかった。そうすると——こう考えると背筋が凍るよな、武？

マリちゃんには大いに感謝しなければならないよ。もっともおまえが殺してしまったのだからこの世にはいないけどね」

信濃譲二はそこまで喋ると、腕をひっこめて腰を降ろした。

独演会の第一部が終了したようだった。

8

「よくもそれだけでっちあげたものだ」

武喜朋はようやく口を開いた。

「でっちあげだ……」

かすれた声でもう一度いった。

「俺は、作り話を聞かせにきたんじゃないぜ。推理だから、百パーセント事実と一致するとはいえないが、概要に間違いはないはずだ。武が告白してくれれば完全な事実を得られるがね」

信濃がいう。

「俺が戸越を殺した証拠がどこにある？　おまえの話はすべて、状況を基にした推測でしかない」

「そうだよ」

信濃はあっさりと認めた。徹は拍子抜けして、吸いかけの煙草を落としそうになった。

「それがまさしく俺を悩ませた点なんだ。壁のトリックに関してはすぐにわかったんだが、犯人を限定する要因が弱くてね」

「あきれたやつだ。やっぱりでっちあげでしかないんじゃないか。壁を作るだの、死体を移動させるだの、そんなことがあってたまるか」

安心したのだろうか、武の声が大きくなる。

「部屋が動いたという証拠はある」

凜《りん》とした声でいって、信濃は二枚の写真を取り出した。三谷真梨子が問題としていた例の写真だ。武の顔が強張るのを、徹は見逃さなかった。

「一枚は合宿初日の昼間に、もう一枚は翌日の朝食前に撮られたものだ。どちらも廊下の突き当たりから二番目の部屋、つまりζ《クシイ》号室で撮ったものであると。撮影者の徹が証言した。

　ところが、実はまったく別の部屋でのスナップなのだ。合宿初日の昼間に撮られた方はξ号室でのスナップに違いないが、もう一枚の方は、その隣のν《ニュー》号室でのものなんだ」

　徹の体がほてった。やっと気づいた。

　一枚目は、戸越が殺されるより以前、つまり偽の壁が作られる以前のものであるから、ξ号室で撮ったことは間違いない。

　それでは二枚目はどうか。これは翌朝の朝食以前に撮ったものである。信濃の推理からいくと、この時間にはまだ廊下に偽の壁が立っている。奥から二番目の部屋だからξ号室と思っていたが、実は見かけ上のξ号室でしかなく、本来ならν号室に当たる部屋なのだ。

「バックが違う！」

　興奮して、徹は声をあげた。昼間、ゲミニー・ハウスで実験台になった際、雑木林を見ながら妙にもどかしい感覚に襲われたが、それが具体的な形になる時がきた。

「その通り。いいかい、窓越しに見える雑木林に注目するんだ。ピントが合っていないからわかりにくいが、注意して見ると、雑木林の様子が若干違うことに気づくはずだ。一枚目の写真では窓の全面に雑木林が見えているのに、二枚目では左側半分にしか見えていない。窓の右側半分には空が写っているだけだ。

宿泊棟のすぐ裏手にある雑木林はν号室の正面で途切れているんだよ。実際に部屋に入ってみるとよくわかる。一枚目はξ号室からの眺めであるが、二枚目はν号室からのものであることがね。一夜のうちに木を切り倒さないかぎり、ξ号室からは二枚目のような風景は見えない。

部屋は動かされたんだ！　これ以上の証拠があるものか！」

信濃は、手にした写真を武の鼻先に突きつけると、次にはそれをテーブルに投げ出した。武は口を半開きにしたまま黙りこんでしまった。

「ということはだ、マリちゃんが殺されたことには、やはりこの写真がからんでいるのかい？」

徹が尋ねる。

「からむも何も、この写真がなかったら、マリちゃんはまだ生きていただろうよ」

「えっ!?」

「彼女も、二枚の写真の違いについては、最近になって気づいたのだろう。電話で徹に質《ただ》したころじゃないかな。彼女はどうしても納得がいかなかったのだろうね。些細なことが気になって眠れない、そんなタイプの人間だったに違いない。

彼女はそこで、他の者にも二枚の写真を見較べてもらいたいと思った。本来なら、恋人である山脇に見せるところだが、たまたまその機会が得られなかった。その代わりに武に見せてしまったんだ。

マリちゃんの自宅は祐天寺、武のマンションは代官山、同じ東横線沿線で駅も二つしか離れていない。おまけに武は車を持っているから、スタジオの帰りに送ることも多かったんだろう。そんな時に彼女は武に訊いてしまったのだ。

驚いたのは武だ。戸越を首尾よく亡き者とし、警察の捜査も行き詰まっていて、ようやく平穏な日々が送れると思いはじめた矢先に、トリックを暴露しかねない写真を突きつけられたのだからね。

マリちゃんがどこまで気づいているかは別として、このまま放っておけば他のメンバーにも写真を見せて回る可能性は十二分にある。ひいては警察の手に渡るかもしれない。その前に手を打たないことにはわが身が危ない。武は即決した。マリちゃんを殺すことを」

先日、山脇はいった。真梨子を集中させるため、ライヴ前最後のスタジオ練習を終えてからはプライベートで逢っていない、と。

あの夜の練習後、真梨子は山脇に見せようと写真を持ってきていたのではないだろうか。しかし山脇はすぐに帰ってしまって、彼女は仕方なしに、車で送ってくれた武に話すことにした――。

写真さえなければ、撮らなければ、真梨子は殺されずにすんだ！

徹の目の前が霞む。体中の筋肉が無力化したかのような脱力感。声を大にして叫びたかった。が、声にならない。

武も黙っている。

ふたたび信濃の独演会となった。

「一刻も早く、証拠を残さずにマリちゃんを殺さなければならない。戸越の時には考える時間があったが、今回はない。彼女がいつ他人にふれ回るともかぎらないからね。

限界状況の中で武は閃いた。戸越の場合と同じトリックを使えばいいとね。舞台はパーム・ガーデン、決行はメイプル・リーフのラスト・ライヴの日だ。そして武は早速、殺人のための下見を行なった。

控室の出入口は二ヵ所あるけれど、開場後はトイレ側のドアを衝立で封鎖してしまうので、実質的には一つと考えていい。廊下の照明も薄暗く、ゲミニー・ハウスと同じシチュエーションを得られる。部屋数が五つと少ないのが気がかりだが、メイプル・リーフにとってははじめての場所なので、ごまかしは利きそうだ。とにかく時間がないのだから、躊躇《ちゅうちょ》している場合ではない。武はそう考え、廊下の幅と高さをチェックした。

ライヴの当日、武はひと足早くパーム・ガーデンに入り、壁の材料を隠しておいた。その日使われない控室にね。今回は、部屋番号や鍵を気にする必要がなかったので、仕込みは簡単だったはずだ。

一つだけ頭を悩ませたのは、マリちゃんをどのようにして一番奥、つまり最もトイレに近い控室に入らせるかだった。彼女は着替えをするために、三つの空き部屋のうちの一つを使用するだろうが、その際、一番奥の部屋を選ぶとはかぎらない。単純に考えれば確率は三分の一だけど、実際にはもっと低くなりそうだ。

これは徹にもいったけど、普通の感覚でいくと、仲間がいる部屋からポツンと離れたところを選びたがらないし、ステージになるべく近い方が便利がいいと思うはずだからね。しかし、一番奥を選んでくれないことには、壁のトリックは功を奏さない。

五つの部屋が四つになるだけでも発覚の危険性があるというのに、三つ、二つになってしまったのでは論外だ。偶然ではなく、絶対に一番奥の部屋を選んでくれなければば、いや、一番奥の部屋に誘導しなければ、マリちゃん殺しは成功しない。

　三つある空き部屋の中から特定の一部屋を選ばせるにはどうしたらいいか。それは残りの二部屋を避けるように仕向ければいい。でも、これは口でいうのは簡単だが、現実問題として他人の意志をコントロールすることは非常にむずかしい。徹ならどう考える？」

「よっぽど部屋が汚いか、電灯が点かないか……」

「違う違う。中に人がいたらどうする？　女性が今から着替えようとしているんだぜ。先客のいる部屋になんか入りっこないだろう？　武が利用した方法はこれなんだ。徹も聞いたじゃないか、二つの空き部屋から話し声がするのを」

「そうだけど……、人がいるかいないかは偶然によるものだろう。共犯者がいれば別だけど」

「本物の人間が入っている必要はないじゃないか。人の声が聞こえてくれば、『ああ、この部屋には人がいる』と思うんじゃないかな」

「ということは……」

「カセットテープの音を聞かせればいい。武は、小型のラジカセを使ったんだろう」

「なるほど」

「一番奥の控室とメイプル・リーフの控室の間にある二つの空き部屋に、そのラジカセを置いた。中には人の話し声を吹きこんだエンドレス・テープを入れておいて、マリちゃんが着替えに行くのを見計らい、その直前にスイッチを入れる。メイプル・リーフの控室を出たマリちゃんは、すぐ隣の部屋に入ろうとするが、話し声がするために入るのをやめる。その隣の部屋についても同じだ。最終的にマリちゃんが行きつくのは、話し声のしない部屋、つまり一番トイレに近い奥の部屋ということになる。そしてマリちゃんがそこに入ったと確認したら、デッキを回収する。

マリちゃんはこれにひっかかってしまい、武の殺人計画は大きく成功に近づいた」

すべてが武の意のままにコントロールされていたとは、にわかには信じがたかったが、徹が息を飲んで信濃を見つめると、自信に満ちた大きなうなずきが返ってきた。

「さて、本番のステージが始まる。第一部を四人で演奏し終えると、次は第二部のアコースティック・タイム。マリちゃんは衣装替えのため控室に行く。ドラムの駒村俊二は出番がないので、袖からステージを観ている。第二部の一番手は山脇だから、武もステージから消えられる。この時をのぞいてチャンスはない。

武はマリちゃんの控室へ急いだ。まだ着替えの最中だった彼女を襲い、絞殺。そしてすみやかに壁の工作に取りかかるが、これはゲミニー・ハウスでの方法とは少し違うんだ。

まず、トイレに通じるドアを塞いでいる衝立を移動させる。ドアから二番目の控室あたりまで引っ張ればいいだろう。次に、隠しておいた材料で、廊下に偽の壁を作る。一番奥とその隣の控室との間にね。これは化粧板ではなく、壁紙を使ったのだろうと思う。

トイレとは逆側、つまりステージ方向から、壁紙をガムテープで天井と床にピンと貼りつけ、その後、この偽の壁に衝立を密着させれば作業は完了だ。あとは何食わぬ顔をしてステージに戻り、演奏すればいい。

それにしても武はたいした男だよ。人を殺した直後に演奏しちまうんだからな。しかも繊細さを要求されるアコースティックギターをだよ。俺にはとてもそんな度胸はないね」

と信濃は武を見る。武は目を閉じたまま反応を示さない。

「壁紙をガムテープでとめて壁に見せかけたというけれど、トイレと控室との間にあるのは壁じゃない、ドアだ。ドアが壁に化けたのではおかしく思われるぜ」

徹がいう。

「何もなければそうだ。しかし、ドアの前には衝立が密着して置かれていたんだろう？　おととい、俺も確かめてみたが、衝立のサイズは大きく、ドア自体を隠してしまうほどで、衝立の隙間から見えるのはドアの枠だけだった。偽の壁を作り、それに密着させておけば、隙間から覗いている部分をドアの枠と思わせることができる。何も偽のドアを作ることはない。壁紙で充分なんだ」

「ドアかドアでないかを判断する肝腎な部分は衝立の陰になっていた……」

徹はひとつ溜め息をつき、

「壁紙をとめるのは、トイレ側からにした方がいいんじゃないの？　ステージ側をガムテープでとめると、テープが目立つよ」

「そりゃあ、ガムテープを使うのはトイレ側の方がいいに決まっている。けれど、トイレ側にテープを貼ったら、工作をしたあとステージに戻るのが大変だ。トイレからいったん客席に出て、袖の脇にあるドアから入らなければならない。ガムテープが目立つより、武が客席をうろついて目立つことの方が危険だよ。それに、ガムテープの表面は白く塗装して周りと同化させてしまったのだろうから、テープはそれほど目立たない。武ともあろう者が、この程度の細工を怠《おこた》るわけがないよ」

「トイレ側から工作を進めると、自分で作った偽の壁がじゃまになってしまうのか。ステージへ続く廊下を塞ぐ恰好になるんだね」

徹と信濃のやりとりにも、武は反応を示さない。それは、信濃の推理にあきれ返っているためか、それとも、あまりにも核心を衝いている推理に震えあがっているためか。

徹は武の様子を随時気にしていたが、信濃はそんなことには少しの関心もないようで、自分の考えを喋ることに満足しきっている感があった。

「マリちゃんは殺した、壁のトリックも施した。あとは、マリちゃんが控室にいないことを他のメンバーが確認してくれれば、武の安全は保障される。その後、死体が発見されたとしても、武は、『死体を移動する時間を持ち合わせていない』と主張することができるからね。

第三部が始まろうというのにマリちゃんが袖で待機していないと知ると、俊二はあわてて控室を覗いてみた。しかし、どの部屋にもいない。武と山脇が捜してみても見つからない。たぶんトイレだろうということで、とりあえずはマリちゃんを除く三人で第三部の演奏をすることに決めた。

武は当初、三人で演奏できそうな曲だけをピックアップして行ない、それでもマリちゃんが帰ってこなかったら——といっても彼女は死んでいるのだから二度とステージにあがるわけはないんだがね——その時点でライヴを打ち切ろうとしていたのだろ

い。

時間がかからない。剝がしたあとは丸めて、ギターケースにでもつっこんでおけばいたに違いない。たった一枚の壁紙でしかないわけだから、ひき剝《は》がすのにはいくらもう。そして、あと片づけの間隙を縫って、偽の壁を取りはらってしまおうと考えてい

こうすれば、死体が発見されるのは、早くて当日の夜遅く、遅ければ翌日以降となり、行方不明になっていた者が突然死体となって出現したことが不可解性を呼ぶ。武をふくむメイプル・リーフの連中は当然疑われることになるだろうが、死体を移動する時間がないということで、警察の追及を免れることができる。武はふたたび平穏な生活を迎えられるというわけだ。

ところが、神はそれを許さなかった。武の計画を狂わせる事態が起きてしまったのだ。三人で演奏を始めた第三部、一曲終えた後に何が起こったか？」

「悲鳴だ」

徹がいう。橘美砂子という女子高生があげた悲鳴、自分がカメラを落とす原因となった悲鳴――。

「そう。トイレに行った女子高生が、その帰りに、控室に通じるドアを開けてしまったのだ。この時ドアは、衝立によって塞がれていないので、容易に開く。そして彼女

は、一番手近な控室、つまりマリちゃんの死体が転がっている部屋を覗いてしまった。

　悲鳴を聞いた瞬間、武は何が起こったのか察知した。衝立を動かしたばかりに、思いもよらぬ方向から死体がある控室に入られてしまった。偽の壁を始末する前に死体を発見されたのでは、すべてのトリックが露顕してしまう。まさに万事休す。

　だが次の瞬間、武に棲みついている悪魔が奇跡を起こした。悲鳴に驚いた徹が落としたカメラが、配電盤のスイッチを切ってしまったのだ。ライヴハウス全体が闇に包まれ、観客も、バンドのメンバーもパニック状態に陥る。悪魔が与えてくれたチャンスだ。武は迷っている場合ではなかった。行動を起こさなければ捕まってしまうのだから。

　ステージの下手に立っていた武は、そっとギターを置くと、闇の中を勘に頼って袖へ抜け出て、ライターに火を点けた。ステージと袖はカーテンで仕切られているので、明かりに気づかれる心配はない。武はライター片手に廊下を急ぎ、突き当たると、衝立をずらし、貼りつけておいた壁紙を取り外す。いつ停電が復旧するかわかったもんじゃないから、大急ぎで作業を進めた。

　取り外した壁紙は、とりあえず丸めて自分の服の内にでも隠しておいたのだろう。

その後、死体発見の騒ぎの最中に裏口から抜け出し、自分の車の中にでも放りこんだのではないかと思う。いずれにしても、停電中に壁の工作を取りはらうことに成功したんだ」

停電の最中にそんなことが行なわれていたとは。徹は、ただただ驚いた。

「第一発見者である女子高生は気が弱かったため、あやふやな証言しかできなかった。これは、武にとって大きな幸運だったね。

それともう一つ、トイレから控室に通じるドアを完全に開けないうちに控室に入ってくれたことにも救われている。もしも彼女がドアを全開していたら、当然廊下の奇妙な様子――壁紙によって廊下が塞がれていること――が目についただろうからね。

このようにして、武は身を守ることができた。いや、できたかに思われた。実は、致命的なミスを冒していたのに、武自身も警察も気づいていないのだ。

というのはだね、壁紙をひき剝がすのをあまりに急いで行なったため、ガムテープの跡を残してしまったんだよ。徹も見ただろう？　マリちゃんの死体が発見された控室と、その隣の部屋の間に当たる廊下の天井を。表面のプリントが剝げ、合板の地肌が覗《のぞ》いていただろう？　あせって行動した結果が、証拠として残ってしまったのだ。

いつ復旧するやもしれぬ停電を利用しての冒険だから、それも仕方ないところだがね」

武の表情がわずかに動いた。自分のミスを今はじめて知ったのだろうか。

「もう一つ武は失敗している。それは、停電中にマリちゃんの控室にいた女子高生に、偽の壁の取り外しを目撃されてしまったということだ。彼女は、それが重要なこととは気づいていないし、警察も相手にしていないが――」

信濃はここで言葉を切ると、唇をゆっくりと嘗《な》めながら、徹と武の顔を見較べ、そして静かにいった。

「彼女が闇の中に見たという人魂、これは、武が点けていたライターの炎なんだよ。彼女は夢を見ていたんじゃない。現実に、目の前で起こった悪魔の行為を、闇の中の一人芝居を目撃していたのだ」

9

徹は興奮で鳥肌がたち、頭がふっと軽くなった。

部屋を消してしまうという前代未聞のトリックを駆使した武喜朋。それを、徹の話をベースとした数少ない捜査で看破してしまった信濃譲二。この二人の男の頭の構造を見てみたかった。

「話はそれで終わりか？」

武が抑揚のない声でいった。

「反論でもしたいのか？」

信濃が挑発的に顎を突き出す。

「見事な推理、いや、物語だ。事実をベースにして、よくこれだけの想像ができるものだ」

「おいおい、まだそんなことをいうのか」

「俺がやったという証拠がどこにある？　天井が剝げていようが、写真に写っている部屋が違おうが、俺の知ったことじゃない。

たとえ、おまえがいう『壁』というものが作られていたとしても、それを俺がやったという証拠はないじゃないか。山脇でも俊二でも……、そして、ここにいる徹だって壁を作ることはできたはずだ」

「いうことはそれだけか？」

「それだけ？　おまえの話には一番重要なことが欠けている。動機が……、俺には計画的に戸越を殺さなければならない理由がない」

「往生際の悪いヤツだ。それとも、肯定するのを恥ずかしがっているのか？」

「何を！　人が黙って聞いていれば、調子に乗っていいたいことばかり喋りやがって。そのうえに、往生際が悪いだと？　どこまで勝手なことをすれば気がすむんだ。俺は入社の準備で忙しいんだ。英会話の勉強もある。社会人としての競争はもう始まっている――」

「そんなに俺に喋らせたいか。じゃあ、英会話の勉強をしながら聞くがいい」

信濃は武をさえぎり、ポケットから、折り畳んだ一枚の紙を取り出した。それは、戸越伸夫の遺作となったA_7で始まる曲の楽譜だった。

「これが証拠だよ」

「それがどうした？」

「おや、これを見て何も思わないのか？」

「ボツになった戸越の曲だろう」

「これは、これは！　おまえは気づいていなかったのか」

信濃は驚くようにいった。

「何を？」

武が不安そうに訊くと、信濃は楽譜を叩きながら説明しはじめた。

「この曲はボツになったことからわかるように、たいした曲ではない。歌詞は陳腐、英文のサビは取ってつけたようだし、頭のA_7は妙に耳ざわりだ。

　しかし、よく考えてみろ。高校時代から七年間も音楽活動をしていた戸越が、人前でこんな曲を発表するのはおかしいと思わないか？　戸越ぐらいのキャリアがあれば、自分が作った曲がバンドで採用されるかどうか、事前にある程度のアタリはつけられたはずで、当然この曲が相手にされないことはわかっていたはずだ。それなのにあえて発表した。

　俺はその理由を考えてみたんだ。人に聞かせるには、それなりの完成度がなければならないのに、曲としての価値はほとんどないときている。とするとこの曲には、戸越がどうしても伝えたかったメッセージが隠されているのではないか。

　そこで、歌詞を何度も読んでみる。が、特にこれといったものは得られない。それではと、普通でない読み方をしてみる」

「暗号!!」

　徹は確信を持っていった。

「その通り。この歌詞には暗号が隠されている。なかなか巧妙なもので、すぐにはわからなかったよ。といっても構成自体は単純なものだ。どうだ、二人とも解《と》いてみろよ」

そういって信濃はコピーをテーブルの上に広げた。武は端《はな》から相手にしていない。徹は興味津々《しんしん》で挑戦してみたものの、何も得るものはなかった。

英文のサビの部分を除く各センテンスの頭の文字を横並びに読むと、「このしおこここいひここここ」、反対に末尾の文字を横並びに読むと、「たたてたばえたへげさいか」というように、意味不明の速口言葉のようなものしか出てこない。また、歌詞を逆から読んでみても、メッセージは出現してこない。

「苦労しているね。それではヒントをやろう。暗号を解く鍵となるのはA_7、キーがAのセブンスということだ。戸越はA_7にやたらとこだわっていたというじゃないか。親切にもヒントを教えてくれていたんだよ」

音楽でいうところの「キー」を日本語にすると「調」。あるメロディーの中心となる音のことである。戸越の曲では、それがAになっている。セブンスというのは、キーよりも七度高い音、つまりキーをふくめて数え、七番目の音のことで、キーがAのメジャーならセブンスはGの音に当たる。徹もその程度の知識は持っている。が、A_7を暗号に結びつけることはできそうになかった。

「わからない。教えてくれよ」

「徹はあきらめが早すぎるんだよ。まあいい、教えてやろう。

Aのセブンスとは、Aから数えて七番目の音のことだから、戸越の曲の歌詞の中に『A』という文字が出てきたら、そこを一として数え、七番目の文字を拾っていけばいい。まず俺はそう思った。

ところが、『A』が出てくるのはサビの英文の部分に三ヵ所あるだけで、七番目の文字を拾っても、『h』、『n』、『w』。この三文字を組み合わせることによって、hnw、hwn、nhw、nwh、whn、wnhの六語を作れるが、いずれも意味を持った単語ではない。

ここでもう一歩考えを進めてみる。Aというのは洋式の呼び方だ。CDEFGABという音階は、今でこそ日本でもポピュラーとなっているけれど、昔は呼び方が違っただろう？　ハニホヘトイロだ。今でも、ハ長調とか、ト短調とかいう表現がされるよね。このハニホヘトイロをCDEFGABに対応させてみると、Aに当たるのはイだ。

ということは、『A』の代わりに『イ』の文字から数えはじめて七番目の文字を拾ってもいいんじゃないか、俺はそう考えた」

信濃は言葉を切って、徹と武を交互に見た。その団栗眼《どんぐりまなこ》が、楽しくてしょうがないと語っている。

「するとだね、たしかに暗号が、戸越のメッセージが隠されていたんだよ。徹、紙とペンを貸してくれ」

徹は手帳を一枚破り、ボールペンとともに信濃に渡した。武は信濃の手元を凝視している。信濃は楽譜を見ながら、手帳の切れ端にペンを滑らせていく。

「よし、できた。これを見てくれ」

コンクリイトのみちばたでめざめた
のらいぬがオレにけんかをうった
しろいきばがこのはなさきをかすめて
オレはまっかにそまっていった
このままときがとまってしまえば
このままいのちよこおりつきてしまえ

コンクリイトのまちにのこした
いとしいしかばねはいまどこへ
ひにひにつのるあののらいぬのかげ

こんやもひきずりさまようオレさ
このままときがとまるのがこわい
このままむだにしんでゆくのか

「歌詞をすべてかな書きにしたのがこれだ。英文のサビは除いてある。あれは暗号とは無関係なんだ。無関係だから、あえて英文にしたのかもしれない。

さて、『イ』から数えて七番目の文字を拾おう。まず、『コンクリイト』の『イ』がある。これを一とすると、七番目は、『みちばた』の『た』だ。つぎの行には『のらいぬ』の『い』があり、これに対応するのは『け』だ」

信濃は一つ一つ説明しながら「イ」から七番目の文字をピックアップしていく。

その作業を眺めているうちに、徹はあることに気づいた。戸越にもらった楽譜には「コンクリイト」という表記がなされていたが、普通に「コンクリート」と書かず、「コンクリイト」としたのには意味があったのだ。「イ」の文字に注意せよ、というヒントになっていたのではないだろうか。

「全部で十一回『イ』が出てくる。それに対応する文字も十一個だ。出てきた順に並べてみると——」

たけはまりのばいにんだ

「『たけはまり、のば、いにんだ』？　いや、『たけは、まりの、ばいにんだ』？

『たけ』って武のこと⁉」

徹はそういって、武の顔を見た。目を剝いていた。

「そう。『ばいにん』は、品物の売り手を意味する売人のこと」

信濃がいう。

「すると『まり』は、マリちゃんのこと？　武がマリちゃんの売人ってどういう意味？　マリちゃんに売春でもさせていたの⁉　まさか！」

「待て待て。『まり』は真梨子のマリじゃない。マリファナのマリだ。マリファナを意味する隠語の一つなんだ。マリちゃん、メリー、メリー・アン、メリー・ジェーン、ブー、M――マリファナは様々な隠語で呼ばれるが、その中の一つなんだよ。つまり戸越は、『武はマリファナの売人である』といいたかったのだ」

徹は絶句した。が、それ以上に驚いているのが武である。「たけはまりのばいにんだ」――この十一文字を見つめたまま小刻みに震えていた。

「馬鹿な……、偶然のいたずらだ……」

絞り出すような声。

「いいかげんに認めたらどうなんだ！」

信濃は一喝すると、

「見せてもらうぞ」

すっくと立ちあがって、奥の部屋に通じるドアに向かった。武は、「あっ」と小さな声をあげてそれを止めようとしたが、遅かった。

徹は見た。今まで一度も入ったことのない部屋の中を。

広い洋間の半分以上のスペースをスチール製の棚が占領していて、そこには、植物を栽培するプランターが整然と並んでいた。プランターには、高さ五センチほどの小さな植物が無数に育っていて、蛍光灯がそれらをまんべんなく照らしている。

「これはマリファナの幼苗だ」

「えっ!?」

徹は息を飲み込みながら声をあげ、それが耳の奥でこだました。

もう驚かされることはないだろうと思っていたのだが、いったい何度、ぞわぞわと膚を逆《さか》なでされ、さむけともほてりともわからぬ感覚を味わえばいいのだろうか。

「これがマリファナ……」

茫然とつぶやくが、信濃は小さな苗を手に取って、「常識だよ」と顔でいい、淡々と説明する。

「発芽して二週間ほどのものだろう。蛍光灯が太陽の代わりに光を与える。間引きと施肥《せひ》に注意すれば、秋のはじめには一メートルを超える立派な成株となる。努力さえ惜しまなければ、誰にでも室内で育てられる」

それだけいうと、テーブルへ戻った。

「なかなか本格的に室内栽培しているじゃないか。感心したよ。俺が想像していた以上だね」

武は何とも答えず、額に大粒の汗を浮かべている。

「日本ではマリファナは御法度《ごはっと》なんだろう。自分で栽培するといっても、元の株や種が手に入りやしないだろう？」

徹は驚いて訊いた。

「甘い甘い。山の中に行けば、簡単に野生の大麻を見つけられる。特に北海道の原野は大麻の宝庫だ。そうでなければ、麻の栽培農家が多いところ、たとえば栃木県に足を運んでちょっと失敬してくればいい。だが、武はそれらを取ってきて栽培を始めたのではなさそうだ。種を買ってきたに違いない」

「売ってるの?」

「堂々と、『大麻の種です』といって売っているわけではないが、合法的に売られていることには違いない。

麻の実《おみ》は非常に栄養に富んでおり、鳥の大好物なんだ。これを食べさせるとよく太り、産卵を刺激する。だから、ごく少ないけれど、鳥の餌として市販されているそれを買ってきて植えれば、ちゃんと発芽するよ。

ほら、そこにリスがいるだろう。この餌箱の中にも麻の種が入っている。リスの好物でもあるんだ」

何も知らないリスは、籠の中で無邪気に走り回っている。

「俺が思うには――」

武喜朋を横目で窺いながら信濃譲二がいう。

「武は、自分でマリファナを育て、それを人に売っていたんじゃないかな。ところが、どこからか情報が漏れ、戸越がそれを知ってしまった。売っている現場を目撃されたのかもしれない。

戸越は例の調子でネチネチと武を責める。半ば脅していたのかもしれないね。武の我慢にも限界がある。この男をどうにかしなければ自分の身が危ない。だから戸越を殺した。

しかし皮肉にも、戸越はメッセージを残してしまった。『武はマリファナの売人だ』とね。戸越は、ほんの遊びのつもりでこの曲を作ったのだろう。誰かがこの暗号に気づいてくれればおもしろいという、そんな軽い気持ちで発表したのであって、告発を目的としたものではなかったと思う。彼独特の皮肉の表現法だったんじゃないかな。結果的には、これがダイイング・メッセージとなってしまったがね」

戸越は武に殺されるのを知らず、メッセージを隠しこんだ曲を発表した。武は戸越の思惑を知らずに殺してしまった。信濃譲二だけが両者の接点に勘づいた――。

「武も馬鹿なことをしたものだ」

信濃はいつの間にか、マリファナに火を点けていた。

「マリファナを吸うなら吸う、売るなら売る、もっと堂々とやればいい。戸越に知られたからといって、何も口を塞ぐことはないじゃないか。『マリファナを吸って何が悪い』という気持ちを持てないものかね、俺みたいに。俺はたとえ警察に捕まろうと、マリファナをやめるつもりはないぜ。

法的に悪とされていても、実際には何の悪でもない、俺はそういう信念で吸っている。人に迷惑さえかけなければ、自分だけで密かに楽しんでいれば、それでいいじゃないか。煙草を吸って他人を困らせるより、よっぽど品《ひん》のある行為だ。法律なんて人間の決めたもので、絶対的な価値はない。絶対的なものは自分で作ればいい。

世の中はおかしなものでね、煙草はいいとするが、マリファナはダメだという。煙草を吸ってもせいぜい嫌われるだけですむが、マリファナを吸うと、犯罪者として扱われる。どうしてだい？　未成年者が煙草を吸ってもなかば許されているというのに。

ナツメグやパセリを食べ、マテ茶を飲んでも罰せられないのに、マリファナを吸うと裁判所行きだ。ナツメグ、パセリの種、マテ茶も、マリファナと同じように精神を刺激する作用を持っているというのにね。合法《リーガル》ドラッグは他にも数えきれないほどたくさんあるよ。車やトイレで使われる芳香剤だって、やりようによってはトリップを引き起こす。

いや、それだけじゃない。呼吸法ひとつで精神を高揚させることだってできるんだよ。多くの空気を吸って少しだけ吐き出すということを繰り返せば、脳は酸素が過剰になってトリップ状態になる。最近は吸引用の酸素を市販しているから、それを使ってもいい。まあ、これは体質にもよるけれどね。

それなのになぜ、マリファナばかりが目の敵《かたき》にされる。結局、世の中には絶対的なものなんてありはしない、すべてがあやふやな存在でしかないんだね。

ただし、人に迷惑をかけるのは良くない。『殺してくれ』と頼まれたのならともかく、他人の人生を勝手に終わりにしてしまうなんて、もってのほかだ。あやふやな価値観を守るために戸越を、マリちゃんを殺す必要などないはずだ。放っておけばよかったのに。まったく馬鹿なことをしてくれたものだ」

マリファナで高揚しているのだろうか、信濃は立て板に水のごとく喋りまくった。

「俺をどうしようっていうんだ！」

突然、武が叫んだ。蒼白な顔、唇を震わせて。

「警察へ連れていこうというのか!?　電話ならそこにある。もうたくさんだ！」

テーブルを叩き、髪を振り乱し、あらん限りの声で叫ぶ。

「警察？　そんなの俺の知ったことか。あやふやな価値観なんて信じないといっただろう。絶対性のない法の下に存在する警察など、俺が最も信じられないものの一つだ。それに、俺にはおまえを裁く権利など持ち合わせていない。自分で管理できるのは自分のことだけだ」

信濃は冷ややかにいう。

「じゃあ、何のためにここに来たんだ」

「自分の考えを確かめてみたかっただけだよ。ドイツから帰るなり、徹が奇妙な事件の話を聞かせてくれた。俺はそれに興味をそそられ、自分なりに推理を組み立て、一つの結論を得た。それが正解かどうか確認できればいいんだ。だから、徹以外の者に話すつもりはさらさらないね。山脇にも俊二にも。人の秘密を自慢げに暴露してまわるほど悪趣味じゃない。ゲミニー・ハウスで壁のトリックの実証実験をしたわけだけど、その時、権上さんに話すようなこともしなかった。

　武はどうしても答えてくれないようだけど、どうやら俺の考えは当たっていたようだね。俺はそれだけで満足だよ」

「もうたくさんだ。帰ってくれ！　帰れ！」

　武喜朋が、端整な顔をゆがめてわめき散らす。それは、信濃譲二の推理を否定するものではなかった。

「そんなに怒鳴らなくても帰るよ。俺の用事はすんだのだから。さあ、徹、行こうか」

10

市之瀬徹と信濃譲二を乗せた車は、山手通りを北へ向かう。窓に顔を押しつけてみると、霞のかかった空に、十六夜《いざよい》の月がにじんでいた。

「山脇には真相を伝えた方がよくないか？　恋人と親友を殺されたんだ。彼こそ、最大の被害者かもしれない」

流れ去るヘッドライトの帯をぼんやりと追いながら徹がつぶやく。

「話してどうなる？」

前を見たまま信濃がいう。

「どうなるって……。かわいそうじゃない」

「話を聞かせる方がよっぽどかわいそうだ。誰に殺されたと思っているんだ？　ずっとつきあってきたバンドの仲間にだぜ。それを知った山脇はどうなる？」

「…………」

山脇は、「誰が犯人でも殺してやる」と激していた。そこまで過激な行動に出なくとも、真相を知ることによって心が落ちつくことはない。むしろ逆、より深い悲しみが訪れるだけである。

「武はどうするんだろうか……」

徹はもう一度、つぶやくように訊く。

「それは彼自身が決めること。俺たちが気にしてもはじまらない」

信濃は、何事もなかったかのように、平然と、きっぱりといった。

「これは、武が自作自演したライヴ・ショーだったんだよ。徹たちは、それに招待された客なんだ。武は招待客の前で次々と、世紀のショーを披露する。時には予定外のアクシデントにも見舞われたけれど、絶妙なアドリブできり抜けて、客に失態を見せることなくショーの幕を引いたんだ。アンコールで俺が飛び入りしたのは、ちょっとしたジョークさ。

武は本当にすばらしいパフォーマーだ。マリファナのために人を殺したことを除けばね」

そして笑ってみせるのだ。

桜三月——人はそれを狂った季節と呼ぶ。市之瀬徹にとっては、狂っているのは武喜朋でなく、むしろ信濃譲二のように思えてならない。それとも、あやふやな価値観に怯えながら、これからも平凡な人生を送るであろう自分の方か。

「ラスト・ライヴの幕が降りたんだ。打ちあげをしようじゃないか。過ぎたことを忘れるためにね」

信濃は、ラジオのダイアルをFENに合わせると、ハンドルに軽く掛けた指でシャッフルのリズムを刻みはじめた。

エピローグ

部屋は暗く、息苦しいほどの静寂に支配されている。

そのしじまの彼方から、ロバート・フィリップのギターとブライアン・イーノのキーボードが押し寄せてきて、俺の心を、この汚れた肉体から遊離させ、遠い遠い幻夢の世界へ連れ去っていく。

「イヴニング・スター」――これを聴くのも今夜が最後となるだろう。

徹は「イヴニング・スター」という曲名に隠された意味を知っているか？　実はジョイントを示す隠語なんだよ。ジョイントとは、大麻の葉を紙で巻いて煙草状にしたもので、ほら、ジョージが吸っていたあれのことだよ。ジョージがジョイントを巻きあげた時には、さすがに驚いたがね。

ジョイントをやりながら「イヴニング・スター」のけだるい音の波に身を浸《ひた》らせる

と、まるで桃源郷を漂っているような気分になれるんだ。

最高にハイになりたかったら、ドゥービー・ブラザーズをBGMにするといい。マリファナで麻痺した脳髄が、歯切れのいいビートでさらに刺激され、空を飛べそうに思えてくる。ちなみにドゥービーというのも、ジョイントの隠語なんだよね。

ああ、本当にマリファナというやつは、俺をやさしく包んでくれた。悲しい時に吸えば勇気づけてくれ、楽しい時にはよりいっそうの興奮を与えてくれた。

曲を次々と作ることができたのもマリファナのおかげだ。通常では得られない音のきらめきを与えてくれたんだ。俺にとって、それは女神のような存在だった。だが、彼女とも別れる時が来た。

出会いは大学に入って間もないころ、六本木のディスコのフロアーの片隅で休んでいると、見知らぬ男がマリファナを売りにきた。俺は興味本意で大枚《たいまい》をはたき、その場で吸ってみた。まずかった。しかし、帰ってから二本、三本と試すことによって、マリファナの魅力を知り、その後は虜《とりこ》になる一方さ。

それからしばらくして、大麻は自分でも栽培できると知った。ジョージがいったように、鳥の餌として売られている麻の実《おみ》を手に入れ、人伝《ひとづて》に聞いた方法で栽培してみた。案外うまく育った。二年目、三年目、四年目と、手入れのテクニックが向上するにしたがって収穫量も増えた。

春に播《ま》いて秋に収穫。マリファナを作るのは一年がかりだ。しかし、自分は一週間に一本しか吸わないと決めていたので、相当量が余り、そしてそれを法外な値で売った。それでも買いたいという者はあとを絶たなかった。俺はそれと引き換えに、裕福な生活を得ることができた。

ところが、邪魔者が入った。戸越だ。どこで聞きつけてきたのか、俺がマリファナを売っているとまくしたてる。練習で顔を合わせるごとに、「マリちゃんは元気かい？」などとチクリとやられた。俺はいってやったよ、「金が欲しいのか？」ってね。戸越は違うという。しかし、そうはいいながらも、いっこうにいやがらせをやめる気配もない。ゲミニー・ハウスで山脇はいっていた。戸越のあの性格は親しみの裏返しだと。しかし俺にはとうてい信じられない。いや、信じたくもない。

俺は仕方なしに、儲けの中からいくらかを握らせた。毎月だ。戸越が口外することを思えば、それは我慢しなければならないことだった。だが、金を握らせても、戸越は黙ろうとしない。そう、やはりあいつは金が目的だったんだ。何やら殊勝《しゅしょう》なことに使っていたようだが、それは別の次元の問題だ。俺を脅して金を奪っていったことには変わりはないのだ。そうだろう？　それとも恐喝した金で自活する人間は許されるというのか？　おい、答えてくれ！

まあ、いいさ。話を戻そう。そうするうちに、俺の就職が決まった。特にコネがあったわけじゃないけれど、三年生の時から活発に就職活動をしていたことで、四年になってすぐに日本通信電機の内定を得ることができた。

戸越はそれを知ると、いっそう俺を脅すようになった。「マリファナを吸っているヤツが一流企業に入れていいよな。俺も吸ったらエリートになれるかな」などといい出す。

これが限界だった。このままでは俺の人生は破壊される。万が一、俺の行為が公《おおやけ》になると、せっかくの内定が撤回されるばかりか、一流企業には二度と近づけなくなる。俺の取る道はただ一つ、戸越を殺すしかなかった。

その後の経過はジョージが喋ったことにほぼ相違ない。

二枚の写真のおかげでマリちゃんをも殺すことになった。マリちゃんには本当に悪いことをしたと思っている。殺しておきながらこういうのも変だがね。

それから、権上さんにも何といって詫びていいのかわからない。ジョージはああいったけれど、権上さんを犯人に仕立てあげようとは、これっぽっちも考えていなかった。信じてほしい。

権上さんが警察に連れていかれた晩、徹はしきりに、納得がいかないといっていたよね。俺も、まさか権上さんが捕まるとは思っていなかったので、少なからず心が痛んだ。しかし、自分を守るためにはそうもいってられず、権上さんがいかに犯人にふさわしい条件を備えているかということを、噛んでふくめるように徹にいい聞かせてしまった。どうしようもなく悪い男だね。

だが、戸越を殺したことは後悔していないし、罪の意識もない。俺にとっては殺してしかるべき男だったと今でも思っているよ。結果的には、殺したことによってマリファナのことも露顕してしまったのだが——。それにしても、曲の中にメッセージを埋めこんでいたなんて、つくづくいやらしい男だ。

ジョージがいったように、俺は自分自身で今回のことを清算する決心をした。自首はしない。世間一般に知られるなんて、とても恥ずかしくてできやしない。一人で静かに眠って逝《い》くよ。

室内で栽培していたマリファナは、昨日までにすべて処分した。あとは俺自身を処分すれば何も残らない。


——社会人として生きていくプレッシャーに耐えられそうにありません——

今しがた、表向きの遺書をしたため、机の上に置いた。

警察も、マスコミも、「モラトリアム世代の自殺」だの「甘えの構造」だのとして処理してくれるだろう。ただし、徹とジョージがいっさいを口にしなければの話だがな。それだけはお願いするよ。二人も殺しておきながら、さらに図々しく頼むとは、まったく救いようのない人間だ。

真相が警察に知られるのは、まだかまわない。しかしどうしても、親には知ってほしくないんだ。

俺の家庭は平凡なところだった。親父は高校を卒業して小さな会社に雇われ、三十年が経過した今なお、その片隅でくすぶっている。お袋も同じく高卒で、結婚してからは、親父の少ない稼ぎでやりくりすることに人生のエネルギーを費した。絵に描いたようなつまらない親だ。それゆえに、俺に課せられた期待は大きかった。平凡な、つまらない期待だがね。

小さい時から、いわゆる一流になることを義務づけられたんだ。一流の高校、一流の大学を出て、一流の企業に入ることが最も正しい生き方であると洗脳され続けた。学歴にコンプレックスを持っている両親の夢とは、せいぜいこんなものでしかない。

俺は、親を満足させるという意味においては、実に優秀に役割を演じてきた。学校から帰るとすぐさま塾に通うという生活を小学生の時から続け、越境をしてまで一流といわれる中学校に通った。近所の友だちが徒歩で通学するのを横目に、俺は一人、電車に乗っていたよ。最初は辛かった。しかし、誰もがグループを作って遊びたがる時期に、いやおうなく一人になれる環境を得られたことは、一流を目指す俺にとっては大きなプラスとなった。周りに流されず、常にトップクラスの成績を維持することができたのだ。孤独感はなかったね。音楽がそばにいたから。

私立の名門東稜大学の中でも、さらに難易度が高い国際学科にストレートで合格した時、両親の喜びはピークに達した。それは狂喜といった方がいいかもしれない。今の日本の社会では、一流の大学に入りさえすれば、その後よほどの失敗をしないかぎり、名の通った企業へ就職できるようになっているからね。

自慢するわけではないけれど、俺の学科なんか引く手あまたさ。ゲミニー・ハウスで戸越が、「会社の方から頭を下げて入社を頼みにきたのか？」と皮肉ったが、冗談ではなくそういうケースもあるんだ。だから両親は、まるで自分たちが大学に合格したかのように、方々に電話をかけまくっていた。俺もそんな親の姿を見て満足していたのかもしれない。

だがこの時になってようやく、俺はすべてがわかったような気がした。今までやってきたことの意味がね。

親は、自分の内にある一流願望を子に投影し、自分になり代わって行動させていたのだ。一種のシミュレーション・ゲームだよ、これは。

俺をエリート・コースに乗せたことは、もちろん俺の将来を思ってのことだろう。これは偽りのない親心だ。しかしその裏には、もっと自己中心的な考えが潜んでいたのだ。自分たちがそうありたいという人生を子どもに歩ませることにより、自分たちは疑似体験をしていたのだ。

子どもが一流になることで、自分も一流になったような気になる。さらには、エリートになった子どもを持っていることで、世間に胸を張れる。彼らにとっては、これがたまらなく嬉しいことなんだ。まさに自分の生まれ変わりと思っていて、まったく別の人格とは考えていないんだよ。

俺はこう悟った時、両親に対する怒りを感じるよりも、自分自身が情けなく、腹立たしく、その存在の意味がわからなくなってしまった。

子どもの人生って何だい？　親のために生きること？　親が死ぬまで自分の好きなように生きられないの？

俺は家を出ることにした。自宅から充分通学できたけれど、一人で暮らすことにした。喜びに満ちあふれている親は、一も二もなくそれを許してくれた。裕福でもないのにね。

そしてマリファナとの出会い――。世間に、そして親に抵抗するための恰好の材料を得たのだ。しかし――。

エリートとして生きることを体で覚えてしまっていたため、すべてをなげうつことは不可能だったよ。世間的評価で他人に負けることが、怖くてしょうがないんだ。そして、親の期待を裏切ることも怖かった。自己満足と見えの塊である両親を嫌悪したものの、やはり彼らの夢を壊すことはできそうになかった。血がそれをさせたのだろう。

だから、要領よく就職活動を進め、日本通信電機の内定を取りつけてしまった。結局はアウトローに徹することができなかった。

けれど、マリファナを捨てることもできなかった。マリファナで得られる精神の高揚、そして金。

最終的には、親の期待と、その対極に存在するマリファナを両立させようとして、戸越を殺してしまった。親を捨てることができたのなら、殺人者とならずにすんだのにね。

ジョージがこれを聞いたら、また軽蔑することだろうな。だが、俺はしょせん、世間で作られた価値観の中でしか生きられない人間だったのだ。

俺が死ぬことで両親が悲しむかと思うと、自殺をやめようかと考えてしまう。しかし、裁きは受けなければならない。俺は死ななければならないのだ。最期ぐらいは潔《いさぎよ》く、厳然たる真実から目を背《そむ》けずに。

ただし、両親の悲しみは最低限にしてやりたいんだ。生前にマリファナをやっていた、友人を二人も殺したと知ったら、彼らも俺のあとを追いかねない。

だからお願いだ、今回の一件はいっさい口外しないでくれ。頼む。

そしてもう一つ頼みがある。俺が飼っていたリスのことだ。

あいつの名前はサムという。おかしな名前と思うかい？　マリファナ・シガレットの太いものをサムと呼ぶんだ。

サムを飼いはじめたのは、ちょうどマリファナの栽培に手をつけ出したころ。麻の種を買っても不審に思われないよう、カムフラージュのために飼うことにしたんだ。

俺は自殺するに当たって、サムも殺してしまおうと考えていた。飼い主がいなくなって飢え死にするよりも、楽に死なせてやった方がためになる、そう思っていた。けれど、いざ殺そうとするとだめなんだ。かわいそうで、手をかけられないんだ。人を二人も殺した男がこんなことをいうのはおかしいかい？　どうか嗤《わら》ってやってくれ。

その代わり、徹にサムのめんどうをみてもらいたいんだ。あいつには何の罪もない。勝手きわまりないが、死にゆく者の最後の願いを、どうか叶《かな》えてくれ。

つい、話が長くなってしまった。いい遺《のこ》したこともあるような気はするけれど、きりがないので、このあたりでペンを置くことにしよう。徹のアパートにこの手紙が届くころには、すべてが終わっていることだろう。

「イヴニング・スター」から針が上がる。

さよならをいうには絶好のタイミングだ。

薦

島田荘司

歌野晶午君とぼくがはじめて会ったのは、あれはぼくが井の頭公園の裏手に小さな家を買ってしばらくしてからだから、一九八七年の秋だったろうと思う。彼が突然ぼくの家を訪ねてくれ、玄関のチャイムを押したのだ。

価値ある結実にいたるまでには、たいていいくつもの危機があるものだ。今振り返れば、本書がこうして実現するまでには、さまざまな危機の回避があった。そのどのひとつが欠けても、本書はなかった。これらの危機を次々に回避できたのは、皮肉なことにほかならぬぼく自身や、歌野君の非常識さだったという気がする。この点を、今なにより愉快に思う。この本が日の目を見るまでには、なかなか面白い事件が連続している。

順を追って話していこう。ぼくが吉祥寺のはずれの小さな家を仕事場として買った時、時々自動車の仕事などを一緒にやるある出版プロダクションが、事務所開きのパーティをやろうと言いだした。そして渋っている当人におかまいなく、八七年の八月、親しい作家や編集者を招いて、一推理作家としてはいささか非常識な大騒ぎをやった。友人の作家、岡嶋二人氏や北方謙三氏、竹本健治氏や綾辻行人氏には、呼びつけてしまって大変御迷惑をかけた。断わるわけにもいかず、編集者諸氏も大変だったろうと思う。

ガレージにタライを出してビールを入れ、氷で冷やし、一杯入ったのちは二階へあがってギターをかき鳴らし、岡嶋二人氏と一緒にビートルズをコーラスした。しかるのちこんどは井の頭公園へくり出して、花火をやった。

常識ある人なら眉をひそめるようなパーティ騒ぎだったが、やってきてくれた編集者のうちには楽しかったと言ってくれる人もあり、そういう一人が、それは「小説現代」の土屋氏なのだが、あのパーティの様子を小誌の「酒中日記」というページに書いてくれないかと言ってきた。

そこで八月のこの一日の様子を、面白おかしく書いた。そしてこの時、今思えば危ないことに、吉祥寺駅から自分の家までの道順を、詳しく書いてしまった。

それはまさしく何ものかに操られるようで、このことはあとでいろいろな人に、ずいぶん注意された。あれでは家に訪ねてこいと言っているようなもので、いかにも非常識だというのである。読者のうちには、ぼくによくない感情を持つ人もいるだろう。

パーティから何週間か経って、ぼくが一階で編集者と話していると、玄関のインターフォンが鳴った。出ると、

「島田荘司さんでしょうか」

と穏やかな声が問う。

「そうですが」

と応えると、

「少しお話しさせてもらえませんでしょうか」

と言った。てっきり押売の類だと思い、

「今来客中だもので、ちょっと……、どういった御用件でしょうか？」

と慎重に訊くと、

「あの……、ファンなんです」

と若そうな男の声が言った。それが、歌野晶午君だった。

その日、人と会う用事がずっと詰まっていたし、他人がいない方がよいと思って、

閑《ひま》な日をこちらで指定し、後日出直してもらった。

あらためて応接室で相対してみると、彼はまだ若く、眼鏡をかけ、色白で背の高い美青年だった。

「どうしてこの家が解ったのですか？」

と問うと、「小説現代」の「酒中日記」を見て来たという。そして、自分も推理小説が書きたいのだと言った。

あれから一年、こうして彼の本が見事世に出ることになったのだから、ぼくが「酒中日記」に調子に乗って駅から家への道順を書いてしまったのは、一種の運命というべきではなかったろうか。あの時ぼくが道順を書かなければ、歌野君はぼくを訪ねてくることはなかったろうし、そうなると、もしかして彼は推理小説を書かなかったかもしれない。となれば、傑作と呼ばれるべき本書も、生まれなかった可能性はある。なんとも危ないところであった。

しかし初対面の頃、彼は別段天才的なひらめきを周囲に発散していたわけではない。どちらかといえば逆だった。

推理小説を書きたいといって訪ねてきたのだから、ぼくはもう作品の一つや二つ、書きあげて持ってきているのかと思った。それを読んで欲しいというのかと考えた。

それでそう訊いたら、

「いいえ」

と言う。まだ一行も書いていないというから少々驚いた。推理小説を書きたいというのは、文字通りこれから書きたいという意味だった。

「それで基本的なことを教えて欲しいと思いまして」

そう言ってから彼の訊いてきたことは、何の誇張もなく基本的なことだった。原稿用紙は何を使っているのか、筆記用具は何か、改行はどんな時にやるのか、その場合、最初の一コマ目はあけるのか、セリフはどのような書き方をするのか——。

ぼくは実物を持ってきて見せ、いちいち答えはしたが、内心は少々あきれるような思いだった。こんな調子で、はたして長編小説が書けるのだろうかと訝《いぶか》った。

日本では、新人の推理作家がデビューする時は、長編でなければ駄目だよ、とぼくは言った。

「解りました」

と彼は応えた。

「今いろいろ教えていただきましたから、書けると思います」

などと言う。

「今まで文章を書いたことは?」

そう尋ねると、

「ムックの説明文なんかを書いたことはありますけど、一番長いので、原稿用紙三十枚くらいです」

三十枚では短編小説としても短かすぎる。

ぼくは次第におかしな冗談につき合っているような気分になった。普通新人は、まだ一枚も作品を書いていないようなうちから、作家の家のベルを押したりはしないだろう。ぼくがもう少し常識のある作家だったら、ここで文句のひとつも言うところだ。

しかし、どちらかというと気のなさそうに淡々と話すこの青年が、ただ一度、自分の仕事に関してはきっぱりとした口のきき方をした。

「ぼくは今いる小さい出版プロダクションで、写真週刊誌の張り込みとかの仕事やらされたんですけど、あれはこっちの人格が消滅してしまうような仕事で……、もう二度とあんな仕事はやりたくないです。だからぼくは、作家になります」

ぼくは、この言葉を信じることにした。

彼は不思議な資質を持った人物だった。非常に穏やかな口調で喋るが、高校時代は徹底した造反分子であったらしい。文科系の成績がよく、教師たちは文科系で受験して、九州の名門大学へ行くようにと彼に勧めた。しかし彼は気に入らない教師たちのいる九州になど残る気になれず、わざと苦手な数学を含んだ理科系で受験し、今の農工大へ入ったと語った。穏やかな外貌に似ず、ケタはずれに非常識なひねくれ者である。そう考えると、彼がぼくの家のチャイムを選んで鳴らしてくれたことは、ずいぶんと光栄なことに思えてきた。

その後すぐに、彼は二百枚ばかり原稿を書いてきた。長編の前半だと言い、決心は本物のようだった。が、悪筆だった。概して新人の場合、悪筆は内容まで稚拙に感じさせて損をする。ぼくのところに、ミステリー専門誌や、小説雑誌の編集者が来ている。彼らにも見せたが、彼らはおしなべてよいことを言わなかった。作者の仕掛けているトリックが、早い段階ですでに露見するというのである。

これは事実だった。ぼくにも、この小説で彼がやろうとしているトリックが解った。しかしそれは、彼の考えたトリックが、大掛かりで、大胆なものだったからで、彼のその非常識な発想は、まさしくぼくの好み の範疇《はんちゅう》だった。彼の原稿のうちに、ぼくは明快にその資質を認めた。

そこでぼくは、このトリックの意図は、こう工夫すればすれからしの読者の目からも隠せる、というアイデアを話した。ところがそれにより彼は、ぼくが自分のトリックを見抜いたことを知ってしまった。

その夜、彼はぼくの目の前でぐいぐいと酒を飲んだ。たちまちみるからに上体がふらふらしはじめた。ふと見ると、彼の瞼にわずかに涙が浮いているのが解った。トリックを見破られたのがショックだったのだ。

そろそろ終電の時間になるので、ぼくは彼を駅まで送っていくことにした。足もとがふらついて、とても一人で帰れそうな状態ではなかったからだ。

歩きながら、ぼくは横でふらふらしている彼に言った。

「われわれはミステリーのことばかり考えて暮らしているんだからね、たまには他人のトリックが解ることもある」

彼は聞いているのかいないのか解らなかった。

「作家というのは何でも一人でやらなくちゃいけないものなんだ。トリックを見破られたくらいでいちいち傷ついてちゃ、この先とてもやっていけないよ」

彼は、

「はい」

と言い、その口の下から、

「靴が、ボクの靴が……」

と言った。彼の靴の片方が、はるか道の後方へ置き忘れられていた。

井の頭公園を抜け、吉祥寺の駅に着いた。改札口への階段をあがる途中、彼は石段にぺたんとすわり込んだ。大丈夫なのかと訊くと、前にもこのくらい酔ったことはありますと答えた。

改札口を抜けて、彼は奥の明りの消えた快速電車のホームの方へ、ふらふらと歩いていった。しばらく見ていると、また戻ってきて、千鳥足で各駅停車の方のホームに昇っていった。快速はもう終っていたのだ。それが解っただけでも上出来だった。

ぼくは改札口のところにしばらく立ち、考えた。ひどく変わった人物だった。言葉遣いはまるで貴族のように丁寧で上品だが、やることはまるきり見てはいられなかった。しかし、彼が何か得体の知れないものを持っているのは確かだった。それがぼくの、やはり少々へソ曲がりの精神に訴えた。

フィリップ・マーローならこう言うところだろう。

「私はめったに心を動かされぬたちだが、彼は、私の心に訴える何ものかを持っていた」

深夜の井の頭公園を一人抜けて帰る時、井の頭自然文化園の檻にいる、南の国から連れてこられた鳥たちが、いっせいにかん高い、悲しげな声をたてた。まるで切羽詰まった、やり場のない悲鳴のようで、辛そうなその声を聴くと、ぼくはよく自分のデビュー当時を思い出した。

二度目の乱歩賞が駄目だった時、眠ることができず、夜が白みかけると、当時住んでいた近くの、多摩川の土手を走ってみた。いつものゴール地点である給水塔まで、いつもよりスピードをあげて走っていったら、着いた途端に息ができなくなった。土手の草の上に寝ころんで、いつまでもじっとしていた。胸の痛みに堪えながら、自分に将来はあるのだろうかと考えた。

編集者に連れられて新宿の飲み屋をハシゴしていると、ある店で酔った別の出版社の編集者がぼくを指さし、

「新人？　コレ、スターになる？」

と横の編集者に尋ねた。

あるいは他の店で、ぼくの担当編集者が、

「この人はきっと大きくなります」

と店にたむろしている業界の人にぼくを紹介すると、中の一人に、

「じゃあ賞を獲ってるだろ?」

と即座に切り返された。

そんなことがいちどきに思い出される。ぼくが作家としてスタートした頃は、賞を獲らずに出発する者はすなわち三流だった。しかし別に暗くなるわけではない。思い出すたびにニヤニヤしてしまう。そのくらい辛い時期だった。

しかしあの苦しみは、創作とは何の関係もない苦しみだった。歌野君も今辛い時期なのだろうが、ああいう苦しみは、別段味わう必要はないと思った。

それからも彼はたびたびやってきた。一緒に音楽を聴いたり、食事をしたりした。酒も飲んだが、もう二度と酔いつぶれることはなかった。

彼の音楽の解り方は、尋常ではなかった。音楽に関する発言は、常に的確だった。マイルスの、八五年のモントリオール・ライヴのレーザーディスクを聴かせると、じっと聴き入っていたが、

「コンセプトがもの凄く暴力的ですね」

と言ったり、

「スネアの音がロックと全然違いますね」

と言ったりした。

ミステリーの話より、むしろ音楽の話をする時に、彼の穏やかそうな淡々とした外貌の内に潜む天才が、はっきりと感じられた。

彼は趣味でドラムを叩き、作曲をする。綾辻君もそうだが、ぼくの周囲に集まってくる人は、音楽というキーワードを持っているような気がする。これはひょっとして、島田荘司という人間の内へ入っていくための、暗証番号のようなものかもしれないと思う時がある。

文章は音楽に似ている。「だ」「だった」「である」をずらしながら打ち出し、句読点を修正しながら、心地よいリズムを創っていくのだ。

やってくるたび原稿が少しずつ届き、歌野晶午の処女作は、いつかぼくのデスクの上に完成した。早い段階でトリックが露見しかねない欠点をカヴァーしてみると、本作品は思った通り、まれに見る傑作となった。この作品に現われる不可解な現象に、読者は驚くだろう。そして結末の種明しで大いにカタルシスを味わうに違いない。つまり、昨今忘れられかけているミステリーの、誠実なる原点がここにある。またこの小説に現われるトリックの大胆なアイデアは、ミステリー史上に遺ってもよいだろう。

文章も数度にわたって手直しされ、見せられるたびに良くなるのが解った。そして文章家としての歌野晶午が、泥の下の水晶のように、次第に姿を現わしてくるのが解った。これは、まさしく感動的な経験だった。彼の文章家としての貴重な資質は、今後さらに磨かれ、ますますその本領を発揮するようになるだろう。

歌野君が「小説現代」の「酒中日記」を読み、ぼくの家のチャイムを鳴らしてくれてからちょうど一年が経った。彼は短期間で見事に自著をものにした。深夜井の頭公園を歩き、井の頭自然文化園の鳥の鳴き声を聴くたび、今は、歌野君が酔っ払った夜のことを思い出すようになった。

（一九八八年　秋）

本作品は、一九八八年九月に講談社ノベルスとして初版刊行され、
一九九二年に文庫版として刊行した作品の新装版です。

|著者| 歌野晶午　1961年千葉県生まれ。東京農工大卒。'88年、島田荘司氏の推薦を受け本書でデビュー。2004年に『葉桜の季節に君を想うということ』（文春文庫）で第57回日本推理作家協会賞を受賞。『死体を買う男』『安達ヶ原の鬼密室』『新装版 長い家の殺人』『新装版 白い家の殺人』『新装版 動く家の殺人』『新装版 ROMMY 越境者の夢』『増補版 放浪探偵と七つの殺人』『新装版 正月十一日、鏡殺し』『密室殺人ゲーム王手飛車とり』『密室殺人ゲーム2.0』『密室殺人ゲーム・マニアックス』（以上、講談社文庫）、『魔王城殺人事件』（講談社）、『ハッピーエンドにさよならを』『家守』（ともに角川文庫）、「舞田ひとみ」シリーズ（光文社文庫）、『絶望ノート』（幻冬舎文庫）、『春から夏、やがて冬』（文春文庫）、『ずっとあなたが好きでした』（文藝春秋）など著書多数。'10年、『密室殺人ゲーム2.0』で第10回本格ミステリ大賞受賞。

新装版《しんそうばん》　長《なが》い家《いえ》の殺人《さつじん》

歌《うた》野《の》晶《しょう》午《ご》

2008年4月15日第1刷発行
2019年1月8日第16刷発行

発行者――渡瀬昌彦
発行所――株式会社　講談社
東京都文京区音羽2-12-21　〒112-8001
電話　出版（03）5395-3510
　　　販売（03）5395-5817
　　　業務（03）5395-3615

Printed in Japan

講談社文庫

定価はカバーに
表示してあります

デザイン――菊地信義
本文データ制作―講談社デジタル製作
カバー・表紙印刷―大日本印刷株式会社
本文印刷・製本―株式会社講談社

ISBN978-4-06-276035-5

講談社文庫刊行の辞

二十一世紀の到来を目睫に望みながら、われわれはいま、人類史上かつて例を見ない巨大な転換期をむかえようとしている。

世界も、日本も、激動の予兆に対する期待とおののきを内に蔵して、未知の時代に歩み入ろうとしている。このときにあたり、創業の人野間清治の「ナショナル・エデュケイター」への志を現代に甦らせようと意図して、われわれはここに古今の文芸作品はいうまでもなく、ひろく人文・社会・自然の諸科学から東西の名著を網羅する、新しい綜合文庫の発刊を決意した。

激動の転換期はまた断絶の時代である。われわれは戦後二十五年間の出版文化のありかたへの深い反省をこめて、この断絶の時代にあえて人間的な持続を求めようとする。いたずらに浮薄な商業主義のあだ花を追い求めることなく、長期にわたって良書に生命をあたえようとつとめるところにしか、今後の出版文化の真の繁栄はあり得ないと信じるからである。

同時にわれわれはこの綜合文庫の刊行を通じて、人文・社会・自然の諸科学が、結局人間の学にほかならないことを立証しようと願っている。かつて知識とは、「汝自身を知る」ことにつきていた。現代社会の瑣末な情報の氾濫のなかから、力強い知識の源泉を掘り起し、技術文明のただなかに、生きた人間の姿を復活させること。それこそわれわれの切なる希求である。

われわれは権威に盲従せず、俗流に媚びることなく、渾然一体となって日本の「草の根」をかたちづくる若く新しい世代の人々に、心をこめてこの新しい綜合文庫をおくり届けたい。それは知識の泉であるとともに感受性のふるさとであり、もっとも有機的に組織され、社会に開かれた万人のための大学をめざしている。大方の支援と協力を衷心より切望してやまない。

一九七一年七月

野間省一

講談社文庫　目録

講談社文庫　目録

上田秀人　墨《ぼっ》痕《こん》〈奥右筆秘帳〉
上田秀人　天下〈奥右筆秘帳〉
上田秀人　決戦〈奥右筆秘帳〉
上田秀人　前夜〈奥右筆外伝〉
上田秀人　軍師の挑戦〈上田秀人初期作品集〉
上田秀人　天主信長〈表〉〈我こそ天下なり〉
上田秀人　天主信長〈裏〉〈天を望むなかれ〉
上田秀人　波乱〈百万石の留守居役(一)〉
上田秀人　思惑〈百万石の留守居役(二)〉
上田秀人　新参〈百万石の留守居役(三)〉
上田秀人　遺臣〈百万石の留守居役(四)〉
上田秀人　密約〈百万石の留守居役(五)〉
上田秀人　使者〈百万石の留守居役(六)〉
上田秀人　貸借〈百万石の留守居役(七)〉
上田秀人　参勤〈百万石の留守居役(八)〉
上田秀人　因果〈百万石の留守居役(九)〉
上田秀人　忖《そん》度《たく》〈百万石の留守居役(十)〉
上田秀人　騒動〈百万石の留守居役(十一)〉
上田秀人　梟《ふくろう》の系譜〈宇喜多四代〉

内田樹　下流志向〈学ばない子どもたち　働かない若者たち〉
内田樹・釈徹宗　現代霊性論
上橋菜穂子　獣の奏者〈Ⅰ闘蛇編〉
上橋菜穂子　獣の奏者〈Ⅱ王獣編〉
上橋菜穂子　獣の奏者〈Ⅲ探求編〉
上橋菜穂子　獣の奏者〈Ⅳ完結編〉
上橋菜穂子　獣の奏者〈外伝　刹那〉
上橋菜穂子　物語ること、生きること
上橋菜穂子　明日は、いずこの空の下
上橋菜穂子原作・武本糸会漫画　コミック　獣の奏者Ⅰ
上橋菜穂子原作・武本糸会漫画　コミック　獣の奏者Ⅱ
上橋菜穂子原作・武本糸会漫画　コミック　獣の奏者Ⅲ
上橋菜穂子原作・武本糸会漫画　コミック　獣の奏者Ⅳ
上田紀行　ダライ・ラマとの対話
上田紀行　スリランカの悪魔祓い
内澤旬子　おやじがき〈絶滅危惧種中年男性図鑑〉
We are宇宙兄弟!編　宇宙小説
嬉野君　妖怪極楽
嬉野君　黒猫邸の晩餐会

上野誠　天平グレート・ジャーニー〈遣唐使・平群広成の数奇な冒険〉
うかみ綾乃　永遠に、私を閉じこめて
植西聰《あきら》　がんばらない生き方
海猫沢めろん　愛についての感じ
遠藤周作　ぐうたら人間学
遠藤周作　聖書のなかの女性たち
遠藤周作　さらば、夏の光よ
遠藤周作　最後の殉教者
遠藤周作　反逆(上)(下)
遠藤周作　ひとりを愛し続ける本
遠藤周作　深い河《ディープ・リバー》
遠藤周作　周作塾〈読んでもタメにならないエッセイ〉
遠藤周作　新装版　海と毒薬
遠藤周作　新装版　わたしが・棄てた・女
江上剛　頭取無惨
江上剛　不当買収
江上剛　小説　金融庁
江上剛　絆
江上剛　再起

2018年9月15日現在